Zeezicht

Linda van Rijn

ZEEZICHT

Literaire thriller

uitgeverij marmer

Hoofdstuk 1

'Hoe groot dan?' Timo van der Loo hield zijn hoofd schuin en keek zijn moeder aan.

'Heel groot', antwoordde Anouk van der Loo terwijl ze drie zomerjurkjes uit haar kast haalde en in haar koffer legde. Daarna pakte ze een vierde jurkje van de hanger en stopte dat er ook bij.

'Ja, maar hoe groot? Eén kilometer?'

'Dat hangt ervan af of het eb of vloed is.' Anouk ontweek de vraag, omdat ze het antwoord niet zo precies wist. 'Als het eb is, moet je in elk geval een heel stuk lopen voordat je bij de zee bent.'

'Zijn er ook golven?'

'Ja, heel veel. Veel meer dan in Spanje.'

'Cool.' Timo keek haar aan. 'Waarom gaan we eigenlijk niet naar Spanje?'

'Dat hebben papa en mama toch uitgelegd? Omdat het een heel stuk rijden is en omdat het in Nederland net zo leuk is. Of eigenlijk: leuker. Want in Spanje zitten we best wel afgelegen en daar is voor jullie niet zoveel te doen.'

'Hm', antwoordde Timo, terwijl zijn gezicht verried dat hij nadacht.

Anouk was eigenlijk wel verbaasd dat hij niet had gevraagd waarom ze dan geen ander huis in Spanje huurden, maar blijkbaar was zo'n logische vraag nog niet in het hoofd van haar zevenjarige zoon opgekomen.

Timo ging rechtop in het tweepersoonsbed van zijn ouders zitten en keek toe terwijl Anouk bezig was haar koffer in te pakken.

'Noah gaat wel naar Spanje', zei hij.

'Dat is leuk voor hem.'

'Met het vliegtuig. Waarom gaan wij niet met het vliegtuig?'

'Omdat we naar Bergen aan Zee gaan, schat. Dat is maar twee uur rijden en bovendien is er geen vliegveld.'

'Maar waarom gaan we niet met het vliegtuig naar Spanje?'

'In Bergen aan Zee is het veel leuker. En het strand is veel groter. Papa heeft een vlieger voor je gekocht.'

'Echt?'

'Ja, een grote. Als het waait, gaat hij heel hoog in de lucht.'

'Wauw.'

'En je kunt op het strand heel goed voetballen. Ruimte genoeg.'

'Mag ik dan al mijn voetballen meenemen?'

'Nou, eentje lijkt me wel genoeg.'

'Mam...' Timo keek haar een beetje vermoeid aan. 'Ik moet er zeker vier mee. Nee, vijf, want die ene van de Champions League...'

'Schat...' onderbrak Anouk haar zoon, voordat hij zou uitweiden over negen verschillende ballen die hij had en die volgens hem allemaal net even anders waren. Dat wilde Anouk best geloven, maar ze geloofde toch niet dat hij in drie weken vakantie met al die ballen zou moeten trainen, zoals hij het noemde.

Timo nam zijn voetbalcarrière zeer serieus. Ook al was het seizoen al een paar weken voorbij en begonnen de trainingen pas eind augustus weer, er ging geen dag voorbij dat hij niet naar buiten ging om minstens een uur lang aan zijn techniek te werken. De oefeningen die de coach had meegegeven voor in de vakantie, werkte hij een voor een en met de grootste concentratie af. Anouk bewonderde zijn discipline, maar helaas kon ze zelfs met haar ongeoefende voetbaloog zien wat Timo's trainer bedoelde als die zei dat haar zoon niet echt een natuurtalent was. Ze vreesde dan ook dat Timo's grote droom – profvoetballer worden bij Ajax – altijd een droom zou blijven. Maar dat zei ze natuurlijk niet tegen hem.

'In de schuur staat een krat waar je speelgoed in mag leggen dat je wilt meenemen. Vol is vol.'

'Maar mijn fiets moet er ook in.'

'Je fiets telt niet, die nemen we apart mee.'

'Telt mijn Nerf wel?'

'Ja, die wel.'

'Maar die past niet, want...'

'Timo...' Anouk keek haar zoon vermoeid aan. 'Ga nou eerst maar eens proberen wat er allemaal wel en niet in past, dan kijken we daarna wel verder.'

'Oké.' Haar zoon ging staan en liep over het bed naar de rand, waarbij hij een stapel shirts omvergooide. Met een bons landde hij op de grond, viel voorover en krabbelde weer overeind. Anouk zag het met lede ogen aan. Ze had inmiddels afgeleerd iets van Timo's nogal ongeremde gedrag te zeggen. Hij had nou eenmaal een hoop energie en zag niet snel ergens gevaar. Een echte jongen, zei haar moeder altijd.

Toen Timo naar beneden was verdwenen, richtte ze haar aandacht weer op haar kledingkast. Een beetje wanhopig keek ze naar haar koffer, die al voor twee derde was gevuld en dan was ze nog niet eens aan de T-shirts en schoenen begonnen. Het was gewoon veel moeilijker om een koffer te pakken voor drie weken Nederland dan voor vijf weken Spanje. Daar wist ze zeker dat ze genoeg had aan mouwloze shirts en jurkjes. Voor de zekerheid nam ze altijd één vest mee, maar in de zeven jaar dat ze hun zomervakantie onder de Spaanse zon hadden doorgebracht, had ze het niet meer dan drie keer nodig gehad. En dan ook alleen nog maar 's avonds. Nederland was echter een stuk minder zonzeker, al zag de voorspelling voor de komende week er goed uit. Maar je wist het nooit, het kon ineens omslaan.

Met een zucht keek Anouk via de openstaande balkondeur naar buiten. Timo liep over het gazon naar de schuur achter in de tuin, waar ze het buitenspeelgoed bewaarden. Ze wist nu al dat hij zijn krat helemaal zou vullen en er dan nog een berg speelgoed naast zou leggen, die volgens hem ook echt mee moest. Ze zou haar poot stijf moeten houden, want al hadden ze een flinke stationwagen, de ruimte was niet onbeperkt. En als Timo al zijn speelgoed mee mocht nemen, wilde zijn zusje dat natuurlijk ook. Lena had zo mogelijk nog meer speelgoed dan haar broer en wilde vast niet alleen een hele berg emmers en schepjes voor het strand meenemen, maar ook haar complete barbie-verzameling. Die was zo groot dat als ze al haar barbie-spullen op de vloer van haar slaapkamer uitspreidde, de hele vloer niet meer te zien was. Anouk moest toegeven dat zijzelf daar medeschuldig aan was. Als kind was ze al gek geweest op barbies en toen ze met twintig weken zwangerschap had gehoord dat ze een dochter kreeg, had ze naast een schattig roze babypakje ook meteen Lena's eerste barbie aangeschaft. Stiekem genoot Anouk er nog steeds van om samen met haar dochter met de poppen te spelen. Het zou fijn zijn om daar op vakantie ook weer eens echt tijd voor te hebben. De afgelopen periode was het zo druk geweest dat Anouk de kinderen vaker dan ze wilde bij de oppas, vriendjes of opa en oma had moeten onderbrengen. Gelukkig stonden zowel haar ouders als haar schoonouders vaak klaar om de kinderen op te vangen, maar ergens voelde Anouk zich toch bezwaard. Vooral naar haar ouders toe, omdat zij de jongsten niet meer waren en de zorg voor twee kleine kinderen best belastend voor hen was. Weliswaar was Timo zeven en Lena vier en konden ze meer zelf dan toen ze peuters waren, maar als ze bij opa en oma waren was van hun vermogen om zichzelf te vermaken ineens niks meer over. Dan vroegen ze de hele dag aandacht en wilden ze uitsluitend samen met hun grootouders spelen.

Maar Anouk voelde zich niet alleen schuldig richting de opa's en oma's. Ook richting haar kinderen had ze de afgelopen tijd vaak het gevoel gehad dat ze tekortschoot. Ze merkte vooral aan Lena dat ze er zelf echt te weinig was geweest. Lena was een moederskindje. Als Anouk thuis was, hing ze erg aan haar en ze had Anouk meer dan eens verteld dat ze haar miste. Vaak was dat 's avonds, als Lena in bed lag en Anouk gewoontegetrouw even naast haar kroop om de dag door te spreken. Normaal ging het dan over school of barbies, maar de laatste maanden had Lena bijna elke dag gezegd dat ze zo graag wilde dat Anouk meer thuis was. Elke keer had Anouk haar beloofd dat het binnenkort echt anders zou worden, maar die belofte had ze vooralsnog niet waar kunnen maken. Dat kon ze Lena echter niet uitleggen. Wat moest een meisje van vier met de mededeling dat het niet zo goed ging met papa's bedrijf en dat mama daarom regelmatig moest bijspringen?

Een geluid in de tuin haalde haar uit haar gedachten. Door de openstaande deur van het balkon kwam gejuich naar binnen. Anouk keek naar het gazon. Timo, die blijkbaar al klaar was met het uitzoeken van zijn speelgoed, had drie ballen mee naar buiten genomen en oefende nu in het schieten op doel, waarbij hij de bal niet op de grond legde maar uit de lucht probeerde te schieten. Zijn eerste poging was raak en hij juichte alsof hij de Champions League had gewonnen. Geamuseerd keek Anouk toe hoe hij het opnieuw probeerde, maar de zes pogingen daarna mislukten jammerlijk. Hij kreeg het zelfs voor elkaar de bal achteruit te schieten. Misschien kon Jan op vakantie wat meer met hem voetballen. Niet alleen om te oefenen, maar ook omdat Anouk wist hoe leuk Timo het vond om met zijn vader te spelen. Wat dat betreft was ook hij in de afgelopen maanden best wel wat tekortgekomen.

Ze haalde diep adem en draaide zich een beetje moedeloos weer om naar haar kledingkast. Ze was dol op vakantie, maar de voorbereidingen sloeg ze het liefst over. En dan moest ze straks waarschijnlijk ook nog de koffer van Jan inpakken. Hij had beloofd het zelf te doen, maar daar zou vast niet veel van terechtkomen. Jan was in geen weken voor acht uur 's avonds thuis geweest en dat zou vandaag niet anders zijn. Hij was eigenaar van vier grote meubelzaken. De onderneming, die weinig fantasievol Van der Loo Woninginrichting heette, was door zijn vader opgericht. Het was begonnen met één winkel in het centrum van Nijmegen en geleidelijk aan waren daar drie vestigingen bij gekomen, verspreid over de omgeving. Van der Loo Woninginrichting stond voor kwaliteit en exclusiviteit en richtte zich derhalve op het hogere segment. Daar was blijkbaar veel behoefte aan geweest, want de meubelzaken waren alle vier vanaf het begin een succes geweest. Sommige klanten kwamen al dertig jaar in de zaak. Tien jaar geleden had Hans van der Loo, Jans vader, zich teruggetrokken ten gunste van zijn zoon, die vanaf dat moment de dagelijkse leiding had gekregen. Het bedrijf kende voor hem toen allang geen geheimen meer, want Jan was zo'n beetje opgegroeid in de winkels. Hij mocht graag vertellen hoe hij als vierjarige meehielp met het uitpakken van de bestellingen en hoe hij regelmatig in slaap viel op een van de bedden of banken in de winkel. Toen Anouk hem vijftien jaar geleden had leren kennen, had ze meteen geweten dat ze niet alleen voor Jan koos, maar ook voor de onderneming. Dat had ze prima gevonden, zolang ze er zelf maar niet hoefde te werken. Daar was ze vanaf het begin stellig in geweest. Ze had het gevoel dat hun wereld dan heel klein zou worden, dat ze 's avonds bij het eten niks meer te bespreken zouden hebben omdat ze de hele dag samen waren en dezelfde dingen meemaakten. Of dat ze alleen nog maar over de zaak konden praten en het moeilijk zou zijn om werk en privé te scheiden. Bovendien moest ze eerlijk toegeven dat ze het nooit had zien zitten om met Jan samen te werken. Hij had een nogal directe manier van leidinggeven die haar niet echt aanstond. Volgens Jan was het nodig om zijn personeel kort te houden omdat de werknemers anders de kantjes eraf liepen, maar Anouk hield niet van zijn strenge en soms ronduit dwingende manier van doen. Ze wist in elk geval zeker dat zij haar mond niet zou kunnen houden als Jan haar een keer op die manier zou behandelen en dat zou zowel hun werkrelatie als hun huwelijk niet ten goede komen. Dus had ze altijd zelf een baan gehad, los van de zaak. Inmiddels werkte ze alweer vier jaar als jurist bij een klein verzekeringskantoor. Zo deed ze ook nog iets met haar rechtenstudie.

Jarenlang was het eigenlijk niet eens echt nodig geweest dat ze werkte. Jan verdiende genoeg met de zaak. Meer dan genoeg zelfs. Acht jaar geleden, niet lang voor de geboorte van Timo, waren ze van hun starterswoning verhuisd naar het mooie, vrijstaande huis waar ze nog steeds woonden. Het huis was op dat moment duur geweest, maar de hypotheek was op te brengen en ze hadden het ook gekocht met het idee dat het hun de jaren daarna voor de wind zou gaan. Dat was ook gebeurd. Er was financiële ruimte gekomen, ze konden allebei een mooie auto rijden, elke week wel een keer uit eten gaan en meerdere keren per jaar op vakantie gaan. Anouk moest toegeven dat ze dat in het begin een luxe had gevonden, maar al snel was ze het als normaal gaan beschouwen. Het geld stroomde binnen en ze wisten er wel raad mee. Natuurlijk hadden ze wat gespaard, maar ze hadden er vooral ook van genoten.

En toen was ineens de economische crisis gekomen. Eerst leek die aan de zaak van Jan voorbij te gaan. De klanten bleven komen en Jan was net in die tijd begonnen met verkoop via internet, wat in het begin een goedlopende handel was geweest. Toegegeven, Jan had veel moeten investeren in de site en het systeem achter de webshop. Het had allemaal goedkoper gekund, maar Jan was het type ondernemer dat geloofde dat goedkoop uiteindelijk duurkoop was. Dus had hij een externe IT'er ingehuurd die de site helemaal had geüpdatet, een webshop-systeem had geïntegreerd en bovendien veel informatie had gegeven over online koopgedrag. Zo had hij Jan laten zien hoe hij op een slimme manier de klanten tot meer aankopen kon verleiden. Anouk had destijds gehoord wat de IT'er in totaal had gekost. Het had haar nogal veel geleken, maar volgens Jan was het de investering meer dan waard. Hij meende met zijn vaste klantenkring in de winkels en zijn nieuw aangeboorde online markt de crisis te slim af te zijn.

Maar dat rooskleurige scenario was helaas geen waarheid geworden. Het eerste jaar mocht er van de crisis dan weinig te merken zijn geweest, naarmate de economische malaise langer duurde, waren hoe langer hoe meer klanten afgehaakt. Vaak met pijn in het hart, maar veel klanten waren zelf ondernemers en zij moesten noodgedwongen op de kleintjes gaan letten. Ze stelden de aankoop van nieuwe meubels nog even uit, lieten oude meubels opknappen of zochten hun heil in goedkopere winkels. De bestellingen via internet waren blijven komen, maar de piek uit het begin was allengs afgezwakt tot een weliswaar stabiel maar toch relatief laag niveau. Vaak kochten mensen geen meubels maar accessoires, waar weinig marge op zat.

In het begin had Jan gedacht dat het om een tijdelijke dip ging, die hij kon opvangen met de reserves van het bedrijf. Maar toen eerst de maanden en daarna de jaren vorderden, was gebleken dat de dip blijvend was en dat er maatregelen nodig waren. Tijdelijke contracten van medewerkers werden niet meer verlengd en Jan had zelfs zijn persoonlijk assistente moeten ontslaan. Het werk moest echter wel worden gedaan en noodgedwongen had Anouk die rol zo goed en zo kwaad als het ging op zich genomen. Dat betekende dat ze vijf dagen werk moest proppen in de twee dagen die ze overhield naast haar eigen baan. Natuurlijk was dat veel te weinig tijd, waardoor ze al wekenlang in de weekenden werkte. Eigenlijk merkte ze nu pas, met de vakantie in het vooruitzicht, hoe moe ze was. De drie weken Bergen aan Zee kwamen precies op het juiste moment.

Ze schrok op uit haar gedachten toen haar telefoon ging. Vanonder de kleding op het bed klonk het vrolijke pingelmuziekje dat ze als beltoon had ingesteld. Ze moest even zoeken en net voordat de telefoon op de voicemail overging, trok ze hem onder een stapeltje ondergoed vandaan.

'Hai, schat', zei ze, toen ze zag dat Jan belde.

'Ja, hai.' Hij klonk gehaast. 'Heb je die facturen nog doorgestuurd?'

Anouk kneep haar ogen samen. 'Welke facturen?'

'Waarover ik je heb gemaild.'

'Ik heb niet naar mijn mail gekeken, want ik ben...'

'Kun je dat even doen? Ik heb ze nodig.' Ze hoorde irritatie in zijn stem, wat bij haarzelf ook meteen ergernis aanwakkerde. Alsof ze niks te doen had, met al die koffers die ze nog moest inpakken.

'Jan, ik ben druk met...'

'Dit is belangrijk', onderbrak hij haar. 'Ik moet dit afronden voor we weggaan, anders moet ik op vakantie meteen aan het werk. Dat wil je toch niet?'

'Oké.' Het lukte Anouk niet om niet hoorbaar te zuchten. 'Ik ga wel even kijken.'

'Stuur je ze zo door? Ik zit erop te wachten.' Hij zei gedag en daarna werd de verbinding verbroken. Anouk mompelde een verwensing aan zijn adres en gooide haar telefoon terug op het bed. Haar oorspronkelijke inschatting dat het niet goed was voor hun relatie als Jan en zij samen in de zaak werkten, was de juiste geweest. Als baas was hij precies zoals net aan de telefoon: zakelijk, dwingend en weinig invoelend. Ze was weleens verbaasd over de twee Jannen die ze te zien kreeg. Haar leuke, betrokken echtgenoot leek in niets op de manager die hij in zijn werk was. Zoveel geduld als hij thuis had, met haar, met de kinderen, de lieve dingen die hij verzon, zijn gevoelige kant die hij – anders dan veel andere mannen – niet verborg, daarvan was niks te merken als je hem als ondernemer meemaakte. Anouk begreep wel dat het leiden van een bedrijf niet ging zonder een zekere hardheid, maar ze merkte dat het haar hoe langer hoe meer moeite kostte om werk en privé los van elkaar te zien. Misschien kwam dat ook doordat ze de leuke Jan tegenwoordig nog maar zo weinig te zien kreeg. Jan leek ook 's avonds en in het weekend niet meer los te kunnen komen uit de werkmodus. Een echt gesprek zat er al tijden niet in, laat staan dat ze bij hem kon aangeven waar ze mee zat. Als Jan kortaf tegen haar deed, zoals net aan de telefoon, wilde ze 's avonds tegen hem zeggen dat ze daarvan niet gediend was. Vaak reageerde hij korzelig, regelmatig leidde het tot een kille stilte of zelfs ruzie tussen hen. Jan vond dat Anouk niet zo moest zeuren, Anouk was van mening dat een simpel 'sorry' achteraf heus niet zoveel moeite was. Al vroeg ze zich weleens af waarom ze dat eigenlijk zo belangrijk vond, want zelfs als Jan zijn excuses aanbood, gebeurde het daarna gewoon weer. Het liefst wilde ze stoppen met haar werk voor de zaak, maar dat zat er nog even niet in. De crisis mocht dan op mondiaal niveau voorbij zijn, bij Van der Loo Woninginrichting was dat nog niet te merken.

Met een zucht pakte ze haar telefoon weer. De documenten die Jan nodig had, had ze gisteren al gescand en naar zichzelf gemaild. Het kostte niet meer dan een minuut om ze door te sturen. Ze forwardde de mail zonder er iets bij te zetten.

In de tuin joelde Timo opnieuw. Anouk glimlachte en liep het balkon van de slaapkamer op om naar hem te kijken. Hij had inmiddels gezelschap gekregen van Lena, die achter een bal aan draafde, schoot en de goal finaal miste. Toch stak Timo zijn duim op, zoals hij echte voetballers op televisie zag doen als een teamgenoot een goede actie maakte. Anouk grinnikte, terwijl ze met haar armen op de rand van het balkon leunde en haar gezicht naar de zon draaide. Als het zulk weer bleef, was het echt niet zo'n straf om in Nederland op vakantie te gaan, hield ze zichzelf voor. Al zou ze de Spaanse markten, het lekkere eten en het mooie landschap missen.

Ze keek weer naar de kinderen. Natuurlijk zou ze niet tegen Timo zeggen dat ze het net zo jammer vond als hij dat ze niet naar Spanje gingen. Dat het ver rijden was, of dat het huis zo afgelegen lag, waren natuurlijk niet de echte redenen dat ze dit jaar in Nederland bleven. Hun financiële situatie liet het gewoonweg niet toe dat ze meer dan vijftienhonderd euro per week neertelden voor een vakantiehuis, en dan vijf weken. Eerst hadden ze overwogen korter te gaan. 'Drie weken is ook leuk', had Anouk nog optimistisch geroepen toen Jan ergens in februari voorzichtig had gezegd dat de peperdure vakantie er dit jaar niet in zat. Nu schudde ze haar hoofd als ze aan haar eigen opmerking dacht. Ze had eigenlijk helemaal niet doorgehad hoe ze er financieel echt voor stonden. Of misschien had ze het niet willen zien. Zij allebei niet. Want ook al ging het al een tijdje slecht met de zaak, aan levensstandaard hadden ze tot dat moment weinig ingeleverd. Natuurlijk leefden ze in luxe, dat realiseerde Anouk zich maar al te goed. Zelf was ze heel anders opgegroeid dan haar kinderen. Niet dat ze thuis elk dubbeltje hadden moeten omdraaien, maar er was zeker geen geld in overvloed geweest. Haar ouders waren bescheiden mensen, die een even bescheiden inkomen hadden gehad. Genoeg om drie kinderen van groot te brengen, maar meer ook niet. Sportclubjes hadden er vroeger niet in gezeten en Anouk had als jongste van de drie zelden nieuwe kleding gekregen. Met twee zussen boven zich waren er immers genoeg kleren geweest die heus nog wel een jaartje konden, vond haar moeder.

Anouk kon echt niet zeggen dat ze iets had gemist. Daarmee zou ze haar ouders tekortdoen. Ze had een prima jeugd gehad. Het belangrijkste waren de liefde en warmte die ze thuis had gekend en daaraan was nooit gebrek geweest. De gezinsvakanties hadden zich weliswaar beperkt tot een week kamperen in de zomervakantie, maar als ze eerlijk was, moest Anouk toegeven dat het voor kinderen niet eens zo gek veel uitmaakte waar de vakantie naartoe ging. Aan de Zeeuwse kust waren vriendjes en vriendinnetjes in overvloed geweest en in Anouks herinnering was het er ook altijd mooi weer.

Toch was, toen ze ouder werd, de wens gegroeid om haar eigen kinderen in meer luxe te laten opgroeien. Dat was niet eens echt een bewust proces geweest. Sterker nog, in het begin met Timo was ze wars geweest van merkkleren en duur speelgoed. Dat had een baby toch helemaal niet nodig, vond ze. Maar langzaamaan was ze veranderd. Eerst het grotere huis, toen de luxere vakantie, duurder speelgoed – tot ze uiteindelijk hun huidige levensstandaard hadden bereikt. Nu die werd bedreigd door hun financiële situatie, merkte Anouk dat ze – ondanks haar komaf – veel meer aan geld hechtte dan ze zelf had gedacht. Het idee dat ze flink moesten gaan inleveren om het hoofd boven water te houden, wilde ze eigenlijk niet accepteren. Het zou waarschijnlijk beter zijn om niet meer elke vrijdagavond uit eten te gaan, maar dat was inmiddels een traditie waar de kinderen ook van genoten. Moest ze hun dat afnemen? Het was niet alleen leuk om elke keer naar een ander restaurant te gaan en ze nieuwe gerechten te laten proeven, boven alles was die vrijdagavond een moment dat ze als gezin bij elkaar waren. Zoveel van die momenten waren er doordeweeks niet meer. Zowel voor Jan als voor haar was die avond heilig. Hoe druk hij ook was, Jan was er altijd bij. Dan was de sfeer ontspannen, kletsten ze met z'n allen, vertelden de kinderen wat ze die week op school hadden gedaan. Natuurlijk realiseerde Anouk zich wel dat ze zo'n avond ook thuis konden houden. Dat het niet ging om het feit dat ze in een restaurant zaten, maar om de tijd die zij en Jan voor het gezin uittrokken. Maar in de praktijk zou het erop uitdraaien dat wanneer ze niet uit eten zouden gaan, de avond al snel zou eindigen zoals de andere avonden: met Jan die tot laat op de zaak was, en de kinderen die aan tafel om de iPad bleven zeuren.

Er was meer waarop Anouk eigenlijk niet wilde inleveren. Hoe oppervlakkig ze het ook vond van zichzelf, ze hechtte aan haar mooie Volvo-SUV. Stiekem had ze zelfs naar nieuwe modellen zitten kijken, want anders dan bij veel andere vrouwen het geval was, interesseerde het haar wel degelijk in wat voor auto ze reed. Dat gold ook voor Jan, die zijn Audi-stationwagen niet graag zou inleveren. En zo was er nog veel meer waar ze meer aan hing dan ze eigenlijk wilde toegeven. Mooie kleding, niet alleen voor zichzelf maar ook voor de kinderen. Haar dure sportschoolabonnement. Niet dat ze nou zo dol was op fitnessen, en er waren ook sportscholen die geen honderdtwintig euro per maand kostten, maar ze sportte al bijna vijf jaar met een vast clubje vriendinnen. Als ze eerlijk was, zou opzeggen ook een beetje gezichtsverlies betekenen.

Eigenlijk gold dat ook voor de vakantie, hoe erg ze het ook vond. Ze had heus wel gemerkt dat moeders op het schoolplein een beetje bevreemd hadden gekeken toen ze had gezegd dat ze dit jaar in Nederland bleven. Toen ze dat tegen Jan had gezegd, had die zijn schouders opgehaald. Anouk wilde dat ze het op dezelfde manier naast zich kon neerleggen, maar dat lukte niet. Er was niks mis met vakantie in Nederland, maar de onuitgesproken boodschap erachter maakte dat ze zich ongemakkelijk voelde. Twee van Timo's vriendjes zouden deze zomer naar Miami gaan, een meisje uit zijn klas vloog zelfs naar de Seychellen, en zijzelf konden Spanje al niet meer betalen. Dat stak, hoe ze ook haar best deed dat gevoel niet toe te laten. Dat er ook twee jongetjes waren die helemaal niet op vakantie gingen, deed daar gek genoeg niks aan af. Het voelde toch als falen.

Toen Anouk optimistisch had gezegd dat ze ook drie weken konden gaan, had Jan zijn hoofd geschud. Zelfs twee weken had er niet in gezeten, en één week vonden ze allebei te weinig. Het vakantiehuis net onder Barcelona was immers twee dagen rijden. Anouk had een tijdje gezocht op goedkopere huizen in Spanje en Frankrijk, maar in het hoogseizoen zat je voor een heel gemiddeld huis zo op duizend euro per week. Natuurlijk konden ze ook gaan kamperen. Anouk vond dat niet zo'n slecht idee, aangezien ze zelf goede herinneringen aan de kampeervakanties van vroeger bewaarde. Maar Jan had meteen geroepen dat hij in een tent nog niet dood gevonden wilde worden. Uitsluitend als ze een vooropgezette tent met eigen badkamer zouden huren, stond Jan ervoor open. Alleen kostte zo'n tent bijna meer dan een vakantiehuis, dus was het geen optie geweest.

Anouk was een beetje moedeloos geworden van haar zoektocht. Net toen ze had willen voorstellen om dan maar gewoon thuis te blijven, had een zakenrelatie van Jan hun zijn mooie vakantievilla in Bergen aan Zee aangeboden. Koos Draaisma was een leverancier van heel exclusieve – en heel dure – kasten en dressoirs. Jan werkte al jaren met hem samen en hun band was inmiddels zo goed, dat ze elkaar ook zo af en toe privé zagen. Koos' bedrijf was ook door de crisis getroffen, maar de schade was minder groot dan bij dat van Jan. Of misschien had Koos zijn schaapjes allang op het droge, dat wist Anouk niet. In elk geval ging hij deze zomer drie weken trekken door Zuid-Afrika.

Jan en Anouk mochten in de tussentijd gebruikmaken van zijn villa aan het strand en hoefden alleen de elektriciteit en schoonmaakkosten te betalen, had Koos gezegd. Anouk was behoorlijk gepikeerd geweest toen Jan haar 's avonds over het aanbod had verteld en in één adem had meegedeeld dat hij het natuurlijk had afgewezen. Want liefdadigheid, daar hield hij niet van. Anouk had meteen geroepen dat het geen liefdadigheid was. Wat wist Koos immers van hun financiële situatie? Maar Jan had gezegd dat het een klein wereldje was en dat het daarbinnen algemeen bekend was hoe Van der Loo Woninginrichting ervoor stond. Ze hadden er ruzie over gemaakt. Anouk vond dat ze niet in de positie verkeerden om zo'n aanbod af te wijzen, Jan had geroepen dat hij nog liever niet op vakantie ging dan dat hij zijn hand op moest houden. Anouk had van alles geprobeerd, maar Jan was onvermurwbaar geweest. Uiteindelijk had ze hem 's avonds laat in bed toegesnauwd dat hij dan zelf aan de kinderen mocht vertellen dat ze dit jaar thuisbleven. Ze wist nog steeds niet of dat Jan van inzicht had doen veranderen, maar de volgende ochtend had hij koeltjes meegedeeld dat hij Koos zou bellen. Daarna hadden ze het er heel lang niet over gehad, tot ze een paar weken geleden de concrete data hadden doorgesproken. Van Jans afwijzende houding was niks meer te merken geweest. De afgelopen dagen leek hij zich net als zijzelf en de kinderen ook op de vakantie te verheugen. Ze hadden samen met Timo en Lena foto's van het huis bekeken. De kinderen vonden het vooral prachtig dat er een groot klimrek in de tuin stond, bedoeld voor de kleinkinderen van Koos en zijn vrouw Maria. Bovendien waren er een trampoline en een hangmat. Nog voor ze überhaupt waren gearriveerd, hadden Timo en Lena al ruziegemaakt over wie er als eerste in mocht liggen.

Met een zucht draaide Anouk zich om en liep weer naar binnen. Ze kon maar beter doorgaan met inpakken, anders zouden ze morgen überhaupt niet op vakantie gaan. Ze pakte Jans nog lege koffer en klapte die open op het bed. Hij zou wel weer laat zijn vanavond en ze verwachtte niet dat de sfeer beter zou worden als hij dan nog zijn spullen moest pakken.

Hoofdstuk 2

Met een tevreden gezicht klapte Anouk haar eigen koffer dicht. Alleen haar toilettas moest er nog bij, maar dat zou ze morgenochtend wel doen. Ze sjouwde de zware Samsonite naar de overloop, waar ze hem naast de koffers van Jan en de kinderen zette. Ze had geen idee wat hij woog, maar het was waarschijnlijk maar goed dat ze niet met het vliegtuig gingen.

Anouk deed de deur van de slaapkamer dicht en liep naar beneden. Het was iets na halfnegen en van Jan had ze nog niks gehoord. Ze had tot zeven uur gewacht met het eten, daarna was ze met de kinderen aan tafel gegaan.

Ergens in de afgelopen tijd was ze opgehouden met Jan te bellen om te vragen of hij thuis kwam eten. Meestal zei hij ja, om vervolgens toch pas veel later op te duiken. Of hij reageerde geïrriteerd, alsof ze hem alleen maar belde om hem dwars te zitten.

Na het eten had ze de kinderen in bad gedaan en in bed gelegd, om daarna de laatste spullen te gaan inpakken. De keuken zag eruit alsof er een bom was ontploft. De yoghurt van het toetje stond nog op tafel. Toen ze de koelkast opende om het pak terug te zetten keek Anouk verlangend naar de fles chablis in de deur. Het was een prachtige avond en op het terras was het nu nog heerlijk warm, maar ze besloot het niet te doen. Misschien straks, als Jan thuis was, hoewel ze niet wist of hij in de stemming zou zijn om de vakantie in te luiden met een wijntje. Ze wist eigenlijk nooit in welke stemming hij thuiskwam. Misschien was dat wel een belangrijke reden waarom ze het de laatste tijd niet meer zo leuk vond tussen hen. Jan was onvoorspelbaar en Anouk moest altijd zorgen dat ze op de juiste manier op zijn humeur inspeelde, anders explodeerde de boel binnen no time. Soms was hij gesloten en zo moeilijk te peilen, dat Anouk het niet eens meer probeerde. Dan zaten ze zwijgend naast elkaar, met de spanning en boosheid als een zware muur tussen hen in.

Op andere momenten was hij gehaast en gestrest en zat hij tot diep in de nacht driftig te typen op zijn telefoon of laptop. Als Anouk vroeg wat hij deed, reageerde hij met niet meer dan wat vaag gehum. Ging ze erover door, dan snauwde hij haar meestal af. Hoe ongezellig dat ook was, het was altijd te verkiezen boven de momenten dat hij in de slachtofferrol kroop. Daar had Anouk nog de grootste hekel aan. Ja, het was heel vervelend dat het bedrijf in zwaar weer verkeerde, dat vond zij ook. En ze begreep ook wel dat het voor Jan niet alleen een zakelijke, maar ook een emotionele kwestie was. Het bedrijf was zijn leven. Zijn ziel en zaligheid zaten erin, net als ongelooflijk veel van zijn tijd, en dan was het natuurlijk frustrerend dat de resultaten niet denderend waren. Bovendien hing een faillissement als een zwaard van Damocles boven de winkels. Hoewel het nog lang niet zover was, was het ook niet helemaal ondenkbaar. Dat deed iets met Jan, dat snapte Anouk ook wel. Maar ze kon er niks aan doen dat ze subiet geïrriteerd raakte als Jan opmerkte dat hij er beter helemaal mee kon stoppen, omdat niemand blijkbaar op de onderneming zat te wachten. En dat niks van wat hij deed goed genoeg was. En dat de goedkopere meubelwinkels hem doelbewust uit de markt hadden gedrukt. Die houding ging het bedrijf niet verder helpen en bovendien sloeg wat hij zei ook nog eens nergens op. Als Anouk dan opmerkte dat hij zich niet zo moest aanstellen, klaagde Jan meestal dat ze hem totaal niet steunde. Zo'n opmerking werkte bij haar als een rode lap op een stier, aangezien ze tegenwoordig juist elke vrije minuut in het bedrijf stopte.

Anouk spoelde de vaatdoek uit onder de kraan en veegde de keukentafel schoon. Timo en Lena slaagden er maar niet in om te eten zonder te knoeien en ze moest het doekje drie keer uitspoelen voordat alle yoghurt van tafel was verdwenen. Daarna maakte ze het aanrecht schoon, zette de vaatwasser aan en gooide de natte keukendoeken in de wasmand in de bijkeuken. Tevreden keek ze om zich heen. Het was iets na negenen en eigenlijk vond ze bij nader inzien dat ze dat wijntje nu wel had verdiend.

Net toen ze een glas had volgeschonken en zich op de loungebank op het terras had geïnstalleerd, ging de bel. Anouk fronste. Met tegenzin kwam ze overeind.

'We wilden jullie nog even een fijne vakantie wensen!' Haar schoonmoeder liep langs haar heen naar binnen en zette een grote strandtas in de hal. Er staken diverse cadeautjes uit. 'De kinderen slapen zeker al?' Ina van der Loo wachtte het antwoord niet af, maar kwebbelde meteen verder. 'We wilden eerder komen, maar Hans was op de golfbaan en toen zijn we daar maar blijven eten. Maar goed, morgen vinden ze de cadeautjes vast ook nog wel leuk.' Ina keek fronsend om zich heen. 'Is Jan nog niet thuis?'

'Nee.'

'Ach kind, is het weer zover? Hij heeft het wel druk, hè. Komt het eigenlijk wel uit dat we langskomen? Eerlijk zeggen, hoor.'

Anouk wilde eigenlijk zeggen dat ze zin had om in haar eentje wijn te drinken in de tuin, maar dat deed ze natuurlijk niet. In plaats daarvan maakte ze een gebaar naar de keuken. 'Natuurlijk, kom verder. Iets drinken?'

Even later zaten ze met z'n drieën op de loungeset. Anouk had chablis voor haar schoonmoeder ingeschonken en een glas whisky voor haar schoonvader. Het fijne aan bezoek van haar schoonouders was dat ze nooit moeite hoefde te doen het gesprek gaande te houden. Dat deed Ina wel. Terwijl zij bezig was een heel verhaal af te steken over Mieke, de jongere zus van Jan, dwaalden Anouks gedachten een beetje af. Mieke had blijkbaar een conflict met de verzekeringsmaatschappij over een telefoon die ze bij de reisverzekering had geclaimd, maar die de maatschappij niet wilde vergoeden. Bij Ina kwam de stoom bijna uit haar oren, maar dat was Anouk wel gewend. Haar schoonmoeder kon zich enorm opwinden over niks. Haar schoonzus trouwens ook. Anouk mocht Mieke heus wel, maar het zou overdreven zijn om te zeggen dat ze vriendinnen waren. Mieke was al net zo praatziek als haar moeder. De laatste tijd had Anouk wat meer contact met haar schoonzusje, omdat Mieke ook in het bedrijf werkte. Anouk had al zoveel verhalen aangehoord die haar niet interesseerden, dat ze er inmiddels immuun voor was geworden. Ze had altijd een beetje te doen met Miekes man Geert. Het was vast niet voor niks dat Mieke, net als haar moeder trouwens, getrouwd was met een nogal zwijgzaam type. Of misschien was hij zo geworden, omdat hij er bij zijn vrouw niet tussen kwam.

'Heb je alles ingepakt?'

Anouk schrok op toen haar schoonmoeder blijkbaar haar verhaal had afgerond en ineens een vraag stelde.

'Ja, zo goed als.'

'Zoveel hoef je vast ook niet mee als je in Nederland blijft.'

Het verband ontging Anouk, maar ze knikte plichtmatig. 'Het valt erg mee. En we hebben een wasmachine in het huis.'

'Ontzettend aardig van Koos om zijn huis beschikbaar te stellen.' Ina nam een grote slok wijn. 'Hij weet natuurlijk ook wat het is om het moeilijk te hebben. Zijn bedrijf ging een paar jaar geleden ook door een dip.'

'O ja?' Dat wist Anouk niet.

'Ja, vlak voordat Hans de zaak overdroeg. Hij heeft Koos toen nog geholpen door hem uitstel van betaling te geven. Daarmee heeft hij het bedrijf gered, volgens mij.'

'Niet overdrijven', bromde haar schoonvader. 'Zo erg was het nou ook weer niet.'

'Wel waar.' Ina wees met haar vinger naar haar man. 'Koos' bedrijf stond toen op het randje van de afgrond. Weet je wat het is, als iemand die je goed kent het even moeilijk heeft, moet je diegene gewoon helpen. Dat vind ik echt. En dat vindt Koos ook.'

Hans van der Loo haalde zijn schouders op en deed er verder het zwijgen toe. Anouk glimlachte een beetje. Ze mocht haar schoonmoeder dan af en toe vermoeiend vinden, het was onmogelijk om een hekel te hebben aan Ina van der Loo. Anouk wist heus wel dat ze het had getroffen met de ouders van Jan. Als ze konden waren ze altijd bereid om te helpen, Hans sprong zelfs nog af en toe bij in de zaak. De kinderen gingen graag bij opa en oma logeren, omdat oma met haar tomeloze energie altijd een leuk programma voor ze in elkaar zette. Laatst waren ze nog een weekend naar de Ardennen geweest, waar Ina samen met Timo van een of andere hoge kabelbaan was gegaan.

Ina nam de laatste slok van haar wijn. In één beweging zette ze haar glas op tafel en stond op. 'Kom Hans, laten we Anouk niet langer tot last zijn.'

'Jullie zijn niet...'

'Wat doe je eigenlijk met Jans verjaardag? Dat is al over twee weken.'

'Ik eh... Ik wilde een feestje organiseren.' Tot haar schaamte moest ze toegeven dat ze nog helemaal niet over de veertigste verjaardag van haar man had nagedacht. 'Een surpriseparty lijkt me leuk', bedacht ze ter plekke. 'Dan nodig ik al onze familie en vrienden uit. Het huis is groot genoeg, volgens mij.'

'Wat een goed idee.' Ina keek haar stralend aan. 'Dat vindt Jan vast leuk. Nou, wij zijn van de partij, hoor. Als we tenminste uitgenodigd zijn.'

'Die staat. Ik mail nog wel hoe en wat.'

'Dat is goed, lieverd.' Ina gaf haar twee klinkende zoenen en liep toen naar binnen, ondertussen wuivend met haar hand. 'Blijf lekker zitten, we komen er zelf wel uit. Niet vergeten om de kinderen hun cadeautjes te geven, hè?'

Grinnikend liet Anouk zich weer op de bank zakken. Verderop in het huis hoorde ze de voordeur in het slot vallen, even later gevolgd door het geluid van een startende motor.

Anouk nam nog een slok wijn. Eindelijk voelde ze zich wat meer ontspannen. De gejaagde irritatie die haar de hele dag in z'n greep leek te houden was verdwenen. Ze legde haar voeten op tafel en sloot haar ogen. De lucht was zwaar van de zomer. In de appelboom in het midden van het gazon kwetterden de vogels. Bij de buren stond de barbecue aan. Er klonk gelach en het gekletter van bestek op borden. Anouk hield van de zomer. Ze had altijd het idee dat ze meer leefde als het mooi weer was.

'Hai.'

Met een schok kwam Anouk overeind. Ze had Jan helemaal niet thuis horen komen.

'Wat ben je aan het doen?'

'Ik geniet van de mooie avond.' Anouk stond op. 'Het is nog heerlijk buiten. Zal ik een glas wijn voor je inschenken?'

'Nee.' Jan schudde zijn hoofd. 'Daar heb ik geen tijd voor. Er moet nog heel veel gebeuren.'

Anouk keek op haar horloge. Het was kwart voor tien. 'Kan dat niet wachten?'

'Tot wanneer? We gaan morgen op vakantie.'

'Misschien kan iemand anders het oppakken. Mieke had toch beloofd dat ze extra zou werken tijdens onze vakantie?'

'Ik moet aan de slag. Had jij die firma nog gemaild over die serie Indonesische kastjes?'

Anouk fronste. 'Welke kastjes bedoel je?'

'Dat had ik toch aan je gevraagd?' Jan keek haar geërgerd aan. 'Dat bedrijf dat ons een hele lijn Indonesische kastjes kon leveren? Handgemaakt, heel exclusief? Als we daar niet snel op reageren, gaan ze naar een ander.'

'Ik weet echt niet waar je het over hebt. Misschien ben je vergeten het aan mij door te geven.'

'Dat ben ik niet vergeten, jij hebt het gewoon niet onthouden. Laat maar, ik doe het zelf wel weer.'

'Waar slaat dit nou weer op?' Anouk snoof geïrriteerd. 'Wil je je rothumeur niet op mij botvieren?'

'Er moeten ook nog vier facturen worden betaald', zei Jan, haar opmerking negerend. 'Wil jij dat even doen? Ik heb ze in mijn mail.'

'Tuurlijk', zei Anouk, zo overdreven dienstbaar dat het cynisme in haar stem Jan niet kon ontgaan. 'Ik kan me geen gezelliger begin van de vakantie voorstellen.'

Jan leek het niet eens te horen. Hij was verdiept in iets op zijn telefoon. Ineens draaide hij zich met een ruk om en liep naar binnen. Anouk pakte haar lege glas en liep zuchtend achter hem aan.

In de werkkamer startte ze haar laptop op. Jan had inderdaad facturen naar haar doorgestuurd. Terwijl ze de betaling daarvan in orde maakte, mailde hij iets door over de Indonesische kastjes. Anouk opende de foto, stelde vast dat ze de meubels spuuglelijk vond en stuurde vervolgens een mail waarin ze ze de hemel in prees en een tegenvoorstel deed voor de marge die het bedrijf wilde hebben.

Jan kwam de werkkamer binnen en klapte zijn laptop open. Hij had een biertje voor zichzelf ingeschonken. Anouk moest op haar tong bijten om geen opmerking te maken. Blijkbaar was het te veel gevraagd om ook voor haar iets te drinken mee te nemen.

'Je ouders waren hier nog', zei ze in plaats daarvan neutraal.

'Waarom?'

'Ze wilden ons een fijne vakantie wensen, en ze hadden cadeautjes voor de kinderen gekocht.'

Jan gaf geen antwoord. Zijn vingers gingen over het toetsenbord.

'Was het druk vandaag in de winkel?' vroeg Anouk. Ze wist zelf eigenlijk niet waarom ze probeerde een gesprek gaande te houden. Van Jan hoefde het duidelijk niet. Hij gaf geen antwoord.

Anouk richtte haar aandacht weer op haar laptop. Nu Jan achter zijn computer zat, stuurde hij de ene na de andere mail door. Zwijgend werkte ze ze een voor een weg.

Jan stond op en kwam even later terug met een nieuw flesje bier.

'Nee hoor, dank je, ik hoef niks', mompelde Anouk sarcastisch, maar Jan leek het niet te horen. Anouk keek naar hem, terwijl hij driftig met de muis van zijn laptop klikte en af en toe iets intypte. Zijn bewegingen waren bruusk, zijn gezicht gespannen. De donkerblauwe ogen waar ze ooit voor was gevallen stonden hard en afwijzend. Jans bruine haar zat warrig, op zijn wangen was het waas van een baard te zien. Eigenlijk realiseerde Anouk zich nu pas dat hij de afgelopen tijd ouder was gaan ogen. Het harde werken en de problemen met de zaak hadden hun sporen nagelaten op zijn gezicht. Terwijl de meeste mensen dankzij het mooie weer van de afgelopen tijd zongebruind waren, was Jans huid grauw en een beetje vlekkerig.

'Heb jij die Van der Veen geantwoord dat we zijn kast kunnen thuisbezorgen?' vroeg Jan zonder zijn ogen van het scherm los te maken. 'Als hij akkoord geeft op de bezorgkosten, kan die kast volgende week met het transport mee.'

Anouk schudde haar hoofd en richtte haar aandacht weer op haar laptop. 'Nog niet, maar ik ga het meteen doen.'

'Die mail is al van eergisteren.'

'Ik was er nog niet aan toegekomen.'

'Jezus Anouk, zo raken we onze klanten kwijt. Van der Veen koopt al jaren bij ons.'

'Ik zei toch dat ik er nog niet aan toegekomen was', antwoordde Anouk korzelig. 'Ik ga het nu doen.'

Ze slikte een geërgerde opmerking in terwijl ze de mail opzocht in haar inbox. Snel typte ze een antwoord. Jan was alweer verdiept in iets anders.

Zo ging het de rest van de avond door. Het was ver na twaalven toen Anouk eindelijk haar laptop afsloot. 'Zullen we gaan slapen?'

Jan knikte half, maar Anouk twijfelde of hij haar had gehoord. 'Jan?' vroeg ze, toen hij niet in beweging kwam. 'Zullen we gaan slapen?'

Nu keek hij wel op. 'Zo meteen.'

'Ik ben moe.'

Opnieuw kwam er geen reactie. Anouk gaf het op. Met een zucht verliet ze de werkkamer. Het hele huis was donker. Ze liep naar de keuken, waar de deur naar het terras nog openstond. Even stapte ze naar buiten, de zwoele avondlucht in. Het was helder, de hemel was bezaaid met sterren. Het deed haar denken aan de reis door Afrika die Jan en zij lang geleden hadden gemaakt, een paar jaar voor de komst van Timo. Boven de Serengeti hadden ze de mooiste en meest heldere sterrenhemel ooit gezien. Een paar uur lang hadden ze op de patio van hun safaritent gezeten, starend naar de sterren, luisterend naar de geluiden van de dieren in de verte, filosoferend over het leven. Het was een van Anouks gelukkigste herinneringen.

Een beetje verdrietig stelde ze vast dat die herinnering mijlenver af stond van de situatie waarin Jan en zij vandaag de dag zaten. Ze communiceerden amper, laat staan dat ze nog lange en diepzinnige gesprekken onder de sterrenhemel voerden. Ze kon zich sowieso niet herinneren wanneer ze voor het laatst een echt gesprek hadden gevoerd.

Het enige waar ze het over hadden was werk, en dan vaak in een ruzieachtige sfeer. Vanavond was niet eens een uitzondering, eerder de regel.

Misschien hoorde het erbij als je lang bij elkaar was. Misschien voerde je dan geen gesprekken meer die verder gingen dan wie de broodtrommels klaarmaakte en wie er naar welk clubje zou rijden. Misschien was het onvermijdelijk dat irritaties hun intrede deden. Anouk wist het niet. Het enige wat ze wist, was dat ze Jan miste. De Jan op wie ze verliefd was geworden, de Jan met wie ze urenlang had kunnen praten, de Jan van wie ze wist dat ze altijd op hem kon rekenen.

Misschien moest ze deze vakantie daarvoor gebruiken: om die Jan terug te krijgen. Hopelijk zou er weer tijd zijn om wel die diepzinnige gesprekken te voeren. Om eerlijk te zijn over hun gevoelens. En om te bedenken hoe ze het vanaf nu anders konden aanpakken. Want als ze zo doorgingen, zouden ze het contact echt kwijtraken, voor zover dat nog niet was gebeurd. Anouk realiseerde zich dat ze eigenlijk niet eens wist hoe het met haar eigen man ging.

Ze rilde in haar dunne blouse. Het mocht dan zwoel zijn, het was toch wel een paar graden koeler dan overdag. Anouk wierp nog één blik op de sterrenhemel en keerde toen om. Ze sloot de deur achter zich en liep door het donkere huis naar de hal. Even bleef ze staan bij de deur van de werkkamer. Jan zat nog steeds achter zijn computer. Ze vroeg zich af of hij had gemerkt dat ze weg was gegaan. Waarschijnlijk niet.

Een paar seconden aarzelde ze, toen liep ze door naar boven. Ze maakte zich klaar en stapte in bed, maar haar vermoeidheid was verdwenen. Met open ogen staarde ze in het donker. Toen Jan uiteindelijk naar boven kwam, was het al over drieën. Anouk sloot haar ogen, draaide zich op haar zij en deed alsof ze sliep. Ergens hoopte ze dat Jan iets zou zeggen, maar hij kleedde zich uit, stapte in bed en binnen een paar minuten hoorde Anouk aan zijn ademhaling dat hij in slaap was gevallen.

HOOFDSTUK 3

'Zijn we er al?'

Anouk trok een gezicht en keek naar Jan, die achter het stuur zat en vermoeid glimlachte. In de bijna twee uur dat ze onderweg waren, was dit zeker de twintigste keer dat die vraag vanaf de achterbank kwam. Lena had het één keer gevraagd, de andere keren was het Timo geweest. Geduld had hij niet en Anouk was vorig jaar tijdens de reis naar Spanje nog voor de Belgische grens opgehouden zijn vraag te beantwoorden.

'Ja schat', antwoordde ze nu echter geduldig. Ze wierp een blik op het navigatiesysteem. 'Nog maar tien minuten. Heb je gezien wat een mooie huizen er langs de weg staan?'

'Wie wonen daar, mama?'

'Dat weet ik niet precies.'

'De koningin?'

Anouk glimlachte. 'Dat denk ik niet.'

Ze liet haar blik van links naar rechts gaan terwijl ze over de bekende Eeuwigelaan in Bergen reden. De enorme villa's waren een lust voor het oog. Een paar huizen werden door grote hekken aan het zicht onttrokken, maar de meeste waren in al hun glorie te bewonderen.

'Weet jij het, papa?'

'Criminelen', antwoordde Jan, maar zo zacht dat zijn zoon het niet kon verstaan.

'Wat?'

'Ik weet het ook niet, jongen. Heel rijke mensen, denk ik.'

'Gaan wij ook naar zo'n huis?'

'Nou, ik denk dat ons vakantiehuis wel een beetje kleiner is', temperde Anouk zijn verwachtingen. 'Maar wij zitten wel heel dicht bij het strand.'

'Gaan we straks naar het strand?'

'Natuurlijk.' Anouk keek over Jans arm op de thermometer van de auto. Het was al vijfentwintig graden buiten, en dan moest het nog middag worden. 'Wat mij betreft gaan we meteen.'

'Cool. Zijn we er al?'

'Nog zes minuten.'

'Hoeveel seconden is dat?'

'360.'

Timo zweeg even. 'En hoeveel seconden nu nog?'

'Timo...' Anouk keek vermoeid achterom. 'Waarom ga je niet alle rode auto's die we tegenkomen tellen? Dan is de tijd zo om.'

Gelukkig naderde net op dat moment een rode auto. 'Eén!' riep Timo enthousiast. 'En daarstraks zag ik er ook eentje, dus dat is al twee.'

'Drie!' riep Lena, die op een oprit een rode auto had ontdekt. Anouk richtte haar blik weer naar voren. Ze hadden inmiddels het dorp Bergen verlaten en reden via zo'n typisch Nederlandse kustweg naar Bergen aan Zee. De weg was bochtig en liep eerst door een stukje bosgebied, maar al snel waren de duinen te zien. Het was druk onderweg. Op een mooie dag als deze zochten veel mensen hun heil aan het strand, zeker in de zomervakantie. Bergen aan Zee mocht dan een klein en nogal onbeduidend dorpje zijn, in deze tijd van het jaar was het er waarschijnlijk levendiger dan in Bergen zelf. Hoe dichter ze hun vakantiebestemming naderden, hoe meer zin Anouk kreeg in de weken die voor hen lagen. Ook al was de vakantie nog maar net begonnen, de sfeer was meteen beter. Meer ontspannen. Jan babbelde met de kinderen en neuriede mee met de radio. Van de ruzieachtige sfeer van gisteravond was niks meer te merken. Ergens voelde Anouk nog irritatie over wat er was gebeurd, maar ze had besloten dat ze zich er beter overheen kon zetten. Op dit moment was de lieve vrede haar meer waard dan het maken van haar punt, vooral vanwege Timo en Lena. Dit moest de vakantie worden dat ze als gezin weer dichter tot elkaar kwamen, en ruzie tussen haar en Jan leek haar een extreem slecht begin daarvan.

'We zijn er!' kondigde Jan aan, toen hij de auto stilzette op de boulevard. Links was een strandopgang te zien, rechts een grote villa, opgetrokken uit grijze bakstenen.

Het huis was in de breedte gebouwd, waardoor alle ramen aan de voorkant uitzicht boden op de duinen. Aan de rechterkant was een klein torentje. Daarin bevond zich een slaapkamer, had Anouk op de foto's gezien.

'Een kasteel!' riep Lena verrukt.

'Nee, man.' Dat was Timo. 'Er is toch geen brug?'

'Een kasteel kan ook zonder brug, hoor.'

'Dan is het geen kasteel.'

'Welles!'

'Jongens,' zei Anouk sussend, 'geen ruzie. Kom mee, dan gaan we naar binnen.'

Ze pakte de sleutels aan van Jan en stapte uit. De kinderen kropen opgewonden uit de auto. Met z'n drieën liepen ze naar de voordeur, terwijl Jan wegreed om de auto via een zijstraat aan de achterkant van het huis te parkeren.

Anouk bleef even staan en draaide zich om om de omgeving in zich op te nemen. Er liepen mensen over de boulevard. Ze zag families, behangen met strandspullen en koelboxen. Een ouder echtpaar met alleen een handdoek liep voorbij, hun diep gebruinde huid verried dat ze al enige tijd aan het strand hadden doorgebracht. De lucht was vol geluiden en levendigheid. Er klonken vrolijke kinderstemmen, een scooter reed toeterend voorbij, en daarbovenuit klonk het gekrijs van de meeuwen. In de verte was het geluid van de rollende golven te horen. Anouk snoof diep. De lucht rook naar zout, en naar zomer. Vaag drong ook een vleug frituurvet door, afkomstig van de strandtent naast de opgang.

'Ma-ham.' Lena trok aan haar arm. 'Doe nou open.'

'Ja. Natuurlijk.' Anouk draaide zich weer om en stak de sleutel in het slot. Het kostte wat moeite om de zware voordeur van het slot te krijgen. Het huis was goed beveiligd, alleen al voor de voordeur had ze drie verschillende sleutels nodig. Uiteindelijk zwaaide de deur met een zacht gepiep open. De kinderen stormden naar binnen.

'Ik wil de kamer in de toren!' riep Lena.

'Nee, ik!' Timo was sneller dan zijn zusje en draafde voor haar uit de trap op. 'Wie er het eerst is, mag de kamer!'

'Nee!' gilde Lena. 'Dat is niet eerlijk. Mama, dat is niet eerlijk, hè?'

Anouk deed maar even alsof ze het gekibbel van haar kinderen niet hoorde. Terwijl boven rennende voetstappen klonken, gevolgd door een bons, en daarna opnieuw geren, liep ze via de hal naar de grote woonkeuken aan de voorkant van het huis. Ze zette haar tas op tafel en liep naar het aanrecht. Met haar handen leunde ze op het donkere, natuurstenen blad en staarde naar buiten. De grote ramen boden uitzicht op de boulevard, de duinen en in de verte de zee. In de voortuin groeide helmgras, dat heen en weer ging in de zachte zeebries. Achter zich hoorde ze een deur open- en dichtgaan. Het was Jan, die de auto op de oprit achter het huis had geparkeerd en nu via de bijkeuken binnenkwam. Anouk keek niet om tot ze zijn handen om haar taille voelde en zijn mond in haar nek.

'Laten we er een topvakantie van maken', zei Jan zacht.

Anouk zocht naar een antwoord. Ze baalde van zichzelf dat ze op dit moment, nu Jan duidelijk zijn best deed, alleen maar kon denken aan haar irritaties van de afgelopen tijd. Het had geen zin daar voortdurend op terug te komen. Ze moest het juist achter zich laten.

'Het is in elk geval een prachtig huis', zei ze een beetje stijf.

Jan liet haar los. 'Dat is het zeker. Koos heeft geen woord te veel gezegd.' Zijn aandacht werd afgeleid doordat zijn telefoon ging. Hij haalde hem uit zijn zak, keek naar het scherm en trok een gezicht. 'Deze moet ik even nemen.' Het volgende moment verdween hij naar de woonkamer. Anouk kon niet verstaan wat hij zei.

Er klonken opgewonden stemmen vanaf de bovenverdieping, gevolgd door het slaan van een deur en een gil van Lena.

Anouk slaakte een zucht. Ze kon maar beter naar boven lopen voordat de kinderen de boel afbraken.

'Wat is hier aan de hand?' vroeg Anouk, toen ze de trap op kwam en een boze Lena op de gang aantrof.

'Dat is míjn kamer.' Haar dochter wees boos naar een deur. 'Het is de prinsessenkamer!'

'Het is míjn kamer!' klonk er vanaf de andere kant van de deur.

'Als jullie er ruzie om maken, blijft die kamer leeg', zei Anouk beslist.

Lena keek haar fel aan. 'Maar het is...'

'Einde discussie.' Anouk stak haar hand op. 'Kom uit die kamer, Timo. Totdat jullie het hebben bijgelegd, is het míjn kamer.'

Er klonk gerommel aan de andere kant van de deur. Die zwaaide open en Timo's verongelijkte gezicht verscheen. 'Dat is niet eerlijk.'

'Jawel, hoor. Er zijn nog genoeg andere kamers en ik houd niet van ruzie.'

'Maar ik wil daar slapen.' Boos sloeg Timo zijn armen over elkaar.

'Ik wil ook weleens wat.'

'Wat is hier aan de hand?' Jan kwam de trap op. 'Is er ruzie?'

De kinderen kwetterden door elkaar heen in een poging hun vader ervan te overtuigen dat ze echt gelijk hadden. Jan stak afwerend zijn handen op en grinnikte. 'Ik hoor het al. We moesten maar weer naar huis gaan.'

'Nee!' riep Lena. 'Waarom?'

'Omdat we daar tenminste weten wie in welke kamer slaapt. Kom mee, dan stappen we weer in de auto. Gelukkig liggen alle spullen er nog in. Ook de cadeautjes die oma gisteren heeft gebracht voor tijdens de vakantie. Die kunnen we dan mooi teruggeven.'

Even waren de kinderen allebei stil. Jan wisselde een blik met Anouk. Je kon hun hersenen bijna horen kraken. Het was Timo die als eerste opgaf.

'Ik ga wel ergens anders slapen.'

'Dan mag ik in de torenkamer!' riep Lena. Ze wilde triomfantelijk haar domein binnengaan, maar Jan hield haar tegen.

'Nee dame, zo werkt dat niet. Omdat je broer zo verstandig was om toe te geven, mag hij hier als eerste slapen. Halverwege de vakantie wisselen we.'

'Dat is niet eerlijk!'

'Dat is hartstikke eerlijk. En nu wil ik er niks meer over horen. We gaan naar het strand.'

Jan liep voor de kinderen uit naar beneden. Terwijl Anouk achter hen aan ging, bedacht ze hoezeer ze zoiets simpels als dit had gemist. Dat ze even niet zelf het gekibbel van de kinderen hoefde op te lossen.

Drie kwartier later hadden ze de noodzakelijke spullen uit de auto gehaald en liepen ze naar de strandopgang. Anouk sjouwde een tas vol speelgoed en handdoeken, Jan had een parasol in zijn hand. Ook hadden ze als verrassing voor allebei de kinderen een bodyboard meegenomen. Timo en Lena hadden staan springen van blijdschap toen Jan de boards uit de auto had gehaald.

Het was druk op het strand. Het zand lag bezaaid met handdoeken in alle kleuren van de regenboog en de meeste mensen hadden een parasol opgezet tegen de brandende zon. Anouk zag grote groepen vrienden, jonge stelletjes, vriendinnen op leeftijd met een fles rosé in een wijnkoeler tussen hen in en vooral veel families met jonge kinderen. De vlagen van gesprekken die ze opving werden gevoerd in het Nederlands of Duits. Op de boulevard had ze al veel auto's met Duitse kentekens gezien en de strandtenten hadden de menukaart in twee talen voor het terras staan.

Anouk schopte haar slippers uit en liep over het warme, mulle zand in de richting van de waterlijn. Ze zweette nu al, al had ze pas een paar stappen gezet. Ondanks de zeewind was het uitzonderlijk warm.

'Dit is wel een mooi plekje.' Niet ver voordat het droge zand overging in het natte gedeelte bleef Jan staan. 'Zullen we hier gaan zitten?'

Anouk knikte en liet haar zware tas vallen. Ze begon de handdoeken uit te spreiden. Timo had geen zin om te wachten tot ze klaar was. Ongeduldig hopste hij heen en weer. 'Gaan we naar het water, pap? Ik wil surfen.'

'Ik ook!' riep Lena, worstelend met het zomerjurkje dat ze probeerde uit te trekken. Anouk hielp haar. Ze was blij dat ze de kinderen thuis al had ingesmeerd.

'Ja, we gaan.' Jan trok zijn shirt over zijn hoofd. 'Kom mee, rennen! Wie het laatst in zee ligt, is een pannenkoek!'

Hij spurtte weg, gevolgd door zijn joelende kinderen. Anouk keek hen lachend na. Timo had zijn board met het bandje aan zijn pols bevestigd, waardoor het nu als een hondje achter hem aan stuiterde. Lena had dat van haar laten liggen.

Anouk klapte de parasol uit en zette de spullen eronder. Daarna wurmde ze zich uit haar strandjurkje, pakte Lena's bodyboard en liep naar de zee. Omdat het eb was, was de waterlijn behoorlijk ver weg. Eerst was er een stuk nat zand, waar een paar kinderen bezig waren kastelen te bouwen. Even verderop werd gevliegerd en een groepje jonge mannen was aan het beachvolleyballen.

'Mama!' Lena kwam naar haar toe gerend toen ze de waterlijn had bereikt. 'Kom je ook zwemmen? De golven zijn superhoog!'

'Wil je bodyboarden?'

'Zo meteen.'

Anouk zag dat haar dochter het een beetje eng vond, maar dat niet wilde laten merken. Ze stak haar hand uit. 'Kom mee, dan gaan we er samen in.'

Lena greep haar hand stevig vast en Anouk nam haar mee het water in. Ook al was het al een paar weken mooi weer, het water voelde behoorlijk fris aan.

'Zijn hier ook kwallen, mam?'

Anouk haalde haar schouders op. 'Volgens mij niet. Niet vandaag, in elk geval.'

Ze hoopte het zelf van harte. Sinds ze als klein meisje een keer een kwallenbeet had gehad, was ze doodsbenauwd voor die beesten, maar dat wilde ze niet aan haar dochter laten merken.

'Joehoe, mam, kijk!' Timo kwam liggend op zijn bodyboard voorbij, om even verderop tot stilstand te komen. 'Dat was cool! Zag je die golf, mam?'

'Ik zag het, schat', loog Anouk. 'Je ging hartstikke hard.'

'Ik ging wel honderd, denk ik.'

Anouk stak haar duim naar hem op en liep verder het water in. Ze voelde hoe de stroming in de branding aan haar benen trok. Even moest ze aan haar vader denken. Tijdens de vakanties in Zeeland had hij haar en haar twee zussen verteld over de stroming van de zee en vooral de gevaren daarvan. Anouk herinnerde zich nog precies hoe hij 's avonds op de camping had uitgelegd wat muien waren. Ze was een jaar of acht geweest. Geschrokken had ze zitten luisteren toen hij zei dat er al vaak mensen meegesleurd waren, en dat veel van hen verdronken waren. Nadat haar vader had verteld dat muien altijd dicht bij de kust voorkwamen maar dat je ze niet kon zien, had Anouk de volgende dag het water niet meer in gedurfd. En ook de dagen daarna was ze niet verder gegaan dan haar knieën. Haar moeder was nog boos geworden op haar vader, omdat hij Anouk en haar zussen bang had gemaakt met enge praatjes, zoals zij het noemde. Toch was Anouk blij dat haar vader haar had gewaarschuwd dat de zee niet alleen maar leuk was. Op haar beurt probeerde ze haar kinderen ook alert te maken. Ze had ze verteld dat ze niet te ver het water in moesten gaan en en dat als ze door stroming werden meegevoerd, ze zich niet moesten verzetten. Dat was immers de enige manier om uit een mui te komen: je mee laten voeren en als de mui in kracht afnam, er rustig uit zwemmen. Niet dat ze dacht dat er bij Timo veel van haar verhaal was blijven hangen. Met zijn bodyboard onder zijn arm rende hij terug de zee in. Lachend pareerde hij een grote golf die hem bijna omverduwde.

'Pap!' gilde hij. 'Ik kom eraan! Aah!' Anouk hoorde nog net zijn kreet toen hij door een nieuwe golf omver werd geduwd. Even later kwam hij proestend weer boven. 'Zag je dat, mam?'

'Ik zag het, lieverd', riep Anouk. 'Gaat het?'

'Het is wel zout.'

'Dat heb je met zeewater.'

'Daar komt weer een golf!' Timo zette zich schrap en liet joelend het water over zich heen komen. Daarna rende hij verder. Toen hij niet meer kon staan, zwom hij recht tegen de golven in, aangemoedigd door Jan.

'Ik kan ook surfen, mama.' Lena had het bodyboard op het natte zand gelegd en was erbovenop gaan staan.

Anouk glimlachte. 'Hartstikke knap van je, schat.'

'Komen jullie?' Vanuit het water wenkte Jan hen. 'Het is echt lekker.'

'Ja mam, kom nou!' Dat was Timo, die nu, geholpen door Jan, boven op zijn board stond. Anouk tilde Lena op en liep verder de golven in. Hoewel ze nog helemaal niet kopje-onder was geweest, proefde ze het zout op haar lippen. Boven haar hoofd krijste een meeuw. Vaag prikte de geur van algen in haar neus. Ze keek om zich heen. Het strand leek in niks op dat van de Middellandse Zee en de strandtenten die ze had gezien waren ook niet te vergelijken met de Spaanse tapastentjes langs de boulevard, maar wat maakte het eigenlijk uit? De kinderen genoten, Jan zag er ontspannen uit en zelf had Anouk het ook naar haar zin. Het zou vast een heerlijke vakantie worden.

'Nog een beetje?' Jan hield de halflege wijnfles omhoog en keek zijn vrouw vragend aan.

Anouk hield haar glas op en knikte. 'Lekker.'

Ze keek toe hoe Jan de chardonnay inschonk en nam daarna een slok. De wijn was heerlijk. Precies goed gekoeld en lekker vol van smaak. Of misschien smaakte elke wijn lekkerder als het vakantie was.

'Heerlijk, hè.' Jan leunde achterover op zijn deckchair en keek haar aan. 'Het is echt een geweldige plek.'

Anouk knikte en gaf geen antwoord. Ze keek om zich heen. Ze zaten op het terras aan de zijkant van de vakantievilla. Hun luie stoelen stonden precies in de zon en waren, dankzij glazen schermen, beschut de voortdurend blazende zeewind. Ook al liep het tegen vijven, de zon was nog aangenaam warm.

Anouk sloot even haar ogen. Op de achtergrond was het constante geluid van de golven te horen, vermengd met stemmen die vanaf de boulevard kwamen. Een stukje verderop in de tuin hoorde ze Timo en Lena lachen. Nadat ze eerst uitgebreid op het klimrek en de trampoline hadden gespeeld, waren de kinderen nu aan het voetballen. Elke keer trapte Timo de bal naar zijn zusje, waarna zij probeerde hem terug te trappen. Tot hilariteit van hen allebei miste ze voortdurend.

Anouk voelde zich rozig van de wijn en van de hele middag op het strand. Timo had geen genoeg kunnen krijgen van de golven en toen hij uiteindelijk uit het water kwam, was het alleen om met Jan op het strand te gaan voetballen. Lena had zich het grootste deel van de middag vermaakt met het bakken van zandtaartjes. Anouk had geen kind aan haar gehad. Ze was zelfs toegekomen aan de thriller die ze had meegenomen. Het boek had maanden op haar nachtkastje gelegen, maar ze was niet verder gekomen dan drie bladzijden. Het voelde als een luxe dat ze er vandaag zomaar de tijd voor had gehad. Gek genoeg leek het door de heerlijke middag die ze hadden gehad alsof ze al minstens een week op vakantie waren. Werk was veel sneller dan ze had verwacht naar de achtergrond verdwenen.

Ze opende haar ogen een stukje en keek naar Jan. Zijn iPhone waarmee hij de laatste tijd vergroeid leek te zijn was nergens te bekennen. Hij staarde voor zich uit en leek volkomen ontspannen. Hij draaide zijn wijnglas rond in zijn handen. Blijkbaar merkte hij dat ze naar hem keek, want hij bewoog zijn hoofd opzij en glimlachte loom. 'Geniet je nog een beetje?'

Anouk knikte. 'Ik heb in tijden niet zo'n fijne dag gehad.'

Jan draaide zich half op zijn zij en keek haar serieus aan. 'Het is de laatste tijd voor ons allebei niet makkelijk geweest. Ik geloof dat we een beetje langs elkaar heen hebben geleefd.' Hij dacht even na. 'Ik hoop echt dat we het dieptepunt hebben gehad en dat het vanaf nu weer beter gaat met de zaak.'

'Denk je dat?'

Jan aarzelde even en knikte toen. 'We hebben de laatste tijd veel tegenslag gehad, maar ook een aantal meevallers. Die meevallers kunnen ons uit het slop trekken.'

'Wat voor meevallers?'

'Ach, gewoon.' Jan nam een slok wijn. 'Wat goede orders.'

Anouk had geen grote orders voorbij zien komen, maar ze zag dan ook lang niet alle bestellingen. Als het om serieuze bedragen ging, deed Jan de afhandeling vaak zelf. Ze had helemaal geen zin om nu heel lang over werk te praten, dus vroeg ze niet verder.

'Dat is fijn', zei ze.

Jan knikte. 'En ik hoor morgen of het contract met Schippers doorgaat. Als dat zo is, zitten we de komende tijd ook goed.'

'Wat is dat?'

'Heb ik dat niet verteld? Bernd Schippers is de eigenaar van een paar restaurants in Nijmegen. Hij wil zijn onderneming uitbreiden met nog eens drie zaken en hij wil dat wij de inrichting gaan doen.'

'Echt waar?' Anouk fronste. 'Maar we hebben een zaak in woninginrichting.'

'Ja, maar Schippers houdt van onze spullen. Privé is hij ook klant bij ons. Hij vindt bedrijven die in horeca-inrichting doen vaak saai en fantasieloos. Dat zijn ze trouwens ook.' Jan dacht na. 'Hij wil dat elke zaak zijn eigen gezicht krijgt en dat kan volgens hem alleen met meubels waar een ziel in zit. Daarom is hij bij ons uitgekomen. Ik heb een offerte voor hem gemaakt en hij laat morgen weten of hij akkoord gaat.'

'Dat zou geweldig zijn.'

'Als hij ja zegt, gaan we champagne drinken in een strandtent', zei Jan met een grijns. 'Heel dure champagne.'

'Deal', lachte Anouk. 'Hoewel chardonnay op een ligbedje me ook erg goed bevalt. Het is dat we straks ook iets moeten eten, anders zou ik hier de rest van de avond niet meer wegkomen.'

'Jij blijft lekker liggen', zei Jan. 'Ik kook vanavond.'

'Weet je het zeker?' Anouk keek hem quasi-bezorgd aan. 'Koos wil waarschijnlijk nog langer doen met zijn keuken.'

'Er zijn rookmelders.'

'Dat is geen garantie dat je de boel niet in de fik zet.'

Ze grinnikten allebei. Jaren geleden had Jan eens bijna het Spaanse vakantiehuis in brand gezet toen hij wat tapas wilde maken. Eerder die dag op de markt had Anouk voorgesteld om gewoon wat kant-en-klare tapas mee te nemen, maar Jan had in het zijn hoofd gehaald dat hij zelf van alles wilde maken. Het was fout gegaan toen hij iets wilde frituren en bij gebrek aan een frituurpan olie in een normale pan had gedaan. Anouk wist nog steeds niet hoe hij het voor elkaar had gekregen, maar ineens stond de olie in de fik. Gelukkig was Jan erin geslaagd de deksel op de pan te krijgen, maar de zwarte aanslag op de afzuigkap hadden ze ondanks veelvuldig boenen niet weggekregen. Sindsdien was Anouk altijd een beetje sceptisch als Jan ging koken.

‘Ik gebruik de barbecue en verder zal ik me beperken tot kant-en-klare salade. Die had je toch ook meegenomen?’

Anouk knikte. Ze was net even snel naar de supermarkt geweest. Morgen zou ze wel wat uitgebreider inkopen gaan doen.

Anouk nam nog een slok wijn en nestelde zich nog maar eens tegen de kussens. ‘Als de kinderen zich rustig houden, kom ik voorlopig niet van dit bedje af.’

Jan kwam overeind en bleef op de rand van zijn deckchair zitten. Hij keek haar serieus aan. ‘Ik hoop echt dat we er deze vakantie in slagen het weer een beetje leuk te hebben’, zei hij toen. ‘Ik ga daar in elk geval mijn best voor doen en ik hoop dat dat andersom ook geldt. De laatste tijd was het echt niet makkelijk voor ons allebei, dat realiseer ik me heus wel. En misschien was ik ook niet de leukste man om mee samen te leven.’

Anouk haalde diep adem en knikte. ‘Je had het druk.’

‘Ja.’ Jan wreef even over zijn voorhoofd en knikte. ‘Dat is waar. Maar ik denk dat dat voor ons allebei geldt. Jij hebt heel wat werk verzet naast je eigen baan. Misschien heb ik dat een beetje te veel voor lief genomen.’

Anouk slikte. Ze realiseerde zich nu pas hoe ze zoiets simpels als een beetje waardering had gemist. ‘Het was inderdaad wel een beetje veel.’

‘Na de vakantie gaat daar echt verandering in komen. Ik denk dat ik weer een assistente kan aannemen. In elk geval voor twee of drie dagen per week.’

‘Echt?’

‘Ja. Dan kun jij je weer op je eigen werk richten en de zaak aan mij overlaten.’ Jan boog zich voorover en gaf haar een kus op haar mond. Anouk proefde nog het zout op zijn lippen. Toen hij weer overeind kwam, wees Jan op haar glas. Tot haar verbazing stelde Anouk vast dat het alweer leeg was. ‘Nog wat?’

‘Ach ja, waarom niet? Het is tenslotte vakantie.’

HOOFDSTUK 4

'En hoeveel mensen verwacht u?'

Anouk keek naar het schrijfblok waar ze aantekeningen op had gemaakt. 'Zeker wel een man of vijftig.'

'Wilt u het luxe arrangement of het basisarrangement?'

'Ik wil ongeveer twintig euro per persoon besteden. Op welk arrangement kom ik dan uit?'

'Basis.' De man aan de andere kant van de lijn begon duidelijk zijn interesse te verliezen. 'En dat is exclusief drankjes?'

'Die regel ik zelf.'

'Dus u wilt vijftig personen basis, zonder drankjes, en aan huis gecaterd?'

'Dat klopt.'

'Wilt u er bediening bij?'

'Dat is niet nodig. Leveren jullie ook serviesgoed?'

'Dat is mogelijk tegen een meerprijs.'

Anouk zuchtte onhoorbaar. 'Kunt u mij een offerte sturen?'

Ze gaf haar mailadres en beëindigde het gesprek. Daarna zette ze een streep door de naam van deze cateraar. Ze had niet het idee dat ze met het bedrijf in zee zou gaan. Het eten zelf was al aan de prijzige kant, zelfs het basisarrangement, en ze had het vermoeden dat het meerwerk aardig in de papieren zou lopen. Een beetje moedeloos keek ze naar de volgende naam op het lijstje dat ze had samengesteld. Na vier soortgelijke gesprekken zou het vijfde waarschijnlijk niet veel anders verlopen.

Met een zucht legde ze haar telefoon op de tuintafel en leunde achterover. Daarna liep ze naar binnen, haalde een blikje cola light uit de koelkast en nam haar plek aan tafel weer in.

Misschien moest ze haar wensenlijst een beetje bijstellen. Een feestje voor vijftig personen laten cateren voor duizend euro was blijkbaar niet echt realistisch, tenzij je genoegen nam met stokbrood met huzarensalade en gevulde eieren. Maar voor Jans veertigste verjaardag wilde ze wel iets meer dan dat. Een uitgebreid warm en koud buffet zou echter heel wat meer gaan kosten en dan moest ze de drank er nog bij rekenen. Zoveel geld kon ze er niet voor uittrekken.

Ze nam een slok cola en bladerde door haar schrijfblok. Ze was begonnen een gastenlijst op te stellen, maar dat was ook nog niet zo makkelijk. Naast familie en vrienden wilde ze ook wat goede zakenrelaties uitnodigen, maar bij de eerste opzet van de lijst was ze al op meer dan tachtig man gekomen. Daarom had ze de meeste zakenrelaties weer weggestreept en ook wat vrienden die ze eigenlijk niet zo vaak zagen. De lijst van vijftig mensen die ze nu had, was precies goed. Ze kon er ook niemand meer vanaf halen, dan zou ze echt mensen voor het hoofd gaan stoten.

Ze had nog even overwogen om zelf te gaan koken, maar dat zou twee dagen kosten. Nog los van het feit dat ze daar op vakantie geen zin in had, was het een beetje moeilijk het feestje voor Jan geheim te houden als ze al die tijd in de keuken stond. Anouk wilde per se dat het een surpriseparty zou zijn. Jan mocht best weten dat hij iets kon verwachten met zijn verjaardag, maar ze zou hem zeker niet laten weten wat precies. Als Jan wist dat ze een feestje voor hem regelde, zou hij binnen een mum van tijd de hele organisatie overnemen. Hij was niet erg goed in dingen uit handen geven. Dan zou hij dagenlang bezig zijn met regelen en plannen, en daar zat Anouk niet op te wachten. De vakantie was juist zo relaxed en dat wilde ze graag zo houden.

Met een zucht pakte ze haar telefoon weer op. Net toen ze het nummer van de volgende cateraar op haar lijstje wilde intypen, hoorde ze kinderstemmen bij de poort van de tuin, gevolgd door de stem van Jan. Snel klapte Anouk haar schrijfblok dicht en schoof het onder haar boek. Ze keek op haar horloge. Het was halfvier, Jan en de kinderen waren nog maar een halfuur geleden naar het strand gegaan.

'Hé', zei ze verwonderd toen het drietal de tuin in kwam. 'Zijn jullie nu al terug? Was het niet leuk op het strand?'

'We hebben iets te vieren', kondigde Jan aan. 'En dat gaan we doen met champagne.'

Anouk keek hem met grote ogen aan. 'Gaat het door?'

Jan knikte blij. 'Hij heeft de offerte in één keer goedgekeurd.'

'Wat een goed nieuws.' Anouk kwam overeind en gaf hem een kus op zijn wang. 'Gefeliciteerd.'

'Kom mee, dan gaan we champagne drinken. Als dat tenminste te krijgen is in een strandtent.'

Anouk liep snel naar de slaapkamer, waar ze haar korte broek en T-shirt verwisselde voor een roze zomerjurkje. Ze schoot sandalen aan, bond haar haar in een staart en liep weer naar beneden. Ze pakte haar tas en via de voordeur liepen ze de boulevard op.

'Laten we het hier proberen', zei Jan. Hij wees naar de strandtent naast de opgang, bijna recht tegenover hun huis. Te oordelen naar de doorsnee menukaart en de voortdurende frituurlucht die op het terras hing, had Anouk niet het idee dat dit het soort gelegenheid was waar champagne werd geschonken. Jan liep het terras op en sprak een serveerster aan, die met een spijtig gezicht haar hoofd schudde. Ze gebaarde naar een gelegenheid verderop en Jan knikte.

'De volgende tent heeft het zeker', zei Jan, toen hij zich weer bij hen voegde. 'Paal 11 heet het restaurant.'

Ze liepen de boulevard weer op en laveerden tussen grote groepen Nederlandse en Duitse strandgangers door. Het was bijna vier uur en het strand begon langzaam leeg te lopen.

Dat gold niet voor het terras van Paal 11, zag Anouk toen ze bij de volgende opgang het strand weer op liepen.

De strandtent had een enorm terras, waarvan zo'n beetje elke tafel bezet leek te zijn. Ze liet haar blik over de grote groep mensen gaan.

'Daar!' wees Jan, die eerder dan zij een lege tafel had ontdekt. Met grote passen beende hij ernaartoe en net voordat twee vriendinnen op leeftijd neer konden strijken, ging Jan zitten. Anouk moest lachen om de giftige blik die een van de twee vrouwen op hem wierp. Jan zag het niet, of deed alsof.

Anouk voegde zich bij hem. Timo en Lena keken verlangend naar het strand. 'Mogen we daar spelen?'

'Natuurlijk.' Anouk wees naar een trap aan de zijkant van het terras, niet ver bij hun tafel vandaan. 'Hier kun je naar beneden. Blijven jullie wel in de buurt?'

Timo knikte, zijn zusje volgde zijn voorbeeld. Daarna pakten ze de bal die Jan had meegenomen en verdwenen naar het strand. Glimlachend keek Anouk hen na.

'Volgens mij genieten ze wel van de vakantie', zei Jan met een tevreden blik.

Anouk knikte. 'Dat denk ik ook.' Ze dacht even na. 'Eigenlijk maakt het voor hen helemaal niks uit waar je bent. Ze hebben het hier net zo naar hun zin als in Spanje.'

Jans blik gleed langs Anouk heen naar de kinderen. Daarna keek hij haar weer aan. 'Als ik eerlijk ben, geldt voor ons hetzelfde. Ik had niet gedacht dat ik dat zou zeggen, maar ik vind het hier net zo leuk als in Spanje. Het enige wat ik mis, is die ene markt.'

Hij hoefde niet uit te leggen wat hij bedoelde. 'Die mis ik ook.' Anouk dacht verlangend aan de zondagse markt in het kleine dorpje waar ze altijd vakantie hadden gevierd.

Het dorp zelf stelde weinig voor, maar op zondag was het er een drukte van belang. Dan liep de hele omgeving uit. Anouk kreeg nog heimwee als ze dacht aan de heerlijke stukken vlees en de geweldige tapas die ze vorig jaar hadden gekocht.

'En die ham', zei Jan toen ze haar gedachte hardop uitsprak. 'Die was ook fantastisch.'

'Wat kan ik voor jullie inschenken?' Een piepjonge serveerster dook op aan hun tafeltje. Ze droeg een korte broek en een strak, zwart shirt met het logo van de strandtent erop.

'Heb je champagne?' vroeg Jan.

'Zeker.' Het meisje zag eruit alsof ze zelf nog te jong was om alcohol te mogen bestellen, maar tot Anouks verbazing somde ze moeiteloos een rijtje champagnes op. De namen zeiden Anouk niet zoveel, maar Jan wist blijkbaar precies welke hij moest bestellen.

'Doe maar een hele fles', zei hij. 'We hebben iets te vieren.'

'Prima.' De serveerster knikte terwijl ze de bestelling invoerde op een kleine handcomputer.

'En twee appelsap, graag', voegde Anouk nog toe.

Het meisje knikte en typte het in. Daarna liep ze snel door naar de volgende tafel. Anouk liet haar blik over het terras gaan. Er stonden zeker vijftig tafels, waarvan er niet eentje vrij was. Verderop zat een groepje luidruchtige jongeren met een grote bak vol ijsklontjes. Daar zaten zeker twintig bierflesjes in. Verder werd het terras vooral bevolkt door gezinnen met kinderen en Duitse toeristen. Anouk had te doen met de jonge bediening, die heen en weer draafde. Ze hadden het duidelijk zwaar. Het mocht dan eind van de middag zijn, het was nog steeds ontzettend warm.

Haar oog viel op een man van haar eigen leeftijd, die met een grote hoeveelheid borden voorbijkwam. Ooit had Anouk als bijbaantje een paar maanden in een restaurant gewerkt. Ze was er nooit in geslaagd meer dan twee borden tegelijk mee te nemen, haar meer ervaren collega's kwamen tot drie of vier. Deze man had er minstens vijf in zijn handen, en nog twee losse schaaltjes. Anouk vond het vermakelijk om te zien hoe hij ook nog een serveerster ontweek, die net een stap naar achteren deed toen hij haar passeerde. Anouk dacht aan haar eigen onhandigheid in haar korte carrière als serveerster. In het restaurant waar ze werkte was een klein afstapje. Ze wist niet eens meer hoeveel borden ze had laten sneuvelen doordat ze keer op keer over dat stomme drempeltje was gestruikeld.

'Ik ben echt opgelucht', zei Jan, haar gedachten onderbrekend. 'Hij heeft het wel spannend gehouden.'

'Wie?'

'Schippers natuurlijk. Toen ik vandaag maar niks hoorde, ging ik er eigenlijk van uit dat het niet door zou gaan. Maar toen belde hij ineens.' Jan glunderde. 'Hij zei dat hij nog drie andere offertes had opgevraagd, maar dat ze allemaal niet konden tippen aan die van ons. En dat terwijl ik in de offerte voor kwaliteit heb gekozen, niet voor de laagste prijs.'

Anouk trok haar wenkbrauwen op. 'Is dat niet een risico?'

'Zeker, maar als je iets wilt bereiken in de huidige retailmarkt moet je onderscheidend zijn. Als mensen de laagste prijs willen, gaan ze wel naar een andere meubelzaak. Die doelgroep spreken wij sowieso niet aan. Van der Loo staat voor kwaliteit en aan dat standpunt wil ik vasthouden.'

'En het werkt blijkbaar meteen', zei Anouk.

Jan knikte. 'Mensen houden van mooie spullen. Dat is altijd zo geweest en dat zal ook altijd zo blijven. Er is echt genoeg ruimte in de markt voor ons bedrijf, we moeten alleen stevig onze positie bepalen en opeisen. O wacht, ik moet even opnemen.' Hij keek verontschuldigend naar zijn telefoon.

Anouk knikte. De laatste tijd had Jan vaak een uitgebluste indruk gemaakt, maar daarvan was nu niks meer over. Hij praatte opgewekt en strijdlustig over het bedrijf, met vastbesloten handgebaren. Anouk had het niet met zoveel woorden gezegd, maar Jans houding van slachtoffer had haar behoorlijk geïrriteerd. Ze wilde niet beweren dat hij zich als een slapjanus had opgesteld, maar erg veel daadkracht had hij ook niet uitgestraald. Het was goed om te zien dat hij nu de wind er weer onder leek te hebben.

Anouk keek hem na toen hij wegliep. Ze hield van sterke mannen, van doorzettingsvermogen. Zoals Jan was geweest in het begin van hun relatie. Ze moest toegeven dat ze Jan, toen ze hem via een wederzijdse vriend tijdens het uitgaan had ontmoet, in het begin nogal een pedant mannetje had gevonden. Wat Anouk destijds van zichzelf niet begreep, was dat dat haar dat tegelijkertijd aantrok en afstootte. In elk geval had ze hem interessant gevonden. Langzaamaan had ze hem beter leren kennen en had ze ontdekt hoe hij echt in elkaar zat. Wat ze had gezien, was haar wel bevallen. Jan was stoer en zelfverzekerd, maar wel met een zachte kant. Die kant van hem liet hij niet makkelijk zien en had ze pas na een tijdje ontdekt. Dat was waarschijnlijk het moment dat ze echt voor hem was gevallen. Jan had haar het gevoel gegeven dat ze de meest speciale vrouw op aarde was. Ze had hem echt moeite voor haar laten doen en hij had haar verwachtingen overtroffen. De keer dat Anouk hem in zijn oude Peugeot naar de Belgisch-Franse grens had laten rijden omdat zij daar met pech was gestrand, was op hun bruiloft door vrienden breed uitgemeten, tot grote hilariteit van alle gasten. Achteraf moest Anouk een beetje beschaamd toegeven dat ze het Jan niet makkelijk had gemaakt. Ze had immers ook gewoon de Wegenwacht kunnen bellen. Bovendien had ze kunnen weten dat haar krakkemikkige autootje het spontane tripje naar Parijs niet aan zou kunnen.

Maar Jan was zonder morren in de auto gestapt, had het hele eind zonder te stoppen afgelegd, om pas ter plekke tot de ontdekking te komen dat Anouk niet alleen was. Als een echte gentleman had hij niet alleen haar, maar ook haar vriendin Ella naar Parijs gebracht. Daar had Ella zoals een echte vriendin betaamt al snel begrepen dat haar aanwezigheid een beetje te veel was, waarop ze zich twee dagen in haar eentje had vermaakt en uiteindelijk de trein terug naar huis had genomen.

Het was bijna vijftien jaar geleden, maar nog steeds herinnerde Anouk zich alle details van het weekend in Parijs. Waar ze hadden gegeten, en wat, de musea die ze hadden bezocht, de wandelingen die ze hadden gemaakt. Ze waren na die tijd nog regelmatig teruggekeerd naar de Franse hoofdstad en hoewel dat altijd heerlijke tripjes waren, was het nooit meer zo speciaal geweest als de eerste keer. Vanaf dat moment was het officieel aan geweest tussen hen. Op een of andere manier had Anouk meteen zeker geweten dat dit voor de lange termijn was. Het voelde met Jan gewoon anders dan met de vriendjes die ze tot dan toe had gehad. Al op de eerste avond in Parijs had Jan uitgesproken dat zij de moeder van zijn kinderen zou worden, en Anouk had precies datzelfde gevoel gehad. Weliswaar hadden ze allebei een fles wijn achter de kiezen, maar dat deed niks af aan het feit dat die uitspraak voelde als een belofte naar elkaar toe. De belofte om zich te verbinden.

Het was niet verwonderlijk dat Jan haar een paar jaar later juist in Parijs ten huwelijk had gevraagd. Ze hadden nog even overwogen er ook te trouwen, maar dat bleek ingewikkeld te zijn. Ook hun plan om het feest daar te geven, was uiteindelijk niet doorgegaan. In plaats daarvan hadden ze een feest in Parijse stijl gegeven in een klein kasteeltje vlak bij Nijmegen. Soms was Anouk verbaasd dat dat al meer dan acht jaar geleden was. Het voelde als gisteren. Ze hadden het trouwen best lang uitgesteld. Altijd kwam er een ander – beter – doel voorbij om hun geld aan te besteden: een mooie reis, een nieuwe auto. Maar uiteindelijk was het er dan toch van gekomen en Anouk, voor wie trouwen nooit echt een must was geweest, was blij dat ze het hadden gedaan. Het ging haar niet om het papiertje of om Jans achternaam die ze sindsdien droeg.

De dag zelf was gewoon prachtig geweest. Emotioneel had ze het ter plekke 'het vieren van de liefde' genoemd, te midden van al hun dierbaren. Achteraf gezien moest ze toegeven dat dat wat pathetisch had geklonken, maar ze meende het wel. Jan en zij woonden al samen – sterker nog: hun koopwoning was een grotere verbintenis met elkaar dan het trouwboekje – en in die zin veranderde er niet veel, maar tegelijkertijd voelde het anders om getrouwd te zijn. Echter.

Uiteindelijk was dat gevoel natuurlijk ook weer verdwenen. Niet lang na de bruiloft was Anouk zwanger geworden en toen Timo eenmaal was geboren, was hun huwelijk – na het aanvankelijke geluk dat de komst van een baby met zich had meegebracht – even behoorlijk op de proef gesteld. Timo was geen makkelijke baby geweest. Hij sliep weinig en huilde veel en had haar en Jan af en toe tot wanhoop gedreven. Waar Anouk heel naïef had gedacht dat het moederschap vooral een roze wolk was, moest ze dealen met een krijsend kind en een chagrijnige man, die onbewust zijn frustratie over het gehuil op haar afreageerde. Het was geen leuke tijd geweest. Anouk voelde zich naast moe ook nog eens totaal onaantrekkelijk met haar zwangerschapsbuik en wallen tot haar knieën. Jan had haar tot overmaat van ramp ook nog eens laten merken wat hij van haar uiterlijk vond. Uiteindelijk waren ze elkaar een beetje kwijtgeraakt en net in die tijd was er een medewerkster geweest die Jan wel zag zitten. De vrouw – zes jaar jonger dan Anouk – had echt werk van hem gemaakt en het was haar bijna gelukt om Jan in te pakken. Net op tijd was hij bij zijn positieven gekomen. Vanaf dat moment waren ze aan hun relatie gaan werken en uiteindelijk waren ze er samen uit gekomen. Na acht maanden was Timo van de ene op de andere dag gestopt met het vele huilen en uiteindelijk, tegen de tijd dat ze Timo's eerste verjaardag vierden, konden Jan en Anouk zeggen dat ze hun crisis te boven waren.

Door wat er was gebeurd had Anouk nogal huiverig tegenover een tweede kind gestaan. Toch wilde ze Timo niet als enig kind laten opgroeien en uiteindelijk hadden Jan en zij besloten ervoor te gaan. Met Lena hadden ze een makkelijke en relaxte baby gekregen, die alleen huilde als ze honger had en zelfs dan maar heel even. Anouks angst dat het hele gedoe opnieuw zou beginnen, was totaal ongegrond gebleken. Toch was er altijd iets van de crisis aan hun relatie blijven kleven. Althans, dat gevoel had ze. Ze was zich er nog steeds van bewust dat er niet eens zo heel veel voor nodig was om elkaar kwijt te raken.

'Champagne?' Een mannenstem deed haar opschrikken uit haar gedachten. De ober die ze net met al die borden had zien lopen, stond nu naast haar tafel. Hij zette een gevulde champagnekoeler op tafel, verontschuldigde zich en kwam even daarna terug met twee glazen. Vragend keek hij Anouk aan toen hij een van de twee tegenover haar neerzette.

Ze knikte. 'Mijn man komt zo terug', zei ze met een vaag handgebaar in de richting van het strand, waar Jan nog steeds stond te bellen. Ze probeerde de irritatie die ze diep vanbinnen voelde meteen te onderdrukken. Het was vast een belangrijk telefoontje en ach, ze hadden natuurlijk tijd zat.

'Zal ik hem openmaken?' vroeg de ober, wijzend naar de fles.

Anouk schudde haar hoofd. 'Ik geloof dat mijn man zelf de kurk eraf wil knallen. We hebben iets te vieren.' Ze wist zelf niet waarom ze dat laatste erbij vertelde. Alsof het de ober iets zou kunnen schelen.

De man hield echter zijn hoofd schuin en keek haar geïnteresseerd aan. 'O ja?'

'Ja, nou, niks bijzonders, hoor.' Anouk wist niet waarom, maar ze voelde zich een beetje ongemakkelijk onder zijn blik. 'Iets zakelijks.'

'Gefeliciteerd.'

'Ja.' Anouk knikte. 'Bedankt.'

De ober bleef staan. Anouk keek hem afwachtend aan. Uiteindelijk grijnsde hij een beetje. 'Als ik hem was, zou ik het wel weten.'

Anouk wachtte af, maar hij gaf geen verduidelijking. 'Wat?' vroeg ze uiteindelijk.

'Champagne met een prachtige vrouw, of een telefoontje plegen.'

Ze voelde zich nog meer opgelaten. 'Hij eh... Hij komt er zo aan.'

Anders dan zijzelf leek de man zich totaal niet ongemakkelijk te voelen. Waarschijnlijk stond hij de halve dag te flirten op het terras. Vast goed voor de fooien.

'Geniet van de champagne', zei hij uiteindelijk. Even kneep hij zijn ogen samen, toen liep hij weg. Anouk keek hem na.

'Zo, dat is ook weer geregeld.' De stem van Jan haalde haar uit haar gedachten. 'Sorry voor de onderbreking.'

'Maakt niet uit', antwoordde ze werktuiglijk. Ze knikte in de richting van de champagnefles. 'Laten we die maar ontkurken.'

'Goed idee.' Jan grijnsde. 'Ik zal proberen hem niet recht in iemands rosé te schieten.' Hij draaide het ijzerdraadje van de kurk en schudde een beetje met de fles. Daarna keek hij in welke richting hij hem kon laten knallen zonder iemand te raken. Hij koos uiteindelijk voor het strand.

'Daar gaat-ie!'

Met een luide knal schoot de kurk van de fles. Anouk hield haar glas bij, Jan schonk het tot de rand vol. Hij deed hetzelfde bij zijn eigen glas en daarna toostten ze.

'Op de zaak', zei Jan. 'En nog veel meer mooie contracten.'

Anouk knikte en zei niks. Snel nam ze een slokje en zette de gedachte dat Jan ook een toost had kunnen uitbrengen op henzelf in plaats van de zaak van zich af. Het was flauw om dat nu te denken en bovendien had hij gisteren en vandaag zijn best gedaan voor een leuke sfeer. Hoewel ze dat waardeerde, merkte Anouk dat de irritatie desondanks nog vrij hoog zat.

'Lach eens.' Anouk keek op en zag dat Jan zijn telefoon omhooghield. Hij maakte een foto en keek goedkeurend naar zijn scherm. 'Die is leuk. Zal ik hem op Facebook zetten?'

Anouk schudde haar hoofd. 'Doe maar niet.'

'Waarom niet?'

‘Gewoon.’
‘Hoezo? Het is toch een leuke foto?’
‘Ik wil het gewoon niet.’
‘Nou, dan niet.’ Jan deed er het zwijgen toe. Anouk gaf geen antwoord. Ze had geen zin om uit te leggen dat het schijnheilig voelde om zo’n foto te delen. Alsof het allemaal zo goed was tussen hen. Tegelijkertijd begreep ze zelf eigenlijk niet waar ze zich druk om maakte. Alsof Facebook iets anders was dan de grote koek-en-ei-show.

Maar eigenlijk ging het niet om Facebook, dat wist ze zelf ook wel. Wat haar dwarszat, was dat de vakantie tot nu toe net zo’n grote schijnvertoning was. Het was fijn dat de voortdurende spanning van de laatste maanden in één klap verdwenen was. Dat er weer werd gelachen en dat niet elke opmerking tussen hen een snauw of een opdracht was. Gisteravond hadden ze nog lang buiten gezeten, een fles wijn op tafel, pratend over andere dingen dan de zaak. Voornamelijk over de kinderen. Een paar keer had Anouk geprobeerd het gesprek op hun relatie te brengen, maar Jan had dat onderwerp duidelijk proberen te omzeilen. Uiteindelijk had hij onomwonden gezegd dat hij even geen zin had in een moeilijk gesprek en dat ze het er later maar over moesten hebben.

Alleen al Jans aanname dat een gesprek over hun relatie per definitie een moeilijk gesprek was, zat Anouk dwars. En zelfs als dat zo was, dan was dat nog geen reden om het maar uit de weg te gaan. Hoe gezellig het op vakantie ook was, Anouk was de afgelopen maanden niet zomaar vergeten. De keren dat ze op haar tong had moeten bijten om de lieve vrede te bewaren – vooral in bijzijn van de kinderen – waren talloos geweest. Ze had veel geslikt en in de haast van alledag had ze daar niet eens zo lang bij stilgestaan, maar nu de ontspanning kwam en ze tijd had om na te denken, realiseerde ze zich dat er nog heel wat uitgepraat moest worden. Dat mocht Jan irritant vinden, maar zomaar doorgaan alsof er niks aan de hand was, dat kon ze niet. Dan was ze maar een zeikerd, maar ze geloofde echt dat zaken uitgepraat moesten worden voordat ze samen de weg omhoog weer konden vinden.

Alleen was dat uitpraten dus niet aan de orde. Ze hoefden echt niet elk voorval van de laatste tijd te bespreken en het ging Anouk er ook niet om dat Jan zijn excuses aanbood, maar ze wilde wel dat hij wist hoe zij zich had gevoeld. En ook dat ze dit niet nog een keer wilde meemaken. Pas als ze dat aan Jan duidelijk kon maken, kon ze echt met een goed gevoel verder.

De ober van net liep voorbij. Anouk keek hem na. Haar blik bleef op hem rusten toen hij een paar tafels verderop bleef staan. Hij maakte een praatje en lachte. Ze wist niet waarom ze naar hem bleef kijken.

'Jij nog?' Jan had de fles uit het ijs gehaald en schonk zonder op haar antwoord te wachten haar glas vol. 'Hij is echt lekker, vind je niet?'

Zijn beledigde houding leek verdwenen. Anouk knikte. Ze merkte dat de alcohol begon te werken. De combinatie met de warmte maakte dat ze zich loom begon te voelen. Ze twijfelde of dit het moment was om bespreekbaar te maken waar ze mee zat. Ze keek naar Jan, die naar de zee staarde.

'Zal ik mijn ouders uitnodigen voor mijn verjaardag?' vroeg hij toen.

Anouk sloeg haar blik neer. Ze besloot maar niet over haar gevoelens van de laatste tijd te beginnen. Misschien vanavond, of morgen. Ze wilde de zaken niet op de spits drijven, dan zouden ze sowieso geen normaal gesprek kunnen voeren. Waarschijnlijk kwam het door de alcohol, maar haar gedachten leken trager te gaan. Misschien moest ze gewoon meer drinken, dacht ze met een half glimlachje. Dan leken problemen altijd wat minder groot.

'Wat vind jij?' Jan wachtte op antwoord. Anouk haalde haar schouders op. 'Ik dacht dat je het niet wilde vieren.'

'Dat wil ik ook niet, maar mijn ouders voelen zich misschien wel gepasseerd als ik ze niet eens uitnodig.'

'Ze moeten er ruim twee uur voor rijden.'

'Misschien willen ze een nachtje blijven. Zou je dat erg vinden?'

'Nee hoor.' Anouk deed haar best om niet te laten merken dat ze toneel zat te spelen. Ze had Jans ouders allang laten weten dat ze een slaapkamer beschikbaar had voor hen, zodat ze na afloop van het feestje niet naar huis hoefden te rijden.

'Ik denk dat ik dat maar doe', zei Jan met een knikje. 'Voor de kinderen is het ook leuk als opa en oma er zijn. Zullen we jouw ouders ook vragen?'

'Ik bel ze morgen wel even.'

'Verder ga ik het niet vieren, hoor. Misschien als we thuis zijn, maar nu niet.'

Anouk schudde haar hoofd. 'Je kunt moeilijk van je familie en vrienden verwachten dat ze helemaal hiernaartoe rijden.' Ze was er zelf een beetje verbaasd over hoe goed ze kon liegen.

'Precies', knikte Jan. 'En al dat gedoe. Ik wil juist lekker van de vakantie genieten. We nemen onze ouders mee uit eten, anders moet jij weer de hele tijd in de keuken staan.' Hij keek om zich heen. 'Dit is wel een leuke tent daarvoor, denk ik.'

'Mam, ik heb dorst.' Timo dook op, met rode konen van het voetballen. Hij pakte het flesje appelsap, klokte het bijna zonder adem te halen door het rietje naar binnen en rende daarna weer weg. Anouk grinnikte.

'Alles naar wens hier?' De ober was weer opgedoken aan hun tafel. 'Smaakt de champagne?'

'Hij is erg goed', zei Jan waarderend, wijzend op de fles.

'Het is een van de beste flessen die we hebben. En mijn persoonlijke favoriet.' Hij keek van de een naar de ander. 'Zijn jullie hier op vakantie?'

Jan knikte. 'Drie weken.'

'In Bergen aan Zee?'

'Ja, we hebben een huis gehuurd aan de boulevard.' Jan maakte een handgebaar. 'Bij de vorige strandopgang. Het huis van Koos Draaisma, misschien ken je hem.'

'Ah, ja, Koos. Aardige man.'

'Woon je zelf in Bergen aan Zee?'

De ober schudde zijn hoofd. 'In Bergen. Ook geen wereldstad, maar er is net even wat meer leven dan hier. In de winter is Bergen aan Zee een spookdorp.'

'Bergen is een leuke plaats', hoorde Anouk zichzelf zeggen. Dat sloeg nergens op, want ze kende het dorp amper, maar ze wilde ook een bijdrage aan het gesprek leveren.

De man knikte. 'Ik ben er geboren en getogen. Al moet ik zeggen dat ik in de zomer praktisch op het strand woon. Of eigenlijk: in deze strandtent.'

'Ben je de eigenaar?' vroeg Jan.

De man knikte. 'Ik ben Steef.' Hij stak zijn hand uit, die Jan schudde. Daarna deed Anouk hetzelfde. Ze keek hem recht aan, maar sloeg toen haar blik neer. Tot haar eigen irritatie merkte ze dat ze bloosde. Ze wist niet eens waarom. Misschien kwam het door de manier waarop de man naar haar keek. Net al, toen Jan aan het bellen was geweest. De manier waarop hij haar opnam was vrij schaamteloos. Er zat ook iets geamuseerds bij, alsof wat hij zag hem wel beviel. Anouk had moeite zijn gedrag te plaatsen en dat maakte dat ze zich ongemakkelijk voelde.

Onopvallend keek ze naar Steef, terwijl die met Jan praatte. Hij had stevige, gespierde armen. Onder de korte mouw van zijn zwarte T-shirt was nog net een randje van een tatoeage te zien. Hij had iets ruws, iets ruigs, dat paste bij het strand. Sowieso was aan hem te zien dat hij buiten leefde. Zijn huid was diep gebruind, zijn halflange donkerbruine haar opgelicht door de zon. Af en toe haalde hij zijn hand erdoor. Anouk keek ernaar. Hij had stevige handen. Heel even ging er een gedachte door haar hoofd, die ze meteen wegduwde. Doe normaal, riep ze zichzelf streng tot de orde. Ze leek wel zestien. Een knappe man flirtte een heel klein beetje met haar en meteen gingen haar gedachten op hol. Dit sloeg nergens op. Ze was nota bene getrouwd. Ze dwong zichzelf zich te concentreren op het gesprek tussen Jan en Steef.

'Heb je de zaak al lang?' vroeg Jan.

Steef schudde zijn hoofd. 'Ik heb hem vier jaar geleden overgenomen. De vorige eigenaar vertrok naar het buitenland en wilde ermee stoppen. Het was wel een beetje gedateerd allemaal, dus ik ben eerst maar eens gaan verbouwen.'

'Het is echt een leuke zaak', zei Jan. 'Beter dan de buren, in elk geval. Daar zijn ze volgens mij in de jaren negentig blijven hangen.'

Steef grinnikte. 'Laat Thomas het maar niet horen. Dat is de eigenaar. Hij vindt juist dat hij erg vernieuwend bezig is.'

'Ik heb de menukaart bekeken, maar daarop is niks vernieuwends te bekennen.'

'Dat heb ik ook al tegen hem gezegd, maar hij blijft erbij. Ach...' Steef haalde zijn schouders op. 'Het maakt niet eens zoveel uit. Voor elk soort restaurant is hier wel een plek. In de zomer komen hier zoveel verschillende mensen.'

'Is het restaurant het hele jaar door geopend?'

Steef schudde zijn hoofd. 'Van begin april tot eind oktober. Het gebouw blijft wel staan in de winter, maar er is dan zo weinig klandizie dat we beter dicht kunnen gaan.'

'Wat doe je in de wintermaanden?'

'O, van alles.' Steef maakte een vaag handgebaar. 'Een beetje reizen, wat klussen hier en daar. Die maanden zijn sneller om dan je denkt.'

'Lijkt me heerlijk, elk jaar een paar maanden vrij.'

Steef haalde zijn schouders op. 'In de zomer zijn we hier alleen maar aan het werk, dat is de andere kant. Niet dat je mij hoort klagen, hoor. Het is het mooiste werk van de wereld.'

'Dat kan ik me voorstellen. Je bent de hele dag in de zon.'

'Als het weer een beetje meewerkt wel, ja.'

'Wat deed je hiervoor?' vroeg Jan.

'Van alles. Ik ben zo'n beetje opgegroeid op het strand.' Steef blikte even naar de zee. 'De vader van een vriendje had een strandtent, waar ik al werkte toen ik twaalf was. Het was altijd mijn droom om eigenaar te worden en dat is gelukt.'

'Was dat deze tent?'

'Nee, iets verderop.' Steef gebaarde naar links. 'De zaak is inmiddels in handen van mijn vriend van vroeger. We hebben nog even overwogen om hem samen te runnen, maar uiteindelijk was dat niet zo'n goed idee. Twee kapiteins op één schip, weet je.'

'Nee, dat werkt niet.' Jan schudde zijn hoofd. 'Toen mijn vader de zaak aan mij overdeed, moest hij zelf ook echt een grote stap terugdoen. Je kunt niet met z'n tweeën de baas zijn.'

Anouk trok haar wenkbrauwen op. Jan wilde duidelijk heel graag laten merken dat hij ook een eigen zaak had. Alsof hij tegen Steef wilde opbieden.

'Zo is het', zei Steef. 'Dus jij hebt het bedrijf van je vader overgenomen?'

Jan knikte. 'Ik werkte er ook al jaren. Het is een echt familiebedrijf.'

Steef keek even naar Anouk. 'Daar heb ik bewondering voor: mensen die getrouwd zijn en ook samenwerken. Mij is het nooit gelukt. Mijn vriendinnen zijn altijd gillend weggerend zodra ze voor me gingen werken.' Hij grinnikte. 'Waarschijnlijk ben ik een vreselijke baas.'

'O, maar ik werk niet in de zaak.' Anouk wist niet waarom, maar ze vond het ineens heel belangrijk dat recht te zetten. 'Ik heb mijn eigen baan. Waarschijnlijk zou het inderdaad geen goed idee zijn als Jan en ik gingen samenwerken.'

Ze voelde de blik van haar man op zich gericht, maar keek hem niet aan.

Steef lachte. 'Dus ik ben niet de enige.' Hij keek even opzij. 'O, ik moet weer aan de slag. Kan ik voor jullie nog iets betekenen?'

'Deze is bijna op.' Jan wees naar de champagnefles. 'Ik wil zo de wijnkaart wel even zien. Maar dat heeft geen haast, hoor.'

'Ga ik regelen.' Steef knikte en liep toen snel door naar de volgende tafel.

'Aardige vent', zei Jan.

Anouk knikte. Ze gaf geen antwoord, maar keek naar Steef, die iets zei tegen een van zijn jonge medewerksters. Het meisje lachte en raakte even zijn arm aan. Anouk kneep haar ogen samen. Heel even verbeeldde ze zich dat ze zelf die hand op haar arm voelde. Ze schrok van haar eigen gedachte en dwong zichzelf haar blik af te wenden. Misschien moest ze maar niet meer drinken. De alcohol deed rare dingen met haar.

'Waarom kom je er niet even bij zitten?' Jan gebaarde naar een stoel. 'We hebben nog wijn.'

Steef schudde zijn hoofd. 'Nee, ik laat jullie met rust.'

'Drink gewoon een glas met ons mee', riep Jan joviaal. 'Dat vinden we juist gezellig.'

Steef dacht even na en haalde toen zijn schouders op. 'Oké, maar dan haal ik wel even een nieuwe fles. Van het huis, uiteraard.'

Terwijl Steef wegliep, keek Anouk naar Jan. Hij had behoorlijk wat gedronken en ze wist niet of het zo'n goed idee was dat er nog een fles openging. Maar ze hield haar mond. Hoe meer Jan dronk, hoe harder hij altijd ontkende dat hij dronken was.

Anouk verplaatste haar blik naar Timo en Lena, die zich vermaakten met hun iPads. Toen ze hadden besloten om in Paal 11 te blijven eten, was Anouk naar het huis teruggelopen om de tablets te halen. Eigenlijk was ze tegenstander van schermen aan tafel, maar ze kon niet van de kinderen verwachten dat ze zich de hele avond zouden vermaken. Nu waren ze allebei verdiept in een Netflix-filmpje.

Anouk keek op haar horloge. Het liep tegen negenen. Het plan om alleen champagne te gaan drinken en daarna thuis te eten was een beetje anders gelopen. Na een paar glazen wijn had Anouk geen zin meer gehad om te koken en waren ze bij Paal 11 blijven eten. Na het nagerecht was Jan opnieuw met Steef in gesprek geraakt. Steef had ze wat tips voor de omgeving gegeven. Hij bleek ook leuke ideeën te hebben voor de kinderen. Zo was er een waterpark op nog geen tien minuten rijden en kende hij een leuk meertje in een natuurgebied, voor als ze het zoute water even zat waren. Hij had verteld dat hij daar als kind heel wat uren had doorgebracht. Je kon er zwemmen, maar ook hutten bouwen en in bomen klimmen. Het verbaasde Anouk niet dat Steef het soort kind was geweest dat daarvan hield.

'Nee, voor school was ik niet gemaakt', lachte hij vijf minuten later, toen hij was neergestreken met nieuwe wijn. Door een opmerking van Jan pikte hij het gesprek weer op. 'Ik kon urenlang klooien in de natuur. Met die hutten, dus. En ik durfde het hoogst van iedereen in de bomen te klimmen. Eén keer moest de brandweer eraan te pas komen om me eruit te halen.' Hij grinnikte. 'Er was een tak afgebroken en ik kon met geen mogelijkheid meer naar beneden komen. Ik stelde aan mijn moeder voor om maar gewoon te springen, maar dat vond ze niet zo'n goed idee.'

'En toen?'

'Er kwam zo'n ladderwagen en even later stond ik weer op de grond. Omdat het midden in Bergen gebeurde, had iedereen het gezien. De volgende dag was ik natuurlijk de held van het schoolplein.' Hij nam een slok wijn. 'Mijn moeder was woedend, trouwens. Ik mocht nooit meer in bomen klimmen. Niet dat ik me daaraan hield.'

'En je vader?'

Steef grinnikte. 'Die lachte het hardst van allemaal toen hij het hoorde. Hij was niet het soort vader dat dan met een strenge preek kwam. Eerder het soort dat met je mee klom in een boom.'

'Heb je kinderen?' vroeg Jan.

Steef schudde zijn hoofd. 'Nee. Dat lijkt me ook niet zo'n goed idee. Laat ik zeggen dat ik niet het beste rolmodel ben.'

Anouk moest lachen. 'Omdat je vroeger in bomen klom? Dat deden er toch wel meer?'

'Als het daarbij was gebleven...' Steef keek haar aan. Zijn blik bezorgde haar een vreemd gevoel. Ze wilde vragen wat hij bedoelde, maar ze deed het niet.

'Ach, we hebben allemaal dingen gedaan die eigenlijk niet kunnen', zei Jan. 'Dat hoort erbij.'

'Ja.' Steef wendde zijn blik af. 'Laten we het daar maar op houden.'

Jan zei iets en de mannen praatten verder. Anouk had moeite zich op het gesprek te concentreren. De blik van Steef had iets in haar losgemaakt dat ze niet kende.

Anouk kneep haar ogen samen toen ze Jan hoorde vertellen over die keer dat er in een van de winkels was ingebroken en Jan – toen begin twintig – zelf met een medewerker hardhandig de inbreker had overmeesterd. Die had aangifte gedaan, maar gelukkig had de rechter geoordeeld dat het noodweer was geweest en gingen Jan en zijn medewerker vrijuit. Anouk kende het verhaal, maar als Jan nuchter was, was het een stuk minder spectaculair dan hij het nu vertelde. Maar Steef lachte hartelijk en schonk de glazen nog eens vol.

'Je moet daar altijd mee uitkijken', zei hij, alsof hem dit wekelijks overkwam. 'Al vind ik dat je wel mag opkomen voor wat van jou is. Wij hebben hier een keer een overval gehad. Het was een drukke dag geweest en er was veel geld in kas. Ik wilde het net in de kluis stoppen toen de deur werd opengebroken en er twee mannen binnenkwamen.' Hij knipperde even en leek de herinnering wel vermakelijk te vinden. 'Ik heb altijd gedacht dat ze van binnenuit informatie hebben gekregen. Via oud-medewerkers misschien. Ze wisten wat ze deden en ze liepen recht op de kluis af. Volgens mij wisten ze zelfs precies dat ik daar op dat moment bezig zou zijn, in mijn eentje. Ze hadden alleen niet door dat ik ze hoorde aankomen. Ik heb gedaan alsof ik niks merkte tot ze ineens achter me stonden. De ene gaf ik zo'n oplawaai met een honkbalknuppel dat de ander maar meteen het hazenpad koos. Die tweede hebben ze nooit gevonden, maar die eerste kon de politie makkelijk arresteren. Zijn knieën waren zo vermorzeld dat hij nergens heen kon.' Hij keek spijtig. 'Jammer genoeg vond de rechter niet dat ik mezelf verdedigde. Die oordeelde dat het buitenproportioneel was en ik kon dokken. Maar ik zou het zo weer doen. Kom niet aan wat van mij is.'

'Je hebt gelijk', vond Jan. 'En de politie doet ook niet veel voor je.'

Steef trok een gezicht. 'Nee, die lopen niet bepaald hard. Tenzij ze je een parkeerboete kunnen geven.' Hij grijnsde. 'Maar goed, ik denk niet dat er hier nog snel zal worden ingebroken, want dat verhaal van die gebroken knieën deed natuurlijk al snel de ronde in Bergen. Wat doe jij eigenlijk voor werk?' Hij keek Anouk aan. Die moest even omschakelen bij de plotselinge overgang.

'Ik ben jurist.'

'Oei, dan had ik beter mijn mond kunnen houden.' Hij keek haar aan. 'De letter van de wet is aan jou dus wel besteed?'

'Ik zit in verzekeringen.'

Steef kneep zijn ogen samen. 'Niet alleen beauty, maar ook nog brains, dus.'

Anouk wist niet wat ze moest zeggen. Ze wendde haar blik af. Jan leek de opmerking niet gehoord te hebben. Of misschien had hij te veel gedronken om er iets van te vinden. Er viel een stilte, die Steef allerminst ongemakkelijk leek te vinden. Hij leunde achterover en genoot van zijn wijn. Om zich een houding te geven nam Anouk zelf ook nog een slok. Ze vroeg zich af waarom ze niet met een gevat antwoord kon komen, daar had ze normaal gesproken ook geen moeite mee. En ze vroeg zich eigenlijk nog meer af waarom haar hart nu ineens begon te bonken.

Steef was alweer over iets anders begonnen. Hij vroeg waar ze woonden, Jan gaf antwoord. Anouk monsterde Steef. Hij zat ontspannen achterovergeleund. Zijn hele houding straalde zelfverzekerdheid uit. Af en toe blikte hij even opzij, naar haar. Er was iets in zijn ogen dat maakte dat ze het warm kreeg. Het leek wel begeerte. Ze sloot even haar ogen en schudde haar hoofd. Niet alleen de alcohol, ook Steefs geflirt was haar naar het hoofd gestegen.

Het idee was belachelijk en ze was blij dat niemand haar gedachten kon lezen. Alsof de man die hier alleen maar professioneel vriendelijk zat te zijn, ineens zijn zinnen op haar had gezet. En sterker nog, alsof het haar iets uitmaakte. Ze was getrouwd. Misschien momenteel niet zo gelukkig getrouwd, maar dat kwam wel weer. Het was absurd dat ze zich nu dingen in haar hoofd ging halen. En het was nog absurder dat ze haar eigen gedachten niet rationeel tot stilstand kon brengen. Want ook al maande ze zichzelf om normaal te doen, haar hartslag bleef maar hoog. Gelukkig was het schemerig, dan vielen haar rode wangen minder op. Ze keek naar Steefs mond en kon gewoon niet voorkomen dat er beelden in haar hoofd opkwamen.

Steef was aantrekkelijk, dat had ze meteen al gezien. Hij was het soort man dat aan iedere hand meer dan één vrouw kon krijgen, en dat ook van zichzelf wist. Het was niet eens zozeer dat hij er goed uitzag, het was de zelfverzekerdheid die hij uitstraalde. Kom niet aan wat van mij is, had hij net gezegd. Dat mocht dan over zijn zaak gaan, je kon het net zo goed anders opvatten. Ella, Anouks beste vriendin, had jaren gedatet voordat ze eindelijk de ware had gevonden. In die tijd had ze mannen onderverdeeld in allerlei categorieën. Anouk vond het meestal lachwekkend, en soms volslagen bizar. In elk geval zou Steef vallen onder wat Ella 'de alfamannen' noemde. Jan niet. Niet dat hij een doetje was. Integendeel, want dan was ze nooit met hem getrouwd. Hij was een rots in de branding. Althans, dat was hij altijd geweest. Maar hij was niet het type dat door roeien en ruiten zou gaan om een vrouw te veroveren.

Dat had ze ook nooit erg gevonden. Of eigenlijk had ze er nooit over nagedacht. En nu ze zo lang bij elkaar waren, maakte het ook allemaal niet meer uit. Alleen was er de laatste tijd iets in haar ontstaan, waar ze zelf eigenlijk nog geen erg in had. Het leek Jan niet zoveel uit te maken of ze er wel of niet was. Hij was met de zaak bezig, deed geen moeite meer voor haar, hij leek haar voor lief te nemen. Anouk wilde niet zeggen dat het hem koud zou laten als ze op een dag weg zou gaan, maar ze had ook niet het idee dat hij haar echt zag staan. De blik die ze nu opmerkte bij Steef, had ze nog nooit bij Jan gezien.

Ze schrok van haar eigen gedachte. Alsof ze Jan en Steef met elkaar kon vergelijken. Alsof ze een huwelijk van zoveel jaar kon afzetten tegen een man met een paar glazen wijn op, die zich vermaakte met wat geflirt. Waarom zocht ze er zoveel achter, als Steef dat overduidelijk niet deed?

Met een ruk schoof ze haar stoel naar achter. 'Even naar het toilet', mompelde ze, waarna ze over het terras naar de strandtent liep. Ze had een beetje moeite recht te lopen, al wist ze niet of dat alleen maar aan de wijn lag.

In de toiletruimte liet ze koud water over haar polsen stromen. Ze keek naar zichzelf in de spiegel. Haar bruine haar zat in een slordige knot, er hingen wat losse plukken uit. Op haar wangen zaten blosjes die ze niet alleen aan de zon kon wijten. Ze had het warm. De hitte van de zon leek aan de binnenkant van haar huid te zitten. Met haar polsen depte ze wat water op haar wangen, maar dat bracht geen verkoeling.

Ze was moe en tegelijkertijd voelde ze zich vol energie. Opgefokt, bijna. Ze begreep niet waar dat vandaan kwam. In al die jaren met Jan had ze nog nooit zoiets voor een andere man gevoeld. Ze had heus weleens met een ander geflirt, maar nooit zoals nu. Haar verstand zei van alles, maar haar gevoel wilde heel andere dingen. Dat was tegelijkertijd beangstigend en opwindend.

Anouk draaide de kraan uit en droogde haar handen aan een papieren handdoekje. Twee vrouwen kwamen pratend en lachend de toiletruimte binnen. Anouk wierp een laatste blik in de spiegel. Haar hart bonkte nog steeds, maar ze riep zichzelf streng tot de orde. Ze liet zich veel te veel meeslepen.

Ze stapte de toiletten uit. Via het smalle gangetje liep ze terug. Om bij het terras te komen, moest ze door het binnengedeelte van de zaak lopen. Er zat niemand. Zelfs bij de bar was het stil, omdat de bediening de drankjes bij de buitenbar haalde.

'Anouk...'

Ze merkte de figuur bij de bar pas op toen hij begon te praten. Meteen hield ze haar pas in. Steef had zich omgedraaid en leunde met zijn rug tegen de bar, een fles wijn in zijn hand. Toen ze geen antwoord gaf, zette hij een paar passen in haar richting.

Anouk kon er niks aan doen, maar ze voelde haar hartslag alweer toenemen. Haar huid prikte onder haar zomerjurk. In het halfdonker blonken Steefs ogen. Ze voelde zijn blik over haar lichaam gaan. Hij kwam nog dichterbij en stond nu vlak voor haar.

Ze wist niet wat ze moest zeggen. Hij zweeg ook. Zijn ademhaling klonk zwaar. Hij rook vaag naar zonnebrand en sigaretten, en iets anders wat ze niet kon thuisbrengen. Hij was een kop groter dan zij en ze hief haar gezicht naar hem op.

Achter hen langs liepen de twee vrouwen weer naar buiten, zonder hen op te merken.

Anouk slikte. 'Ik...'

'Sst.' Steef hief zijn hand en legde zijn vinger tegen haar lippen. Anouk trilde onder zijn aanraking. Hij verplaatste zijn vinger van haar lippen naar haar kin en tilde haar gezicht op. Ze keek hem recht aan. Hij leunde voorover en was nu zo dichtbij dat ze de barstjes in zijn lippen kon zien. Even was ze ervan overtuigd dat hij haar ging zoenen. Ze zette zich schrap. Ergens riep een stem dat ze weg moest lopen, maar ze bleef staan.

Het volgende moment was het voorbij. Steef trok zijn hand terug en hield de fles wijn in de lucht. Daarna draaide hij zich om en liep naar buiten.

Anouk bleef staan. Ze had het warm en koud tegelijk. Met haar hand steunde ze op een tafeltje, omdat ze bang was dat ze anders zou vallen.

Hoofdstuk 5

‘Wat is er met papa?’ Timo nam een hap van zijn boterham met appelstroop en keek zijn moeder verwonderd aan.

‘Die voelt zich niet zo lekker.’

‘Is hij ziek?’

‘Een beetje.’ Anouk haalde twee boterhammen uit de toaster en besmeerde die met boter. Ze schonk thee in een mok en liep naar de slaapkamer.

Jan lag in bed, het dekbed tot aan zijn kin opgetrokken ook al was het bloedheet in de kamer. Hij had de halve nacht in de badkamer doorgebracht, waar Anouk hem luidruchtig had horen overgeven. Volgens Jan had hij iets verkeerds gegeten, Anouk hield het op de grote hoeveelheid wijn die hij gisteren had gedronken.

‘Gaat het?’ vroeg ze, terwijl ze het bord naast hem neerzette.

Het antwoord was een gekreun vanonder de dekens.

'Er staat ontbijt voor je. Ik ga zo met de kinderen naar het strand.'

'Oké.'

'Ik neem aan dat je niet meegaat?'

Jan gaf geen antwoord. Anouk draaide zich om, verliet de kamer en trok de deur achter zich dicht. Ze keek op haar horloge. Het was al halftwaalf, zelf was ze al uren op. De kinderen zaten zelfs al aan de lunch.

'Gaan we?' vroeg Timo, toen Anouk de keuken weer binnenkwam. Zijn bord was leeg en op zijn bovenlip zat een witte melksnor.

'Veeg je gezicht eens af.' Anouk gooide een doekje naar hem toe. 'Als jullie je spullen pakken, dan gaan we zo naar het strand.'

'Gaat papa mee?' vroeg Lena.

'Nee, hij blijft hier.'

'Papa is ziek', zei Timo. 'Dat weet je toch?'

'Mogen mijn barbies mee?'

Anouk schudde haar hoofd. 'Maar je roze emmer wel. Stop die maar in de strandtas die buiten staat.'

Braaf liep Lena naar het terras, waar Anouk gisteren al het strandspeelgoed had neergelegd. Ze had de kinderen verboden het mee te nemen naar binnen, laat staan naar hun kamers. Timo wilde zijn bodyboard het liefst naast zijn bed neerleggen, maar daar had Anouk een stokje voor gestoken. Ook zonder dat het speelgoed door de kinderen mee naar binnen werd gesleept, lag de vloer voortdurend bezaaid met zand. Ze had gisteren al twee keer gestofzuigd, maar het leek niet te helpen.

'Mam.' Lena kwam weer binnen met niet alleen de roze emmer, maar ook de zes bijbehorende schepjes en harkjes in haar handen. Anouk keek er een beetje vermoeid naar.

'Wat had ik gezegd over het speelgoed?'

'Eh... o ja.' Lena keek schuldbewust.

'Stop je de spullen in de strandtas?'

Haar dochter keerde om, liet twee schepjes uit haar hand vallen en legde vervolgens al het speelgoed op de grond om die te kunnen oprapen. Anouk keek naar het bergje zand op de keukenvloer en bedacht dat ze zich er maar beter niet meer druk om kon maken.

Ze haalde een koeltas tevoorschijn, deed er pakjes drinken voor de kinderen in en pakte daarna drie grote strandhanddoeken. Koos had gezegd dat ze alles mochten gebruiken wat in het huis aanwezig was, maar Anouk had toch maar hun eigen handdoeken meegenomen. Het was ongelooflijk hoeveel vlekken kinderen konden maken – vooral van het soort dat er nooit meer uit ging – en ze wilde Koos' spullen niet ruïneren. Om diezelfde reden had ze al de eerste avond de woonkamer verbouwd. De twee grote beelden op de grond had ze naar de bijkeuken verplaatst, de prachtige schemerlamp naar een slaapkamer die ze niet gebruikten. Het was al erg genoeg dat er een stoffen bank stond. Ze had de kinderen verboden in de buurt ervan te komen als ze eten en drinken in hun handen hadden. Het was maar goed dat ze het grootste deel van de dag buiten zaten.

'Gaan we nou, mam?' Timo was in de keuken verschenen. Zijn bodyboard bungelde aan het touwtje achter hem aan. Anouk besloot te doen alsof ze het niet zag.

'Ja, kom mee', zei ze opgewekt. 'Ik heb gehoord dat de golven vandaag nog beter zijn dan gisteren en eergisteren.'

'Echt?'

'Jazeker.'

'Wie zei dat?'

'Niemand. Ik hoor het aan het geluid van de wind.'

Terwijl Timo ongelovig naar haar keek, liep Anouk voor hem uit naar buiten. Ze verlieten de tuin via de poort en liepen daarna om het huis heen naar de boulevard. Daar was het alweer een drukte van belang. Het was zaterdag en dat zorgde nog eens voor een extra stroom strandgangers. Een gestage stroom auto's reed langzaam voorbij, maar er was geen parkeerplek meer te vinden.

Ze liepen het strand op, waar het ook veel drukker was dan de afgelopen dagen. Anouk wilde zo dicht mogelijk bij het water zitten, maar daarin was ze niet de enige. Het kostte de nodige moeite om zich tussen de handdoeken en parasols door een weg richting de zee te banen. Twee keer struikelde ze bijna over een uitgestrekt been. Het kwam haar op geïrriteerde blikken te staan, die ze negeerde.

Uiteindelijk bereikten ze het natte zand. Net ervoor speurde Anouk het strand af naar een onbezet stukje zand, waar ze konden neerstrijken. In het verlengde van de strandopgang was het heel druk, maar even verderop was nog ruimte. 'Nog een klein stukje, jongens', zei ze tegen de kinderen. 'Kom maar mee.'

Over het warme zand liep ze naar het gedeelte waar het iets rustiger was. Schuin blikte ze naar de strandtent waar ze gisteren waren geweest. Zelfs van een afstand was te zien dat het terras weer vol zat. Ze kneep haar ogen samen en keek onbewust of ze Steef ergens zag.

'Hier, mama?' vroeg Timo met een rood hoofd van de warmte.

Anouk knikte. Ze hadden een stuk zand gevonden dat nog niet helemaal door handdoeken was ingenomen. Anouk zette de tas op de grond en spreidde hun handdoeken uit. Daarna zette ze de parasol op en hielp Lena met haar zwembandjes. Niet dat haar dochter het water in zou gaan zonder haar hand vast te houden, maar Anouk nam liever het zekere voor het onzekere.

'Ik ga vast, hoor!' riep Timo, maar Anouk hield hem tegen. De golven leken vandaag inderdaad hoger dan gisteren te zijn en hoewel Timo kon zwemmen, wilde ze niet dat hij in zijn eentje te diep het water in ging.

'Maar ik wil surfen', pruilde hij.

'Dat mag ook, maar je moet vandaag even iets dichter bij het strand blijven. Wacht maar, Lena en ik gaan met je mee.'

'Ik kan niet dichter bij de kant blijven', zei Timo eigenwijs. 'Papa zegt dat je pas goed kunt surfen als je de golf op zijn top kunt pakken.'

'Maar vandaag gaan we het even anders doen. Kom mee.' Ze trok haar jurk over haar hoofd, propte die in de strandtas en stak daarna haar hand uit naar Lena. Timo draafde voor haar uit naar het water. Hij nam een aanloopje, pakte zijn board in twee handen en dook toen recht in een grote golf. Anouk moest lachen om zijn onverschrokkenheid.

'Kijk, daar moet ik heen!' zei Timo toen Anouk hem weer had ingehaald. Hij wees naar het punt waarop de golven hun hoogste punt bereikten en daarna schuimend richting het strand rolden. Anouk voelde hoe de stroming aan haar benen trok. Ze aarzelde, maar besloot toen om Timo toch niet alleen te laten gaan. Waarschijnlijk was ze totaal overbezorgd, maar haar vader had haar met zijn verhaal over muien voor altijd een zekere angst bezorgd.

Anouk tilde Lena op en waadde daarna verder door het water. Het kostte haar moeite zich staande te houden. 'Oké, waar moeten we zijn?' vroeg ze aan Timo. 'Dan gaan we samen.'

Haar zoon zwom voor hen uit en met moeite hield Anouk hem bij. Ingespannen keek hij om zich heen. Sinds Jan hem had verteld dat het met surfen allemaal nauw luisterde, nam hij het uitzoeken van de juiste positie erg serieus. Hij pakte zijn board met twee handen vast en hees zichzelf er half op. Daarna zwom hij een stukje verder.

'Daar komt een mooie aan!' riep hij, met zijn blik op een bolling in het water. 'Let op, mam!'

'Ik let op.'

'Kijk, daar komt-ie!' Timo draaide om, greep het board extra stevig beet en liet zich vervolgens door de omrollende golf meevoeren. Anouk hoorde hem joelen toen het water hem in één rechte lijn naar het strand spoelde. Hij eindigde voorbij de branding, zoveel vaart had hij. Meteen sprong hij op en keek achterom. Anouk stak haar duim in de lucht.

Timo rende het water weer in en zwom terug naar Anouk. 'Dat was cool', riep hij stralend. 'Ik ga nog een keer, hoor.'

Anouk knikte en keek toe hoe het hele ritueel zich herhaalde.

'Wil jij ook in de golven?' vroeg ze aan Lena, maar die schudde een beetje angstig haar hoofd. De plek waar de handjes van haar dochter zich aan Anouks arm hadden vastgeklemd, begon pijn te doen.

Opnieuw keek ze Timo na toen die richting het strand gleed. 'Goed zo, jongen!' riep ze, terwijl ze zich intussen afvroeg hoe ze hem zou kunnen overhalen dichter bij het strand te komen spelen. Het zout prikte in haar ogen en Lena werd zwaar.

'Wat een surfdude.'

Anouks hart maakte een sprongetje toen ze ineens een stem vlak achter zich hoorde. Ze had helemaal niet gemerkt dat iemand haar zo dicht was genaderd. Met een ruk draaide ze zich om. Ze keek recht in het gezicht van Steef.

'Je zoontje', verduidelijkte hij, toen Anouk geen antwoord gaf.

'Ja.'

'Hij heeft de smaak te pakken.' Steef keek om zich heen. 'Is je man er niet?'

Anouk schudde haar hoofd. Er gingen allerlei gedachten door haar heen, terwijl ze tegelijkertijd zichzelf dwong om normaal te doen. Ze begreep sowieso niet waarom ze zich ineens zo shaky voelde.

Steef grijnsde. 'Katertje?'

Anouk grimaste, maar gaf geen antwoord.

'Hij ging dan ook zingend de deur uit.' Steef keek haar onderzoekend aan. 'Jij ziet er anders stralend uit.'

'Ik had niet zoveel gedronken', antwoordde Anouk stijfjes.

Steef kneep zijn ogen samen en nam haar schaamteloos op. Anouk was zich ineens heel erg bewust van haar eigen lichaam in bikini, ook al stond ze tot aan haar borst in het water. Op een of andere manier leek Steef daar dwars doorheen te kijken. Het ergste was eigenlijk dat ze het niet eens echt erg vond.

Ze probeerde zichzelf tot de orde te roepen, maar haar hart leek juist steeds harder te gaan bonken. Doe normaal, zei ze in gedachten. Waarom voelde ze zich zo raar? Ze kende Steef niet eens.

Hij maakte iets bij haar los, dat moest ze aan zichzelf toegeven. Ze begreep het niet, want hij was helemaal niet haar type. Althans, niet echt. Ze hield van mannen zoals Jan: ondernemend, hardwerkend en iemand die de leiding kon en wilde nemen. Steef was een ander type. Vrijer, en ruiger. Hij leek haar iemand die vooral deed waar hij zelf zin in had, waarbij het hem niet interesseerde wat anderen ervan vonden.

'Zag je me, mam?' Timo was weer teruggezwommen en keek haar trots aan.

'Ja, lieverd', antwoordde ze met een blik op hem. 'Hartstikke goed.'

'Ik ga nog een keer, hoor', riep Timo. Het volgende moment kwam er blijkbaar weer een goede golf, want meteen greep hij zijn board en verdween weer.

Anouk keek naar Steef. 'Ik ga maar weer eens naar het strand.'

Hij keek haar aan met iets geamuseerds in zijn blik. Alsof hij doorhad dat ze zich ongemakkelijk voelde en dat wel grappig vond.

'Als je je straks verveelt...' Hij gebaarde naar de strandtent. 'De wijn staat koud. *It's on me.*'

'Ik eh... Ik kijk wel.'

Steef haalde zijn hand door zijn natte haar. Hij deed een stap naar voren en raakte heel even haar gezicht aan. 'Ik zou het leuk vinden om je te zien.'

Daarna draaide hij zich om en dook in een aanrollende golf. Een stukje verderop kwam hij boven. Anouk zag hem richting het strand crawlen.

'Nog een keer, mam!' riep Timo, die weer aan kwam zwemmen. 'De golven zijn echt goed vandaag.'

Anouk knikte. 'Nog één keer en dan ga ik weer even naar het strand.'

'Ah, waarom?' pruilde Timo, maar Anouk negeerde hem. Ze had haar blik op Steef gericht, die het strand had bereikt en nu over het zand in de richting van Paal 11 begon te lopen. Zijn uitnodiging bleef nagalmen in haar hoofd.

Timo vond een goede golf en surfte richting het strand. Met Lena nog steeds op haar arm liep Anouk achter hem aan. Toen ze de branding bereikte zette ze haar dochter neer. Ze keek op, maar Steef was nergens meer te bekennen.

'Ik ga een kasteel bouwen', kondigde Timo aan. 'Waar is mijn emmer?'

'Bij de handdoeken.' Anouk nam de kinderen mee naar hun plek. Timo pakte zijn emmer en liep terug naar het natte gedeelte van het zand, omdat dat volgens hem als enige geschikt was om kastelen van te maken. Het duurde even voordat Lena haar roze emmer en al haar harkjes en schepjes had verzameld. Daarna liep ze achter haar broer aan. Anouk keek verlangend naar haar boek, waarvan ze eigenlijk niet begreep waarom ze het had meegenomen. In haar eentje met twee kinderen zou van lezen niet veel komen.

Ze ging op haar handdoek zitten en zette haar zonnebril op haar neus. Steunend op haar handen staarde ze naar haar kinderen, die naast elkaar bezig waren hun emmertjes te vullen. Ze hadden niks in de gaten gehad, dat wist ze zeker. Ze had gewoon een gesprek gevoerd met iemand. Dat ze zich ondertussen heel vreemd voelde, was aan haar kinderen voorbijgegaan. En hopelijk was het ook aan Steef voorbijgegaan, al had ze daar haar twijfels over. Het was gisteren al begonnen zodra hij aan hun tafel was opgedoken, toen Jan stond te bellen. Meteen was er iets in zijn blik geweest waar ze aan was blijven haken. Ze deed haar best het juiste woord ervoor te vinden, maar dat lukte niet. Het was misschien niet eens wat ze in zijn ogen las, het was het gevoel over zichzelf dat hij haar bezorgde. Als Steef naar haar keek, voelde ze zich ineens vrouw.

Ze sloot haar ogen en schudde haar hoofd vanwege haar eigen belachelijke gedachten. Zat ze hier nou echt te denken dat de ober van de strandtent haar zag als de aantrekkelijke vrouw die ze zich al tijden niet meer voelde? Ja, haar huwelijk ging even door een moeilijke tijd, maar dat was toch nog geen reden om zich dan maar meteen te laven aan de professionele aandacht van een horecaondernemer? Ze hadden gisteren een goede – en dure – fles champagne besteld. Geen wonder dat de man de moeite nam naar hun tafeltje te komen en zijn charmes in de strijd te gooien. Wie zestig euro voor een fles champagne neertelde, kon vast worden overgehaald nog wat meer geld uit te geven. Dat zij nou zo sneu was om die professionele charmes meteen te verwarren met iets anders, zei waarschijnlijk genoeg over de staat van haar huwelijk. Nee, ze had niet meer het idee dat Jan haar echt zag. En nee, vrouwelijk of begeerd voelde ze zich ook niet in zijn bijzijn. Het was niet dat ze nooit seks hadden, maar na al die jaren vlogen de vonken er niet echt vanaf. En toegegeven, de laatste tijd waren ze allebei ook vaak te moe geweest. Ook die schade moesten ze op vakantie nodig inhalen, al was dat er nog niet van gekomen. Maar dat kwam wel goed. In elk geval kon ze zich beter op haar relatie richten.

Toch kon ze er niks aan doen dat haar gedachten bleven afdwalen. Onbewust legde ze haar hand op de plek waar Steef haar gezicht had aangeraakt. Even sloot ze haar ogen. Ze wist dat ze niet onaantrekkelijk was, maar uiteindelijk was ze wel een vrouw van zesendertig die twee kinderen had gekregen. Na de zwangerschappen had ze haar best gedaan om met gezond eten en genoeg sporten haar figuur weer terug te krijgen. Ze had al jaren maat 38, haar borsten waren gelukkig niet gaan hangen ondanks twee keer zes maanden borstvoeding en net als haar moeder was ze gezegend met weinig rimpels, maar ze was nou ook weer geen Doutzen Kroes. Ze was niet zo speciaal en daarom begreep ze niet waarom Steef nou juist van haar werk zou maken.

Even sloot ze haar ogen en zag ze hem voor zich. Hij moest een jaar of veertig zijn, maar zijn uitstraling had iets jongensachtigs. Iets ondeugends, bijna. Of eigenlijk moest ze zichzelf niet voor de gek houden. Hij had iets fouts. Dat gaf hem een spannend randje en het was precies dat randje waardoor ze nu gegrepen was. Ze wist heus wel dat dat alleen maar het gevolg was van gebrek aan spanning in haar eigen leven. Als alles goed zou gaan, zou ze hartelijk hebben gelachen om Steefs opzichtige versierpoging en die hebben afgedaan als heel erg fout.

Anouk kneep haar ogen samen en dwong zichzelf zich op haar kinderen te richten. Die zaten nog steeds braaf te spelen. Timo had inmiddels het fundament van zijn kasteel gelegd en te oordelen naar de grootte ervan, zou hij de rest van de middag wel aan het bouwen zijn. Lena had twee emmers zand omgekeerd, die half waren ingestort, en hield zich nu bezig met het verjagen van een iets te opdringerige zeemeeuw.

Ze kon hen straks natuurlijk best even meenemen naar Paal 11. Eén drankje kon geen kwaad. Aan Jan had ze vandaag niks en ze had wel zin in wat aanspraak. Zolang ze het bij één glas hield, kon er niks gebeuren. Waarschijnlijk zou Steef niet eens tijd voor haar hebben en zou ze tot de conclusie moeten komen dat hij inderdaad niet meer dan zijn professionele charme in de strijd had gegooid.

En zo niet, dan zou ze hem duidelijk maken dat ze getrouwd was. Ze was helemaal niet in de mood voor wat dan ook, maar met een echtgenoot die vandaag weinig tot niks waard was, was het toch niet zo vreemd dat ze zin had om zichzelf een beetje te vermaken? Steef was leuk gezelschap en hij had vast goede wijn. Ferm knikte ze. Ze zou één glas met hem drinken, meer niet. En daarna zou ze zich richten op haar huwelijk en Steef weer uit haar hoofd zetten.

‘Wat gaan we hier doen? Gaan we eten?’

‘Gewoon even wat drinken’, antwoordde Anouk achteloos, terwijl ze achter de kinderen aan liep het terras op. ‘Hebben jullie geen dorst?’

‘Ik wel’, zei Lena.

‘Ik ook.’ Timo keek om zich heen. ‘Druk hier.’

Het liep tegen borreltijd en het terras was inderdaad weer goed gevuld. Anouk keek zoekend om zich heen. In de hoek van het terras stond een steigerhouten loungeset, het gezelschap dat er had gezeten stond net op. Helaas stond er, nog voor Anouk zelfs maar in de buurt was, al een gezin klaar om de plek over te nemen.

‘Kom maar mee.’ Steefs stem klonk achter haar. Het volgende moment liep hij voor haar uit. Hij droeg nog steeds zijn donkerblauwe zwembroek, maar had er een zwart shirt met het logo van Paal 11 bij aangetrokken. Anouk volgde hem naar de loungebanken.

‘Sorry, maar deze plek is gereserveerd’, zei Steef, toen het gezin net was gaan zitten. ‘Het spijt me heel erg. Er stond een bordje, maar zo te zien is dat weggewaaid.’

De twee ouders keken hem geïrriteerd aan. 'Is er dan een andere plek?'

'Als u even aan de bar wacht, heb ik zo een tafel voor u.'

'We willen graag op een bank. We staan al een halfuur te wachten.'

'Ik ga mijn best doen.' Steef lachte charmant. 'Ik schenk in elk geval een drankje van het huis voor u in.'

De mensen stonden op, al een stuk minder geïrriteerd door het aanbod. 'Ik kom zo bij u!' riep Steef, toen het viertal naar de bar liep.

Hij maakte een uitnodigend gebaar naar de bank. 'Neem plaats. Waar hebben jullie zin in?'

'Appelsap', zei Timo, die het duidelijk heel gaaf vond dat ze een speciale behandeling kregen.

'Ik ook', zei Lena.

'Twee appelsap en een rosé, dus', zei Steef.

Anouk deed haar mond open om iets te zeggen. Steef keek haar aan. 'Ik heb een heel lekkere Domaines Ott. Je weet niet wat je proeft.'

Anouk haalde diep adem. 'Eén glas.'

Steef liep weg. Binnen een paar minuten was hij terug met een dienblad. Hij gaf de kinderen elk een flesje appelsap met een rietje erin en zette daarna een wijnkoeler op tafel. Onverstoorbaar legde hij viltjes neer en zette er twee glazen op. Daarna pakte hij de fles rosé van zijn dienblad, zette het blad op de grond en pakte zijn opener.

'Eén glas is genoeg, hoor.' Anouk keek naar de fles, waar de condensdruppels vanaf rolden. 'Je hoeft voor mij niet een hele fles open te maken.'

Steef wees naar de twee glazen. 'Ga je hem alleen opdrinken?'

'Jan is...'

Steef trok zijn wenkbrauwen op en keek haar aan. Weer was er dat geamuseerde in zijn blik. 'Jan? Die was toch ziek?'

Anouk hield haar mond. Natuurlijk was dat glas niet voor Jan.

Steef ontkurkte de fles en schonk beide glazen vol. Anouk nam plaats op de bank, hij deed hetzelfde. Daarna pakte hij de glazen, reikte haar er eentje aan en zei zo zacht dat de kinderen het niet konden horen: 'Op een prachtige vrouw.'

Anouk voelde haar wangen kleuren. Om zich een houding te geven nam ze snel een slok. 'Hij is inderdaad erg lekker', zei ze zo stijf dat ze zich een beetje aan zichzelf ergerde.

'Kun je daar niet tegen?' vroeg Steef met een schuin lachje.

'Waartegen?'

'Een compliment.'

Anouk slikte. 'Jawel, maar...' Ze kreeg het nog warmer. 'De kinderen zijn erbij.'

Steef grinnikte. Hij keek even naar Timo en Lena, die met hun rug naar hen toe naar het strand staarden.

'Kijk mam, een vlieger!' riep Timo, zonder om te kijken of zijn moeder eigenlijk wel luisterde.

'Ik geloof niet dat ze het hebben gehoord', zei Steef. 'En trouwens, ze mogen toch best weten dat hun moeder een prachtige vrouw is.'

Anouk ging verzitten. Ze voelde zich ineens naakt in haar halterjurkje. 'Je kent me niet eens.'

'Ik heb ogen.'

'Ja, maar ik bedoel...' Ze nam een te grote slok. De wijn voelde weldadig fris in haar droge mond, en brandde tegelijkertijd in haar keel.

Steef bleef haar aankijken. Ontspannen leunde hij achterover.

'Mag ik met je telefoon spelen, mam?' vroeg Timo. Hij had zijn appelsap al op en begon zich te vervelen. 'Ik wil filmpjes kijken.'

'Wist je dat er binnen een aquarium is?' vroeg Steef, voordat Anouk antwoord kon geven. 'We hebben allemaal tropische vissen.'

'Echt?' Timo keek hem ongelovig aan. 'Cool.'

'Ja, heel cool.' Steef wenkte een van zijn medewerksters. 'Wil jij deze jongeman en jongedame onze vissen laten zien?'

Het meisje knikte. 'Natuurlijk, kom maar mee.'

Anouk keek de kinderen na. Haar hart bonkte een beetje. Met Timo en Lena erbij kon er niks geks gebeuren, had ze zichzelf voorgehouden toen ze net naar Paal 11 was gelopen.

Steef keek haar aan. Anouk had het gevoel dat ze de stilte tussen hen moest opvullen, maar ze wist niet waarmee. Ze nam nog een slok wijn. Vaag realiseerde ze zich dat ze sinds het ontbijt niks meer had gegeten. De rosé begon al aardig naar haar hoofd te stijgen.

'Ik hoopte al dat je zou komen', zei Steef toen. 'Ik wilde je graag zien.'

'Die gekoelde wijn klonk goed.'

Hij glimlachte. 'Kom je alleen daarvoor?'

Anouk slikte. 'Ik zou hier niet moeten zijn.'

'Waarom niet? Wat is er mis met een glas wijn aan het einde van een mooie stranddag?'

'Dat bedoel ik niet.'

'Met mij, bedoel je.'

Ze knikte half.

Steef grinnikte. 'Je denkt te veel na. Dat moet je niet doen.'

'Ik ben getrouwd.'

'Ja.'

'Ik kan zo beter weer gaan.'

'Wil je weg?'

Anouk beet op haar lip en schudde haar hoofd. Ergens in haar hoofd riep een stem dat ze inderdaad zou moeten gaan. Ze zou nu op moeten staan en tegen Steef moeten zeggen dat ze verstandig moest zijn. Maar ze bleef zitten en stond toe dat Steef zijn hand in haar nek legde. Zijn andere hand lag op haar dijbeen. Anouk slikte, maar haar mond was droog.

'Ik begrijp het niet', zei ze zacht.

Steef keek haar aan. 'Wat?'

'Waarom ik?'

Er krulde een lachje rond zijn mond. 'Ik val op ogen. En jouw ogen zijn...' Hij verplaatste zijn hand van haar nek naar haar wang. 'Bijzonder.'

Anouk geloofde er niks van, maar het deed er ook eigenlijk niet toe. Steefs hand gleed weer naar haar nek en bleef daar liggen. Haar huid leek in brand te staan.

Steef haalde zijn hand van haar been en reikte naar voren om de fles te pakken. Zonder iets te vragen schonk hij Anouks glas vol.

Ze keek even om of de kinderen er niet aan kwamen. Ze wilde niet dat zij haar zo zagen. Gelukkig waren ze nergens te bekennen.

Steef zette de wijnfles weg. Daarna verplaatste hij zijn hand weer naar haar been en stroopte de stof van haar jurk een stukje op. Anouk beet op haar lip. Ze wilde dat hij doorging en tegelijkertijd wilde ze hem wegduwen. Ze zaten op een vol terras en iedereen kon hen zien, al leek Steef zich daar in de verste verte niet druk om te maken.

'Steef...'

'Hm?' Hij keek haar niet aan, maar had zijn blik op haar been gericht. 'Je hebt mooie benen.'

'Ik...' Anouk zocht naar een zin, maar de wijn belette haar om helder te denken. De combinatie van zon en alcohol deed z'n werk. Steefs hand kroop een stukje omhoog.

Haar hart bonkte. Ze wilde allang niet meer dat hij zou stoppen en het besef dat dat beter zou zijn, verdween langzaam. Haar ademhaling werd zwaar. Steef merkte het en leek het als een aanmoediging te beschouwen. De greep op haar nek werd dwingender. Hij trok haar naar zich toe.

'Steef, ik...' Anouk haalde diep adem. 'Iedereen kan ons zien.'

Hij keek haar aan. Het volgende moment stond hij ineens op. Automatisch kwam Anouk ook overeind. Steef liet haar los en liep weg, over het terras naar het restaurant. Anouk volgde hem.

'Mam, ze hebben hier echt heel mooie vissen!' Timo kwam naar haar toe zodra ze een voet over de drempel zette.

'Met allemaal kleuren!' deed Lena een duit in het zakje. 'En wij mogen ze voeren.'

'Wat gaaf', zei Anouk schor. Ze keek naar haar kinderen. Het kostte haar moeite om te focussen en dat lag niet aan de drank.

'Ja, Nina is nu even het voer aan het halen. O, daar is ze.'

Anouk keek op en zag het meisje dat de kinderen net had meegenomen tevoorschijn komen met een grote bus. Timo en Lena liepen meteen naar haar toe, hun moeder negerend. Met haar ogen zocht ze de ruimte af. Ze ontdekte Steef in de deuropening aan de andere kant van de zaak en liep naar hem toe. Het was een achterdeur, die uitkwam op een kleine patio. Anouk stapte naar buiten. De zon brandde, de geluiden van het strand kwamen in vlagen door.

Het volgende moment voelde ze Steefs hand op haar taille. Hij duwde haar tegen de muur en legde zijn andere hand begerig in haar nek. Zijn lippen raakten de hare. Automatisch deed ze haar mond open. Haar hart bonkte zo hard dat het pijn deed en haar oren suisden. Het zweet brak haar aan alle kanten uit.

Ze legde haar eigen handen om zijn middel en trok hem tegen zich aan. Wild zoende ze hem terug. Het was alsof de spanning die zich tussen hen had opgebouwd in één keer een uitweg zocht.

Ineens was het voorbij. Hijgend bleef Anouk staan toen Steef haar losliet. Haar huid brandde, alsof ze veel te lang in de zon had gelegen. Ze streek een haarlok uit haar verhitte gezicht.

Steef keek naar de grond. Er speelde een lachje om zijn lippen.

'Ik moet gaan', zei Anouk. Ze likte aan haar gezwollen lippen.

'Kom vanavond naar me toe.'

Anouk sloot even haar ogen. 'Dat gaat niet.'

'Je wil niet.'

'Jawel, maar...' Ze haalde diep adem. Het ergste was dat ze wel wilde. Heel graag zelfs. Maar het kon echt niet. 'Het valt op.'

Steef grinnikte. 'Dus?'

'Het gaat gewoon niet', herhaalde Anouk.

'Wanneer zie ik je weer?'

Ze aarzelde. 'Snel.'

Steef stapte naar voren en pakte haar bij haar pols. 'Ik wil je.'

Anouks hartslag begon weer te stijgen. Ze was euforisch en in de war tegelijk. Het was echt beter dat ze nu wegging.

'Kom morgen naar me toe', zei Steef. Hij haalde een pen en een opschrijfblokje uit zijn zak en krabbelde zijn telefoonnummer erop. Anouk pakte het papiertje aan en stopte het snel weg.

Ze haalde diep adem. 'Tot snel', zei ze nog, voordat ze de deur opentrok en het restaurant weer binnenstapte. Ze moest haar uiterste best doen om haar ademhaling onder controle te krijgen. Haar huid prikte alsof ze koorts had en haar lippen deden pijn. Ze keek naar de kinderen en probeerde uit alle macht om zich schuldig te voelen, maar dat gebeurde niet.

Hoofdstuk 6

Ze had het warm. Anouk draaide van haar zij naar haar rug en duwde haar laken van zich af, maar veel verkoeling bracht dat niet. Ze kwam half overeind en nam een slok water uit het glas dat op het nachtkastje stond. Daarna ging ze weer liggen en staarde naar het plafond.

Het was iets na vijven in de ochtend. Anouk was wakker geworden omdat ze dorst had. Nadat ze naar de badkamer was gelopen om water te halen, had ze de slaap niet meer kunnen vatten. Nu lag ze al zeker een halfuur wakker, met het gevoel dat alle slaap verdwenen was. Haar lichaam voelde nog moe, haar geest leek helderder dan ooit.

Het was eigenlijk een wonder dat ze gisteravond überhaupt in slaap was gevallen. De adrenaline had de hele avond door haar aderen gepompt. Jan had niks aan haar gemerkt. Ze had hem ook niet veel gezien. Toen Anouk met de kinderen thuis was gekomen had hij op een deckchair in de tuin gelegen. Timo en Lena waren zo'n beetje op hem gedoken om hem over hun dag te vertellen, met als hoogtepunt natuurlijk het voeren van de vissen. Jan had hun verhalen aangehoord en had na tien minuten aangekondigd dat hij terugging naar bed. Met Anouk had hij amper een woord gewisseld en ze kon niet zeggen dat ze daar rouwig om was. Ze wist niet of ze de schijn wel zou kunnen ophouden. En hij moest op z'n minst aan haar merken dat ze wel wat meer dan één wijntje had gedronken.

Werktuiglijk had Anouk gekookt en samen met de kinderen gegeten. Voor Jan had ze een bord bewaard, dat ze later op de avond toch maar in de vuilnisemmer had gekieperd. Toen ze de kinderen naar bed had gebracht, had ze in haar eentje op het terras gezeten. Ze had nog een glas rosé gedronken en naar het geluid van de golven geluisterd, terwijl de beelden van die middag maar door haar hoofd bleven gaan. Eerst Steef in de zee, daarna het terras, de wijn, zijn hand op haar been en in haar nek. En daarna als hoogtepunt natuurlijk die zoen. Wel honderd keer had ze die in gedachten opnieuw beleefd. De ruwheid ervan, de begeerte die erin voelbaar was en tegelijkertijd Steefs handen die zacht, bijna teder, over haar lichaam waren gegaan. Zo was ze nog nooit gezoend.

Het voelde veel te goed.

Maar langzaamaan was er ook een ander gevoel opgekomen. Ondanks het glas wijn was ze 's avonds een stuk nuchterder geweest. Nu de roes van alcohol en opwinding was verdwenen, was er ook ruimte geweest voor schuldgevoel. Het was dubbel: aan de ene kant wilde ze meer, veel meer, aan de andere kant maakte haar eigen gedrag haar bijna misselijk. Het schuldgevoel voelde als een zware steen op haar maag. Niet eens alleen richting Jan, aan wie ze eeuwige trouw had beloofd. Een belofte die ze tot nu toe zonder problemen had gehouden. Nooit was ze echt in de verleiding gekomen, feitelijk omdat ze dat zichzelf nooit eerder had toegestaan. En nu gooide ze die belofte makkelijk, bijna achteloos, naast zich neer. Anouk had altijd een duidelijke mening gehad over vreemdgaan: dat was het laagste wat je elkaar binnen een relatie kon aandoen.

Eigenlijk voelde ze zich nog het meest schuldig richting Timo en Lena. Met haar huwelijk zette ze ook hun veilige basis op het spel. Een basis die ze hun in geen honderd jaar wilde afnemen, omdat ze zich juist realiseerde dat het in de huidige tijd, met zoveel scheidingen, waardevol was wanneer je als kind niet in een gebroken gezin opgroeide. Sterker nog, de laatste tijd waren er in hun vriendenkring maar liefst drie stellen gescheiden. Zonder het uit te spreken had Anouk haar oordeel klaar gehad over wat zij hun kinderen aandeden. En nu speelde ze zelf net zo goed met vuur.

Ze draaide zich op haar zij. Achter de lichte gordijnen begon langzaam de omtrek van het raam zichtbaar te worden. De zon kwam op en luidde een nieuwe dag in, die Anouk liever nog even wilde uitstellen. Ze zag ertegen op om met Jan aan het ontbijt te zitten en ze zag er nog veel meer tegen op om naar het strand te gaan. Hoe moest ze normaal blijven doen als ze Steef tegenkwamen?

Anouk haalde diep adem en probeerde haar eigen ingewikkelde gedachten tot staan te brengen. Ze moest het gewoon hierbij laten, sprak ze zichzelf streng toe. Het was een bevlieging, een verliefdheid, niks meer dan dat. Ze had zich te lang niet zo gevoeld en daarom was het verslavend, maar ze kon zichzelf heus wel in de hand houden. Als ze maar wilde.

Ze sloot haar ogen en drong het besef dat dat precies het probleem was snel weg.

Jan mompelde iets en draaide zich om. Half wakker legde hij zijn arm over Anouks middel en kroop tegen haar aan. Ze voelde zijn warmte tegen haar rug, zijn adem tegen haar nek en ze verstijfde. Ze wilde hier weg. Uit de buurt bij Jan. Alleen zijn, nadenken.

Voorzichtig maakte ze zich los en gleed uit bed. Zo zacht mogelijk deed ze de kast open en pakte haar sportkleren eruit. Jan maakte een geluid in zijn slaap, maar reageerde niet toen ze de kamer uit sloop.

In de keuken kleedde ze zich om. Daarna trok ze haar sportschoenen aan en pakte een flesje water. Ze keek op haar horloge. Het was kwart voor zes toen ze zo zacht mogelijk de voordeur achter zich dichttrok.

De zon scheen voorzichtig. In de lucht hing de belofte van weer een warme dag. Anouk stak de uitgestorven boulevard over en liep de strandopgang op. Op het hoogste punt bleef ze staan en keek uit over het verlaten strand. In de verte zag ze een vroege wandelaar met een hond, verder was er niemand. Heel even haalde ze diep adem en snoof de zeelucht in zich op, daarna kwam ze in beweging. Steeds sneller rende ze richting de zee. Het was zwaar lopen over het mulle zand, maar gek genoeg leek ze met elke stap meer energie te krijgen. Tegen de tijd dat ze het natte gedeelte van het zand had bereikt, voelde ze het zweet in straaltjes over haar rug lopen. Ze ging linksaf, zodat ze evenwijdig aan de waterlijn kwam te lopen en versnelde haar tempo. Even blikte ze opzij, naar Paal 11. Flarden van gedachten schoten door haar hoofd, maar ze negeerde ze en concentreerde zich op het doffe geluid van haar voetstappen op het zand, totdat dat uiteindelijk het enige was waarvoor nog ruimte was in haar hoofd.

'Dat is een eind.' Jan keek zijn vrouw aan. 'Ik doe het je niet na, tien kilometer.'

Anouk haalde haar schouders op. 'Je moet toch wat als je niet kunt slapen.'

Jan knikte en vouwde de krant open naast zijn bord. Anouk leunde met haar rug tegen het aanrecht en nam een slok koffie. Het was iets na negen uur en ze had het gevoel dat ze er al een hele dag op had zitten. Toch had het hardlopen haar goedgedaan. Ze had even niet kunnen nadenken en dat was precies wat ze nodig had.

Toen ze na ruim een uur weer thuis was gekomen had ze gedoucht en daarna had ze in haar eentje koffiegedronken op het terras. Een tijdje had ze zitten staren naar het papiertje met Steefs nummer erop, terwijl er allerlei tegenstrijdige gedachtes door haar hoofd waren gegaan. Ze had zelfs even op het punt gestaan om het briefje te verscheuren, maar dat was puur haar ratio geweest. Haar gevoel zei heel andere dingen en het lukte Anouk niet om dat uit te schakelen.

Uiteindelijk had ze haar telefoon gepakt en een bericht getypt. Daarna had ze het gewist en was opnieuw begonnen. Dat tafereel had zich een paar keer herhaald, tot ze gewoon had gestuurd dat ze de hele tijd aan Steef moest denken en dat ze hem wilde zien. Met een trillende vinger had ze op 'versturen' gedrukt.

Zijn antwoord kwam snel. Hij stuurde dat er naast Paal 11 een rij strandhuisjes stond. Ze kon hem vinden in nummer drie. Anouk had niet geantwoord. In plaats daarvan had ze het bericht snel gewist en had ze in gedachten koortsachtig gezocht naar een reden waarom ze straks in haar eentje op pad zou kunnen.

Om acht uur had Jan zich bij haar gevoegd. Hij voelde zich weer beter en was naar de bakker gegaan om croissants en een krant te kopen. Anouk was blij dat de kinderen in de tussentijd wakker waren geworden, zodat ze niet met Jan alleen aan tafel hoefde te zitten. Ook al voelde ze zich relaxter door het sporten, ze had moeite zich een houding te geven in zijn gezelschap. Gelukkig leidden de kinderen de aandacht af, bovendien had Anouk haar toevlucht gezocht tot het aanrecht. Jan was alweer achter zijn krant verdwenen. Anouk had verse jus d'orange geperst en eieren gebakken, al waren die aan de kinderen niet besteed. Die beschouwden witbrood met chocoladepasta als het ultieme ontbijt en op vakantie had Anouk geen zin om de strijd daarover aan te gaan.

'Spek erbij?' vroeg ze aan Jan.

Hij keek op van zijn krant. 'Lekker.'

Anouk legde twee plakjes ontbijtspek in de pan en keek toe hoe die sissend en spetterend bruin kleurden. Daarna draaide ze het gas uit en liet het ei op Jans bord glijden. Hij humde wat, maar maakte zijn blik niet los van de krant. Anouk zei niks, het kwam haar wel goed uit dat Jan geen aandacht aan haar besteedde.

'Mag ik van tafel?' vroeg Timo, die in hoog tempo zijn boterham had weggewerkt. 'Ik wil op de trampoline.'

Anouk knikte. Timo liet zich van zijn stoel glijden, gevolgd door zijn zusje. Zelf ging ze aan tafel zitten en nam een hap lauw geworden ei, maar meteen schoof ze de rest van zich af. Daarna stond ze op om te gaan opruimen. Jan had zijn ontbijt nog niet aangeraakt.

'Had jij mijn ouders nog uitgenodigd?' vroeg hij, opnieuw zonder op te kijken.

Anouk trok haar wenkbrauwen op. 'Dat zou je toch zelf doen?'

'Je kunt ze toch even appen?'

Anouk schudde haar hoofd. 'Ik heb eigenlijk iets anders bedacht voor je verjaardag', zei ze toen in een opwelling.

Nu keek Jan wel op. 'Wat dan?'

'Dat merk je vanzelf.' Anouk keek hem aan. 'Het wordt leuk, vertrouw daar maar op. Ik moet alleen wel een paar dingen regelen, dus je bent me vandaag even kwijt.'

Jan trok zijn wenkbrauwen op. 'Spannend.' Hij nam een hap van zijn toast en eieren. 'Wat moet je regelen dan?'

'Als ik dat zeg is het geen verrassing meer.'

'Moet ik zelf iets doen?'

'Ophouden met vragen stellen.'

Jan nam een slok koffie. 'Ik zeg al niks meer.'

Een halfuur later stapte Anouk de deur uit. Ze sloeg linksaf op de boulevard en liep de eerste strandopgang voorbij. Bij de tweede liep ze het strand op. Voorbij Paal 11 vond ze inderdaad de huisjes: een rij identieke withouten gebouwtjes. Van sommige stonden de deuren op. Een paar mensen waren bezig spullen uit een huisje te halen.

Ze keek op de bordjes en hield stil bij nummer drie. Kort klopte ze aan, meteen werd van binnenuit de deur opengedaan. Steef droeg een lichtgroene zwembroek en een wit shirt met een lage hals.

Anouk slikte. 'Hai.'

Steef deed een stap opzij en Anouk liep langs hem heen naar binnen. Het huisje was zo klein dat er alleen een bank in paste. Op de grond langs de muur lag een surfplank en wat opgeklapte strandstoelen.

'Welkom in mijn domein', zei Steef met een grijns.

'Woon je hier?'

'Nee.' Hij ging op de bank zitten. 'Deze huisjes zijn bedoeld voor de opslag van strandspullen. Maar soms, als het laat is geworden en ik geen zin heb om terug te rijden, slaap ik hier weleens.' Hij klopte op de lege plek naast zich. Anouk zette haar tas op de grond en keek naar buiten door het kleine raampje aan de voorkant. Op het strand ontvouwde zich de drukte van een nieuwe zomerdag. Het geluid van krijsende meeuwen, rollende golven en lachende mensen drong door de dunne houten wanden heen.

Steef was overeind gekomen en stond nu achter haar. Langzaam liet hij zijn armen om haar middel glijden. Anouks ademhaling versnelde. Steef kuste haar nek. Anouk reageerde niet. Ergens kwam het besef op dat als ze hiermee doorging, ze het nooit meer zou kunnen terugdraaien. Of Jan er ooit achter zou komen of niet, ze moest dan leven met de wetenschap dat ze hem had bedrogen.

Het volgende moment zette ze die gedachte van zich af. Haar hart bonkte wild en alles in haar schreeuwde dat ze dit wilde. Eindelijk voelde ze zich weer eens geliefd. Begeerd.

Dat gevoel verdrukte al het andere. Steef draaide haar om. Met zijn mond trok hij een spoor naar haar borsten. In één beweging maakte hij haar jurkje en haar bikini los. Anouk kreunde toen hij zacht in haar tepel beet.

Ineens was zijn mond op die van haar en zoende ze hem wild. Haar handen gleden over zijn stevige armen, naar zijn brede rug. Ze liet zich door hem op de bank duwen en toen hij boven op haar kwam zitten en ook de rest van haar bikini uittrok, waren al haar gedachten aan Jan allang verdwenen.

Achteraf lag ze tegen hem aan, haar hoofd op zijn borst, zijn arm om haar buik. Ze praatten wat. 'Het was een mooie tijd', zei Steef, die haar net had verteld over de bijna twee jaar dat hij rond de wereld had gezworven. Anouk wist niet meer hoe ze daarop waren gekomen. 'Je leert het meest als je op jezelf bent aangewezen. Ik denk dat ik in die twee jaar volwassen ben geworden.'

'Hoe oud was je?'

'Drieëntwintig. En vijfentwintig toen ik terugkwam.' Hij zuchtte diep en nam een trek van zijn sigaret. Even was het stil, toen blies hij de rook uit en zei: 'Dat is alweer veertien jaar geleden.'

'Wat heb je gedaan in de tien jaar tussen toen en het overnemen van Paal 11?'

Steef grinnikte. 'Wil je het echt weten?'

Anouk draaide haar hoofd, maar hij keek haar niet aan. 'Anders zou ik het niet vragen.'

'Een paar dingen die niet helemaal door de beugel kunnen. En daarna heb ik gezeten.'

Anouk fronste. 'Hoe bedoel je?'

'Zoals ik het zeg: gezeten. In de gevangenis.' Hij keek haar aan alsof het de normaalste zaak van de wereld was. Zijn wenkbrauwen waren licht gefronst en er speelde een lachje rond zijn mond. Wat de reden van zijn gevangenisstraf ook was, hij leek er niet veel spijt van te hebben.

'Waarvoor?' vroeg Anouk, terwijl ze er inderdaad niet zeker van was of ze het wel wilde weten.

'O...' Steef haalde achteloos zijn schouders op. 'Van alles.'

Anouk kwam half overeind. 'Wat is dat nou voor vaag antwoord?'

'Meerdere dingen. Ik werd uiteindelijk gepakt omdat ik een bank had bestolen, maar daarvoor had ik al het een en ander uitgevreten. Dat kwam toen ook allemaal boven tafel.'

'Een bank bestolen', herhaalde Anouk. Er kwamen beelden in haar hoofd op van films met bivakmutsen, pistolen en doodsbange medewerkers die wegdoken achter de counter.

'Na sluitingstijd', zei Steef, alsof hij haar gedachten had gelezen. 'Ik ben niet op klaarlichte dag een filiaal binnengelopen met een pistool in mijn hand.'

De vraag of hij überhaupt een pistool had gehad kwam in Anouk op, maar ze stelde hem niet.

'Het is echt verrassend eenvoudig om een bank te beroven', zei Steef opgewekt, alsof hij een leuk weetje met haar deelde. 'Het draait allemaal om een goede voorbereiding.'

'O ja?' vroeg Anouk omdat ze niet zo goed wist hoe ze anders moest reageren. Een bank beroven leek haar nogal een zware misdaad, maar Steef sprak erover alsof hij zonder licht had gefietst.

'Ja, daar kun je niet genoeg tijd in stoppen. Ik heb drie maanden lang elke dag bij die vestiging gekeken, op verschillende tijdstippen. De laatste maand was ik er elke middag om sluitingstijd. Zo kwam ik erachter dat het beleid dat er nooit één persoon alleen mag afsluiten, bij dat filiaal niet altijd werd nageleefd. Elke donderdag werd de winkel door één medewerkster afgesloten. Haar collega, die bij haar had moeten blijven, ging dan altijd een halfuur eerder weg. De medewerkster die afsloot woonde zes straten verderop en als ze thuiskwam uit haar werk, was haar man er ook altijd net. Dat weet ik omdat ik een vriend van mij haar heb laten volgen. Uiteindelijk hebben we die bank ook met z'n tweeën bestolen.'

'Hoe dan?' Anouk was nu eigenlijk wel nieuwsgierig geworden.

'We wisten dat het afsluiten altijd als volgt gebeurde. De medewerkster sloot van binnenuit de deur af met een sleutel, ging daarna de zaak weer in om de kluis te openen en het contante geld dat in het filiaal aanwezig was erin te leggen. Daarna moest ze de kluis afsluiten, de sleutel opbergen in een beveiligde kast en daarna kon ze gaan. Dan opende ze de buitendeur weer, liep eruit en deed de deur achter zich op slot. Mijn maat en ik hadden afgesproken dat we onze kans zouden grijpen als zij naar buiten zou komen. Hij zou haar afleiden door langs te lopen en te doen alsof hij viel. Daarna zou ik haar snel naar binnen duwen. Zo is het ook gegaan. Die vrouw riep meteen dat ze alles zou doen wat we wilden als we haar maar lieten leven. Het kostte weinig moeite om haar de kluis te laten openmaken. Toen konden we ervandoor met heel wat flappen.'

Anouk hield haar adem in. 'Wat vreselijk voor die vrouw', zei ze gemeend.

'Ja.' Steef wreef over zijn voorhoofd en nam nog een trek van zijn sigaret. 'Dat ben ik met je eens. Ik heb haar achteraf bloemen gestuurd.'

'Je hebt wát?'

'Bloemen gestuurd. Ik ben me ervan bewust dat zij ongewild bij de hele situatie betrokken is geraakt.' Hij grinnikte even. 'Ik dacht dat de rechter dat wel kon waarderen, maar die vond het juist erg laag.'

'Heb je veel geld buitgemaakt?'

'Ja, maar ik moest het natuurlijk terugbetalen van justitie. Dat was jammer, want ik had er met gemak de overnamesom van de strandtent van kunnen betalen.'

'Had je dat gewild?'

'Natuurlijk. Nu moest ik er een lening bij de bank voor afsluiten.'

Anouk fronste. 'Maar het was crimineel geld.'

Steef maakte een achteloos gebaar. 'Crimineel of niet, geld is geld. Nu ben ik nog steeds die lening aan het aflossen.'

Anouk gaf geen antwoord. Steef liet zijn vingers over haar schouder dwalen. 'Dat ik gepakt werd was wel balen. Die vriend van destijds praatte zijn mond voorbij. Hij had lopen opscheppen tegen andere vrienden en die vertelden het aan de politie. Daar heb ik van geleerd. Ik moet altijd alleen handelen.'

Anouk draaide haar hoofd en keek hem aan. 'Je hebt er niet van geleerd dat je dit soort dingen gewoon niet moet doen?'

'Ach...' Steef haalde zijn schouders op. 'Natuurlijk is het tegen de wet, maar ik heb er geen spijt van, als je dat soms bedoelt. Er zijn ergere dingen. Moord of zedenmisdrijven, bijvoorbeeld. Daar heb ik persoonlijk veel meer moeite mee dan geld stelen van een instelling die sowieso ongelooflijk rijk is. In de gevangenis is de pikorde wat dat betreft heel duidelijk: de pedo's staan onderaan, de moordenaars niet ver daarboven.'

'En de bankovervallers?'

'Die waren nog niet ingedeeld toen ik werd veroordeeld', zei Steef met een scheef lachje. 'Zoveel overvallers zitten er ook niet in de gevangenis. De meeste misdadigers zijn te dom om een bank te kunnen beroven. Die breken in aan de Eeuwigelaan en zijn dan verbaasd dat er een alarm afgaat.'

Anouk ging verzitten. 'Wat nog meer?'

'Hoe bedoel je?'

'Je zei net dat je voor meerdere dingen hebt gezeten.'

'Er was nog een overval: een fietsenwinkel in Amsterdam. Ik wist dat ze net een heel dure elektrische fiets hadden verkocht en ik wist ook dat de nieuwe eigenaar er contant voor had betaald. De eigenaar van de winkel stortte het geld uit de kassa drie keer per week af, en die dag niet. Dus brak ik in en nam het mee.'

'Dat klinkt eenvoudig.'

'Met de juiste voorbereiding was het dat ook. Ik was een paar keer in de winkel geweest om te kijken waar de kluis stond. Ik deed alsof ik interesse had in een fiets, maar mat intussen het aantal passen van de deur tot de plek van de kluis. Daarna was het wachten op het moment dat er veel geld in die kluis zou zitten. Kwestie van je ogen openhouden en je oor te luisteren leggen.' Hij zweeg even. 'Omdat ik het aantal passen wist, was het niet zo moeilijk om over het dak precies naar de juiste plek te lopen en daar naar binnen te gaan. Het dak bleek niks voor te stellen, ik was er zo doorheen. Het alarm is nooit afgegaan.'

'Je bent gewoon de winkel binnengelopen en gaan meten waar de kluis stond?'

Steef knikte. 'Daar komt het wel op neer. Ondertussen maakte ik nog een praatje met de eigenaar.' Hij grinnikte. 'Soms is het belachelijk eenvoudig om een misdaad te begaan.'

Anouk zei niks. Op een of andere manier had ze altijd gedacht dat gevangenisstraf een manier was om criminelen tot inkeer te laten komen. Dat ze na het uitzitten van hun straf naar buiten liepen met de stellige intentie om iets van hun leven te maken en niet nogmaals de fout in te gaan, een stel draaideurcriminelen daargelaten. Maar bij Steef merkte ze niks van berouw. Hij leek eerder trots op wat hij had gedaan.

'Zou je het opnieuw doen?' vroeg ze.

Daar moest hij even over nadenken. 'Als ik weer in die situatie zou zitten wel, denk ik.'

'Welke situatie?'

'Geen opleiding, geen baan, vrienden die op het randje van de wet leven. Natuurlijk kon ik voor weinig geld ergens gaan werken, maar ik zag die andere jongens bijna niks doen en toch leven in luxe. Dat wilde ik ook.'

'Maar het is toch fout? Heb je geen geweten?'

'Jawel...' Steef maakte een onverschillig geluid. 'Ik zou me slecht voelen als ik mensen zou hebben gedood of verwond. Of trauma's zou hebben bezorgd waar ze nooit meer overheen zouden zijn gekomen. Daar trek ik de grens. Maar dit... Het is maar geld en eerlijk gezegd, de rush en de kick van zo'n misdaad zijn verslavend. Dat mis ik nog weleens.'

Anouk maakte zich los uit zijn arm en ging rechtop zitten. Ze had echt moeite met wat Steef vertelde, en tegelijkertijd wilde ze meer horen. Het was zo fout, zo ver verwijderd van hoe ze zelf leefde dat ze zich voor even wilde laten meezuigen.

'Hoe ben je zo geworden?'

Steef grinnikte. 'Gaan we psychologie spelen?'

'Ik ben gewoon benieuwd.'

'Ik heb mijn jeugd niet gesleten in pleeggezinnen, als je dat soms bedoelt.'

'Waar dan wel?'

Steef gebaarde met zijn hand. 'Hier in Bergen. Mijn ouders gingen uit elkaar toen ik twee was. Inmiddels geef ik mijn moeder groot gelijk dat ze mijn vader in de steek liet, want het moet onmogelijk zijn geweest om met hem samen te leven. Hij deed altijd precies waar hij zelf zin in had en had weinig respect voor vrouwen. Maar als kind was ik dol op hem. Ik woonde bij mijn moeder. Er was geen omgangsregeling dus mijn vader hoefde niet voor me te zorgen, maar hij haalde mij op als het hem uitkwam. De eerste jaren was dat niet vaak, maar toen ik een jaar of zeven was vond mijn vader mij leuk worden.' Steef zweeg even en staarde in de verte.

'Elk weekend nam hij me mee naar de duinen om konijnen te schieten', ging hij toen verder. 'Die verkocht hij dan via de achterdeur aan restaurants. Of we gingen fazanten stropen. Hartstikke illegaal natuurlijk. Er waren periodes dat de politie heel veel controleerde en dan leerde mijn vader me hoe ik ervoor kon zorgen dat ik niet werd gepakt.'

'Klinkt als een goed rolmodel.'

Steef haalde zijn schouders op. 'Erg traditioneel was hij niet, nee. Maar ik keek als kind enorm uit naar de weekenden met hem. Het was in elk geval nooit saai. En op zijn manier hield hij van mij, dat weet ik zeker.'

'Leeft hij nog?'

'Nee. Op zijn vijfenvijftigste kreeg hij kanker, anderhalf jaar later was hij dood. Ik was zeventien.'

'Wat erg voor je.'

Steef gaf geen antwoord. Even leek hij heel ver weg met zijn gedachten, toen keek hij Anouk aan en glimlachte. 'Nu ga jij natuurlijk denken: dankzij z'n foute vader werd hij zelf een crimineel.'

'Ik denk niks', zei Anouk snel, al was die gedachte allang bij haar opgekomen.

'Misschien is het ook wel waar. Mijn vader leerde me in elk geval niet om te leven volgens de letter van de wet. Hij had wel een baan, maar ook altijd meer geld dan hij redelijkerwijs kon hebben verdiend. Als kind zag ik dat natuurlijk niet, maar achteraf realiseer ik me dat hij er dingen naast moet hebben gedaan. Ik heb het mijn moeder weleens gevraagd, maar die wist het niet. Of ze wilde het mij niet vertellen.'

'Mis je hem?'

Steef tuitte zijn lippen en keek een tijdje voor zich uit voor hij antwoord gaf. 'Hij is al twintig jaar dood, dus ik ben eraan gewend dat hij niet in mijn leven is. Maar soms zou ik gewoon nog even met hem willen praten. Slap ouwehoeren. Daar hield hij wel van.' Hij vermande zich en kwam overeind. 'Maar ja, het is nou eenmaal niet anders. Ik ga iets te drinken halen.'

Hij vroeg niet wat Anouk wilde, maar liep gewoon weg. Anouk viste haar bikini van de grond en trok hem aan. Even later kwam Steef terug met twee flesjes witbier. Voor Anouk had hij een variant met citroen meegenomen. 'Deze vinden alle vrouwen lekker. Ook als ze niet van bier houden.'

'Het moet nog elf uur worden.'

'Ja. Dus?' Steef haalde een opener uit de zak van zijn zwembroek en wipte de dop van de flesjes. Daarna overhandigde hij een ervan aan Anouk. Ze nam een slok. Het bier was inderdaad heerlijk.

'Ik moet zo weer naar huis', zei ze met iets van spijt in haar stem. 'Jan vraagt zich waarschijnlijk af waar ik blijf.'

'Een feestje regelen is veel werk.'

Anouk glimlachte. 'Wel als je geen cateraar kunt vinden. Het is of heel duur of zo saai dat ik het net zo goed zelf kan maken.'

'Wat zoek je dan?'

'Een leuk buffet voor zo'n twintig euro per persoon, exclusief de drank. Het hoeft allemaal niet heel erg bijzonder te zijn, maar stokbrood met huzarensalade is wel het andere uiterste.'

Steef ging weer naast haar zitten en liet zijn arm om haar middel glijden. Zijn hand bleef net onder haar borst rusten. Anouk voelde haar hartslag alweer stijgen. 'Je kunt het ook bij mij houden', zei hij.

'Wat?'

'Je feestje. We hebben aan de zijkant van het restaurant een gedeelte waar we wel vaker besloten feestjes doen. Er is een deur naar het zijterras, dus je hebt ook een buitengedeelte.'

Anouk moest er even over nadenken. Ergens kwam de gedachte op dat het wel erg ironisch zou zijn: de veertigste verjaardag van haar man vieren bij de man met wie ze net stiekem seks had gehad.

'Hoeveel man komt er?'

'Ik heb vijftig mensen uitgenodigd, maar er zijn al wat afzeggingen vanwege de vakantie. Ik denk dat er uiteindelijk veertig komen.'

'Dat past makkelijk. Wij zetten een leuk buffetje neer, wat drankjes erbij, beetje muziek en klaar ben je.'

Anouk knikte half. Het zou wel makkelijker zijn dan het feestje thuis vieren. 'Maar kun je een buffet maken voor twintig euro per persoon?'

'Dat komt wel goed, schat. We regelen wel wat.' Steef kuste haar nek. 'Wat zeg je ervan?'

Ergens zweefde de gedachte door haar hoofd dat ze hier beter over zou moeten nadenken, maar haar brein leek haar finaal in de steek te halen. 'Oké', zei ze, nog voordat ze er met zichzelf uit was of dit nou wel zo'n goed idee was. 'Laten we het zo doen.'

'Wanneer is het?'

'Over een week.'

Steef keek haar aan. 'Je bent lekker op tijd met regelen.'

'Ik werd afgeleid.' Anouk slikte. 'En trouwens, ik heb het nu toch geregeld?'

'Dat is waar.' Steef verplaatste zijn hand naar haar borst en begon door de stof van haar bikini heen zachtjes te kneden. Anouk voelde haar ademhaling versnellen. Ze boog zich naar hem toe en drukte haar lippen op die van hem. Toen zijn tong bij haar naar binnen gleed, kreunde ze zacht.

Steefs handen gleden over haar rug. Hij trok haar naar zich toe. Behendig maakte hij met één hand het bovenstukje van haar bikini los.

Met tegenzin hield Anouk hem tegen. 'Ik kan beter gaan.'

'Waarom?' vroeg Steef met zijn mond in haar nek.

'Anders valt het op.'

'Nou en?' Steefs adem voelde warm tegen haar huid. 'Voor mijn part vertel je hem gewoon dat je hier bent. Ben je meteen overal vanaf.'

Anouk stond op, resoluter dan ze zich voelde. Steef leunde achterover op de bank en keek naar haar door zijn ooghdaren.

Ze pakte haar jurkje van de grond en klopte het zand eraf. Daarna trok ze het over haar hoofd. Met haar hand reikte ze naar haar biertje, dat al lauw was geworden. Ze nam een slok en wist dat ze nooit meer witbier met citroen zou kunnen drinken zonder aan Steef te denken.

Steef kwam overeind en legde zijn armen om haar middel. Ze snoof zijn geur op toen hij haar schouder kuste. De combinatie van zand en zout wond haar op, maar ze deed een stap naar achteren en pakte haar tas. 'Tot snel', zei ze en drukte een laatste kus op zijn lippen.

'Dag, Anouk.'

Zijn stem bleef in haar hoofd hangen toen ze over het warme zand richting de strandopgang liep. Haar hartslag bleef verhoogd en zweet parelde op haar rug, maar dat had niks met de warme dag te maken. Ze voelde zich euforisch en tegelijkertijd was er iets zwaars dat op haar maag drukte.

Hoofdstuk 7

'Mieke komt zo even langs.'

Anouk legde net een tros bananen in het winkelwagentje en keek Jan aan. 'Hoe bedoel je?'

Jan hield zijn telefoon omhoog. 'Ze zijn in de buurt, appt ze.'

'Zomaar?'

'Nee, ze zijn bij een mogelijke nieuwe leverancier geweest. Iemand met een interessante collectie banken. Mieke wilde met eigen ogen gaan zien of het iets voor de zaak zou kunnen zijn. En bovendien was er een sportvis-evenement, waar Geert dan mooi even naartoe kon.'

Anouk knikte. 'Blijven ze eten?'

'Ga ik vragen.' Jan verdiepte zich weer in zijn telefoon. Anouk liet haar blik over het uitgestalde fruit gaan en stopte uiteindelijk een paar appels in een zakje. Daarna duwde ze het winkelwagentje naar de vleesafdeling.

Het was aangenaam koel in de supermarkt. Buiten bleef het maar boven de vijfentwintig graden en hoewel Anouk dol was op warmte, was het geen straf om zo nu en dan een beetje te kunnen afkoelen.

'Ze blijven eten', zei Jan, die zijn telefoon in de zak van zijn korte broek stopte. 'Zal ik wat vlees uitzoeken voor op de barbecue?'

Anouk knikte en liep zelf terug naar de groenteafdeling om extra salade te halen. Hoewel ze normaal gesproken weleens een beetje opzag tegen een etentje met haar schoonzus en zwager, was ze nu blij met de onverwachte gasten. Alles wat de aandacht afleidde van haarzelf was welkom.

Doelloos staarde ze naar de zakjes voorverpakte salade. Het leek alsof er watten in haar hoofd zaten. Het was nu twee dagen geleden dat ze seks met Steef had gehad en sindsdien kon ze zich nergens meer op concentreren. Dat Jan niks had gemerkt was een wonder. Bij alles wat ze deed, dwaalden haar gedachten af. Vanochtend had ze gewoon twintig minuten onder het stromende water van de douche gestaan, starend naar de muur, denkend aan Steef. Die gedachten waren levensecht. Zodra zijn gezicht op haar netvlies verscheen, begon haar hart te bonken. Dan voelde ze zijn handen, zijn mond.

Hij stuurde haar voortdurend berichtjes. Anouk had haar telefoon uitgezet, bang als ze was dat Jan het scherm per ongeluk zou zien oplichten. Hij keek eigenlijk nooit naar haar mobiel, maar als hij het ene na het andere WhatsApp-bericht zou zien binnenkomen, zou hij natuurlijk informeren wie dat was. Dan hing ze. Ze zou zich er met geen mogelijkheid uit kunnen kletsen. Steef stuurde haar wat hij allemaal met haar wilde doen, in expliciete bewoordingen. Het wond haar ontzettend op, al mocht de frequentie van haar wel iets lager. Gisteren alleen al had ze eenentwintig berichten gekregen. In de laatste tien vroeg Steef wanneer hij haar weer zou zien. Ze had al gestuurd dat dat wat haar betreft zo snel mogelijk zou zijn, maar dat ze niet elk moment weg kon. Morgen zou ze weer naar hem toe gaan, had ze vanochtend gestuurd. Maar daar nam Steef geen genoegen mee. Hij bleef maar vragen of ze vanmiddag konden afspreken in zijn strandhuisje.

Een bitse mannenstem deed haar opschrikken. 'Zeg, blijf je daar de rest van de dag staan?'

Anouk keek om en mompelde een verontschuldiging. Snel zette ze een stap opzij. Met een bruuske beweging trok de man de deur van de koeling open. Anouk wachtte tot hij klaar was en pakte daarna twee zakjes sla. Ze liep terug naar Jan, die bezig was om vlees uit te zoeken. Timo en Lena waren naar het speelhoekje in de supermarkt vertrokken.

'Ik haal even een fles cola light', zei Anouk.

Jan grinnikte. 'Doe er maar twee. Er gaat er minstens een per uur doorheen.'

Anouk trok een gezicht en liep weg. Jan had er altijd lol in om zijn zwager een beetje belachelijk te maken vanwege de enorme hoeveelheden cola light die hij dronk. Anouk had één keer meegemaakt dat Geert na lang aandringen van Jan een biertje nam, waarvan hij de helft had laten staan. Vervolgens had hij opgebiecht dat het zijn eerste biertje was en dat hij het uitgesproken smerig vond. Jan was er de rest van de avond niet meer over opgehouden. Echte mannen dronken bier, was zijn stellige overtuiging. Anouk begreep niet zo goed waar Jan zich druk om maakte, maar zijn voorkeur voor frisdrank had Geert in elk geval niet doen stijgen in Jans achting.

Zelf vond ze een avond met Geert en Mieke ook een hele zit, maar dat had niks te maken met wat er in Geerts glas zat. Waar Mieke vijf kwartier in een uur praatte, was het met Geert moeizaam gesprekken voeren. In het begin had Anouk het vaak geprobeerd, maar toen ze had vastgesteld dat zulke gesprekken nog het meest op kruisverhoren leken, was ze er maar mee opgehouden. Zij stelde de ene vraag na de andere, meestal over Geerts hobby sportvissen, en Geert gaf plichtmatige antwoorden van een of twee zinnen. Na een halfjaar wist Anouk alles over vissen en had ze besloten dat ze geen moeite meer zou doen om de langzame gesprekken gaande te houden. Nu vroeg ze bij binnenkomst altijd hoe het met hem ging en daarna geloofde ze het over het algemeen verder wel.

Ze pakte twee literflessen cola light uit het schap en liep terug naar hun winkelwagentje. Jan had wat afbakstokbrood in de kar gelegd, samen met een bakje hummus en aioli.

'Laten we ook maar wat kruidenboter meenemen', zei Anouk, doelend op de keer dat ze met Geert en Mieke in een restaurant hadden gegeten en Mieke tot aan het hoofdgerecht niet uitgepraat was geraakt over het feit dat het restaurant uitsluitend olijfolie bij het broodmandje had geserveerd. Jan had nog gezegd dat het heel goede olijfolie was, maar daar had Mieke geen boodschap aan.

Jan trok zijn wenkbrauwen op en glimlachte. 'Goed idee.'

Hij liep weg en Anouk duwde de kar naar de zuivelafdeling. Met haar linkerhand voelde ze in de zak van haar korte rok naar haar telefoon. Het liefst wilde ze haar berichten bekijken, maar ze durfde hem nu niet aan te zetten. In plaats daarvan rechtte ze haar rug en trok de deur van de koeling open om melk te pakken.

'Prachtig huis. Echt prachtig.' Mieke van der Loo keek bewonderend om zich heen terwijl ze via de gang naar de keuken liep en daarna door naar het terras. 'Heb je dat gezien, Geert? Als Koos het nog eens een paar weken beschikbaar heeft, mag hij mij bellen.'

'Dat doet hij zo', zei Jan. 'Hij vindt het zonde als het huis leegstaat en hij verhuurt het niet aan vreemden. Ik vraag me af waarom niet, want in het hoogseizoen kan hij er veel geld voor krijgen.'

'Ik zou het ook niet doen.' Mieke trok een gezicht. 'Je weet nooit hoe je het terugkrijgt. Mijn vriendin Janine heeft haar huis via Airbnb verhuurd en kon daarna zo'n beetje een nieuwe vloer leggen.' Ze schudde haar hoofd. 'Van die mensen heeft ze natuurlijk nooit meer iets gehoord. Ze heeft aangifte gedaan, maar het waren Duitsers en de politie in Nederland vond het duidelijk te veel moeite om even met de Duitse politie te bellen.'

'Iets drinken, Mieke?' vroeg Anouk.

'Een wit wijntje. Lekker.'

Ze waren inmiddels op het terras aangeland en Anouk liep terug naar de keuken om de drankjes in te schenken. Ze deed er expres lang over en was ook van plan zo meteen bij het voorbereiden van het eten genoeg tijd te rekken. Op gewone dagen kon ze zich er wel toe zetten een avond leuk te doen, maar vandaag kostte het haar moeite.

Ze haalde haar telefoon uit haar zak en zette hem aan, terwijl ze af en toe nerveus naar het terras blikte. Jan was op een van de tuinstoelen gaan zitten, gevolgd door Mieke en Geert. De kinderen speelden op het klimrek. Ze vonden er weinig aan als hun oom en tante kwamen, omdat die amper naar hen omkeken. Ook vandaag had Mieke ze alleen gedag gezegd, Geert had uitsluitend zijn hand opgestoken.

Het schermpje van haar telefoon lichtte op en het Apple-logo verscheen. Ongeduldig wachtte Anouk tot de iPhone was opgestart. Ze deed geen moeite de simcode in te voeren, met alleen de wifi-verbinding kwamen de berichtjes al binnen. Het waren er zes, in iets minder dan twee uur tijd. Steef had een foto gestuurd van een fles wijn met op de achtergrond de zee, genomen vanaf het terras van Paal 11. Hij had erbij getypt dat hij die samen met haar soldaat wilde maken. Een kwartier later had hij gevraagd of ze het berichtje had gezien en of ze naar hem toe kon komen. Weer tien minuten later was zijn toon een beetje scherper geworden. Hij verlangde naar haar, had hij geschreven, en ze kon het hem niet aandoen hem zo lang te laten wachten. Zo was het doorgegaan. Het laatste berichtje dateerde van een paar minuten geleden. Er stond dat hij natuurlijk ook naar haar toe kon komen.

Anouk rilde even en keek onbewust door het raam naar de boulevard. Daar trokken de strandverlaters voorbij. Ze las het bericht nog een keer. Ergens had het iets onheilspellends. Ze realiseerde zich heel goed dat Steef haar makkelijk onder druk kon zetten, al wist ze niet of dit bericht zo was bedoeld.

Even bleef haar duim boven het schermpje zweven, toen besloot ze om niet te reageren. Ergens baarde het haar zorgen dat Steef kon zien dat ze zijn berichten had gelezen maar niet had beantwoord, maar ze kon geen goede reactie bedenken. Het enige wat ze kon sturen was dat ze morgen weer naar hem toe zou komen, en dat had ze al een paar keer gedaan.

Ze liet haar telefoon aanstaan en stopte hem diep in haar zak. Het besef kwam op dat wat begonnen was als iets spannends, nu een andere wending dreigde te nemen. Ze was er automatisch van uitgegaan dat Steef en zij op één lijn zaten. Dat ze het erover eens waren dat wat er tussen hen speelde, niks anders was dan een vrijblijvend avontuur. Sterker nog, ze had aangenomen dat Steef zich kapot zou schrikken als ze aankondigde dat ze met hem verder wilde of zelfs maar dat ze hem elke dag wilde zien.

'Anouk?'

Ze onderdrukte nog net op tijd een kreet van schrik toen ze ineens Jans stem achter zich hoorde. Even slikte ze, toen draaide ze zich zo beheerst mogelijk om.

'Ja?'

'Waar blijven de drankjes?' Hij keek verbaasd naar het lege aanrecht. 'Is er iets?'

'Nee', zei ze snel. 'Niks. Ik stond even te eh... kijken.'

'Voor mij een biertje graag', zei Jan, voordat hij zich omdraaide en wegliep uit de keuken. Anouk deed snel de koelkast open en schonk de glazen vol. Daarna zette ze een glimlach op en liep naar buiten.

Mieke voerde natuurlijk weer het hoogste woord. Ze vertelde over de meubels die ze net had bekeken en die volgens haar perfect binnen het assortiment van de winkels pasten.

Jan bekeek de foto's op haar telefoon en knikte. 'Als het hier in de buurt is, ga ik zelf ook nog wel even kijken', zei hij.

'Vertrouw je niet op mijn oordeel?' vroeg Mieke een beetje korzelig.

Jan leek niet te merken dat zijn zus in haar wiek geschoten was. 'Ik wil graag met eigen ogen zien wat we gaan verkopen', zei hij schouderophalend.

'Maar je hebt vakantie.'

'Eén middag weg moet toch wel kunnen.' Jan keek even naar Anouk. Die knikte en zei maar niet dat het helemaal een goed idee zou zijn als hij de kinderen zou meenemen.

'Nou, dan had ik me de rit ernaartoe ook wel kunnen besparen', zei Mieke nu ronduit beledigd.

'Hoe was het visevenement?' vroeg Anouk, die het gevoel had dat ze de sfeer moest redden.

Mieke knikte, maar deed er het zwijgen toe. Geert deed zijn mond open. 'Erg boeiend.'

'Was het een demonstratie?'

'Een beurs.'

'Aha.' Anouk knikte en zocht naar een antwoord. 'Interessant', zei ze uiteindelijk. 'Er zullen vast veel nieuwe spullen op de markt komen.'

Ze keek naar Jan, die een gezicht trok maar ervoor zorgde dat zijn zus en zwager het niet zagen. 'Ik ga de barbecue aansteken', zei hij.

Anouk bleef achter met het bezoek. Ze zocht naar iets te zeggen om de stilte op te vullen, maar dat was niet nodig toen Lena van het klimrek viel en begon te huilen. Anouk was bijna dankbaar dat ze op kon staan.

Twee uur later nam Anouk de laatste hap van de kant-en-klare ijstaart die ze als toetje hadden gegeten. Ze legde haar lepel op haar bord en leunde achterover. Mieke vertelde een verhaal over een vaste klant, waar Jan en zij allebei hartelijk om moesten lachen.

Van de irritatie eerder die avond was gelukkig niks meer te merken. Tegen de tijd dat de barbecue was aangestoken en Jan het vlees erop legde, was Mieke alweer bijgedraaid.

Eigenlijk ging het altijd zo, bedacht Anouk. Jan en Mieke konden behoorlijk botsen, maar hun onenigheid duurde de nooit erg lang. Toen Jan destijds het bedrijf van zijn ouders had overgenomen, had Anouk verwacht dat Mieke weg zou gaan. Het was nooit besproken, maar Anouk had altijd een beetje het gevoel gehad dat Jans zus niet voor haar broer wilde werken. Iets wat Anouk goed zou hebben begrepen. Maar Mieke was gebleven en had geaccepteerd dat Jan nou eenmaal de opvolger was. Dat had sowieso nooit ter discussie gestaan. Als oudste kind was Jan degene die het bedrijf zou overnemen, daarin was zijn vader stellig geweest. Anouk had zich weleens afgevraagd wat er gebeurd zou zijn als Jan het zelf niet had gewild. Ze vermoedde dat dat een serieuze breuk tussen hem en zijn ouders zou hebben veroorzaakt. Gelukkig was dat niet aan de orde geweest. Jan had al jaren staan trappelen voordat hij uiteindelijk aan het roer was gekomen. Anouk besefte heus wel dat haar schoonvader Jan een gespreid bedje had nagelaten. Jan had geen overnamesom betaald, zijn vader noemde het gekscherend een voorschot op de erfenis. Dat Jan de zaak feitelijk cadeau had gekregen, betekende niet dat hij was voorgetrokken ten opzichte van Mieke. Het onroerend goed was eigendom van een holding, waarvan Jan, Mieke en hun ouders aandeelhouders waren. Mieke ontving daar nu geen geld uit, maar het verzekerde haar wel van een zorgeloze oude dag. Blijkbaar kon Mieke daar prima mee leven, want er was nooit gedonder over ontstaan.

Wel moest Jan huur betalen aan de holding, die dat deel jaarlijks uitkeerde aan zijn ouders. Daarom hadden die ook geen overnamesom gevraagd, de huur was hun pensioen en over de hoogte van het bedrag hadden ze in Anouks ogen niet te klagen. Mieke kwam trouwens ook niet echt iets tekort. Jan had haar tot bedrijfsleider benoemd en betaalde haar een goed salaris. Natuurlijk kreeg ze niet hetzelfde als hijzelf, maar dat vond Anouk ook logisch. Jan stopte sowieso veel meer uren in zijn werk en droeg de eindverantwoordelijkheid. Bovendien zou hij, mocht het bedrijf ooit failliet gaan, als eigenaar geen recht hebben op sociale zekerheid, anders dan zijn medewerkers.

Heel soms had Anouk het idee dat het Mieke een beetje stak dat haar broer meer inkomen uit het familiebedrijf genereerde dan zijzelf. Zeker net na de overname had ze vaak stekelige opmerkingen gemaakt om haar ongenoegen te uiten. Niet dat ze er rechtstreeks over had geklaagd, maar het was duidelijk waar ze met haar steken onder water op doelde. Anouk had het altijd genegeerd. Jan ook. Althans, in het bijzijn van anderen. Wat hij met Mieke achter de schermen had besproken wist Anouk niet, maar van de ene op de andere dag was Mieke opgehouden met haar opmerkingen.

Anouk realiseerde zich dat haar gedachten waren afgedwaald. Ze probeerde zich weer op het gesprek te concentreren, voordat ze straks helemaal de draad kwijt was. Het ging inmiddels over het feit dat Jans ouders volgend jaar vijftig jaar getrouwd zouden zijn. Mieke wilde iets voor hen organiseren. Dat leek Anouk wat voorbarig, want haar schoonouders kennende zouden ze zelf wel voor een groot feest zorgen. Dat hadden ze bij veertig en vijfenveertig jaar immers ook gedaan, en Anouk had haar schoonmoeder er zelfs al over gehoord.

'Misschien kunnen we ze een vakantie cadeau geven?' zei Jan. 'Een weekje weg, bijvoorbeeld.'

'Waarheen?'

'Een zonnige plek, natuurlijk.' Jan grijnsde. 'Als we ma naar Lapland sturen, kijkt ze ons nooit meer aan.'

'Misschien naar Turkije?' stelde Anouk voor. 'Ik heb het idee dat ze het wel naar hun zin zouden hebben in zo'n resort.'

'Daar gaan wij zelf niet eens naartoe', zei Mieke.

Anouk schudde haar hoofd. 'Nee, geef mij ook maar Spanje of Italië. Maar zij vinden misschien...'

Mieke onderbrak haar. 'Ik bedoel dat ik het nogal duur vind. Wat is er mis met een weekendje weg? Naar Parijs of zo.'

'Dat is misschien nog wel een beter idee', zei Anouk meteen toen ze Miekes afgemeten blik zag. 'Dat vinden ze vast erg leuk en volgens mij zijn ze nog nooit met de Thalys geweest.'

Jan knikte. 'Prima.' Hij stond op en begon de bordjes van het nagerecht te verzamelen. 'Koffie?'

Mieke en Geert knikten. 'Ik pak het wel', zei Anouk snel. Ze volgde Jan naar de keuken. Daar keek haar man haar aan. 'Ze zit er vanavond wel bovenop, hè.' Hij fronste even. 'Er is maar weinig voor nodig om haar te beledigen.'

Anouk knikte en zuchtte even. 'Dat idee heb ik ook.'

'En van hem moet je het ook niet hebben qua gezelligheid.' Jan trok een gezicht. 'Ligt het nou aan mij of heeft hij vandaag niet meer dan tien woorden gezegd?'

'Tja.' Anouk haalde haar schouders op. 'Het is niet veel anders dan anders, wel?'

'Het lijkt wel steeds erger te worden. Wat een idioot.'

'Jan...' Anouk keek hem aan. 'Het is wel je zwager.' Ze dacht er zelf precies zo over, maar ze had nu even geen zin in dit gesprek. 'Zo vaak hoeven we geen avond met hem door te brengen.'

'Gelukkig niet.' Jan opende de vaatwasser en zette de bordjes van het nagerecht erin. Anouk pakte intussen de Nespresso-cups en vulde het apparaat. In haar zak brandde haar telefoon. Ze wilde dat Jan weer naar buiten ging, maar hij maakte geen haast. Anouk besloot het erop te wagen en haalde onopvallend haar telefoon uit haar zak. Met haar rug naar Jan toe drukte ze op de home-button. Steef had maar twee berichten gestuurd. Anouk keek er snel naar. In het ene vroeg hij hoe laat haar bezoek wegging, zodat ze samen een strandwandeling konden maken. In het andere schreef hij dat hij niet begreep wat ze nog bij Jan deed als ze ook hem kon krijgen. En dat hij haar dingen kon laten voelen die Jan in geen duizend jaar voor elkaar zou krijgen.

Snel stopte Anouk haar telefoon terug in haar zak. Het ergste was dat de woorden zo bij haar bleven hangen. Als ze van een afstandje naar zichzelf had gekeken, zou ze haar hoogstpersoonlijk voor gek hebben verklaard. Waarom liet ze zich beïnvloeden door een man die je met gemak fout zou kunnen noemen en die, objectief gezien, ook heel foute berichten stuurde? Waarom kon ze er niet haar schouders over ophalen en Steef vertellen dat ze niet gediend was van al zijn berichtjes?

Terwijl ze het volgende kopje onder het koffiezetapparaat plaatste, realiseerde Anouk zich dat ze het antwoord natuurlijk wel kende. Rationeel wist ze echt wel dat Steefs bezitterige gedrag een reden was om heel snel met hem te stoppen, maar ergens voelde het zo goed dat iemand die moeite voor haar deed. En haar zo duidelijk voor zichzelf wilde hebben. Het gevoel dat ze de enige was die hij wilde, en die hij heel graag wilde, maakte dat ze zich weer eens echt begeerd voelde. Dat ze ertoe deed, en niet omdat het huishouden nou eenmaal gedaan moest worden of er zakelijke dingen geregeld moesten worden, maar omdat ze bloedaantrekkelijk was. Dat gevoel wilde ze niet kwijt. Nog niet. Ze wist dat ze op een rand balanceerde en dat ze een stap naar achteren moest doen. Of beter nog: hard wegrennen tot de rand niet eens meer te zien was. Maar de spanning had iets in haar losgemaakt en het enige wat ze wilde was blijven balanceren. Het risico van een ongenadig hoge val nam ze voor lief.

Jan deed de vaatwasser dicht en nam de eerste twee koppen koffie mee naar buiten. Anouk drukte opnieuw op het knopje en pakte daarna nog één keer haar telefoon. Steef had weer iets gestuurd, minder dan een minuut geleden. Ze moest het twee keer lezen voordat ze zich goed realiseerde wat er stond. Ze slikte een paar keer moeizaam, maar haar mond was droog.

Met mijn handen onder je roze jurk. Daar denk ik nu aan.

Langzaam draaide Anouk zich om. Door het grote raam zag ze hem. Het was donker, maar hij stond precies in het licht van een lantaarnpaal. Ongegeneerd staarde hij naar haar.

Hoofdstuk 8

'Er komen dus eenenveertig mensen en...'

'Hm-hm.'

'Steef...' Anouk zuchtte en lachte tegelijk. 'We zouden het feestje toch doorspreken?'

Steef had zijn gezicht begraven in haar nek en liet een nat spoor achter met zijn tong. 'Dat doen we ook.'

'Ik zie je anders geen aantekeningen maken.'

'Ik onthou alles.' Hij kuste haar net achter haar oor. 'Vooral hoe jij smaakt.'

Anouk rolde met haar ogen. 'Weet je nu hoeveel mensen er komen?'

'Geen idee.'

Anouk maakte zich los uit zijn armen en ging rechtop zitten.

'Het feestje is al over twee dagen.'

Steef legde zijn hand op haar been en slaakte een diepe zucht. 'Er komen eenenveertig mensen, drie vegetariërs en één persoon met een notenallergie', somde hij braaf op. 'Je wilt hapjes bij binnenkomst en verder een lopend buffet, waarbij we naast bier en frisdrank één soort witte en één soort rode wijn serveren. De huiswijn.' Hij keek haar aan. 'Verder nog iets?'

'Nee.' Anouk schudde haar hoofd. 'Laat maar. O, de muziek. Daar heb ik nog helemaal niet over nagedacht.'

'Ik zet wel een leuke Spotify-lijst op', zei Steef. 'Iets zomers.'

'Zal ik die uitzoeken?'

'Nee.' Steef pakte haar schrijfblok uit haar hand en gooide het achteloos op de grond. Hij leunde naar haar toe en liet zijn hand over haar been omhoog kruipen. 'Ik weet wel leukere dingen om te doen.'

Met zachte dwang duwde Anouk hem van zich af. 'Ik moet gaan.'

'Waarom?' Hij keek haar aan met gefronste wenkbrauwen. 'Je bent er net.'

'Ik heb beloofd dat ik niet zo lang weg zou blijven. We gaan naar Alkmaar.'

'Wat moet je daar?'

'Naar de kaasmarkt. Je bent toerist in eigen land of je bent het niet.' Anouk trok een gezicht. Ze wist zelf ook wel wat leukers te doen dan door de hete stad sjouwen, maar ze had het nou eenmaal aan de kinderen beloofd.

'Heel even nog.' Steef pakte haar hand en begon een spoor van kussen te maken. Anouk trok haar arm terug toen hij halverwege haar pols was. 'Ik moet echt gaan.'

'Jezus.' Geïrriteerd kwam Steef overeind. 'Wat is er nou?'

Geschrokken keek Anouk hem aan. 'Hoezo?'

'Wat zit je nou te zeiken? Fuck die man van je, en fuck Alkmaar.'

'Maar ik heb het beloofd.'

Anouk keek hem een beetje nerveus aan. Zo had ze Steef nog niet eerder gezien.

'Dan bel je op en zeg je dat het uitloopt. Je bent toch niet alleen maar gekomen voor dat stomme feestje?'

Anouk sloot even haar ogen. Ze durfde niet te zeggen dat dat inderdaad zo was. Natuurlijk zou ze graag de hele middag met Steef doorbrengen. Ze kon tegenwoordig aan weinig anders meer denken dan zijn handen op haar lichaam en zijn mond die een spoor van kussen over haar buik trok en haar daarna dingen liet voelen die ze bij Jan al lang niet meer had gevoeld. Hij voelde als een verslaving. Eentje waarvan ze wist dat die niet goed voor haar was, maar zoals dat ging bij verslavingen: stoppen was geen optie.

'Ik kom morgen terug', zei ze.

'Fuck you, Anouk.' Boos keek hij haar aan. 'Wat wil je nou? Je hebt je keuze toch gemaakt?'

Anouk kneep haar ogen samen. 'Wat bedoel je?'

'Je gaat toch weg bij die gozer, dus wat kan jou het schelen dat je hem iets hebt beloofd. Waar ben je bang voor? Dat hij boos op je wordt? Nou nou, dat zou erg zijn.'

Anouk staarde naar de grond. Koortsachtig probeerde ze zich te herinneren wanneer ze had gezegd dat ze bij Jan weg zou gaan. Dat moest dan in een opwelling zijn gebeurd.

'Wat?' vroeg Steef, die haar zwijgen blijkbaar juist interpreteerde. 'Je gaat toch bij hem weg?'

Heel even overwoog Anouk zich eruit te liegen. Als ze nu gewoon ja zei, zou Steef meteen kalmeren. Ze keek naar hem. Hij staarde haar aan met iets fels in zijn blik. Ze deed haar mond open, maar sloot die toen weer. Het was niet slim om nu zomaar iets te zeggen. En trouwens, waarom zou ze moeten liegen? Steef begreep toch zelf ook dat wat er tussen hen speelde niet bepaald eeuwigheidswaarde had? Had hij niet zelf gezegd dat hij erg hing aan zijn vrijheid?

Ze haalde diep adem en vermande zich. Daarna deed ze haar mond open. 'Ik geloof niet dat ik heb gezegd dat ik bij Jan wegga.'

Steef fronste. 'Hoe bedoel je?'

'Ik heb dat niet gezegd omdat het niet zo is.'

'Niet?' Steef liet een cynisch lachje horen. 'Ik geloof anders niet dat je momenteel zo gelukkig bent in je huwelijk.'

'Nee, dat klopt. En misschien...'

'Wat zit je nou te zeiken, Anouk', onderbrak Steef haar bits. 'Verlaat die man gewoon.'

'Dat gaat niet.'

'Natuurlijk wel. Je loopt alleen maar te treuzelen.'

Ineens was Anouk geïrriteerd. 'Wat kan jou het schelen? Mijn huwelijk is mijn zaak. Over twee weken ga ik weer naar huis en dan is het tussen ons hoe dan ook over. Ik dacht dat we het daarover eens waren.'

Steef kneep zijn ogen samen en keek haar aan. Ondanks de hitte rilde Anouk. Uiteindelijk haalde Steef kort zijn schouders op. 'Hoe dan ook, ik wil je.'

'Morgen', beloofde Anouk. 'Dan heb ik meer tijd.'

Na die woorden draaide ze zich om, pakte haar tas en liep het huisje uit. Ze voelde Steefs blik in haar rug prikken, maar ze keek niet achterom. Pas toen ze de strandopgang had bereikt bleef ze even staan. Het kostte haar moeite om adem te halen. Ze zuchtte een paar keer diep, maar het benauwde gevoel bleef.

'Anouk, wat is er met je?'

'Niks.'

Anouk sloot even haar ogen en hoopte dat haar antwoord gemeend klonk.

'Maak dat de kat wijs.'

Ze zuchtte. Het probleem met haar beste vriendin was dat die overal zo doorheen prikte.

'Wat?' vroeg Ella, die haar zucht natuurlijk door de telefoon heen had gehoord. 'Is het Jan? Is hij weer alleen maar aan het werk?'

'Nee, dat is het niet. Alleen...' Anouk schudde haar hoofd. Ze trok haar knieën op en staarde zonder iets te zien voor zich uit. De zon verwarmde haar gezicht, maar ze merkte het niet echt.

'Alleen wat?' vroeg Ella.

'Ik weet het gewoon niet.'

'Je praat vaag', zei haar beste vriendin streng. 'Wees eens wat duidelijker. Wat weet je niet? Je relatie?'

Anouk haalde diep adem. 'We doen normaal tegen elkaar en Jan is ook een stuk vrolijker dan hij de laatste tijd was, maar ergens lijkt er iets veranderd te zijn. Er is beleefdheid tussen ons, maar daar blijft het bij.'

'Je mist de knetterende seks uit het begin van je relatie. Nou, ik heb nieuws voor je: die komt nooit meer terug.'

'Het gaat niet om seks', zei Anouk, die blij was dat Ella haar gezicht op dit moment niet kon zien. 'Althans, niet alleen. Het gaat erom dat ik het gevoel heb dat ik Jan niet meer ken.'

'Denk je dat hij iets verbergt?'

Anouk knipperde een paar keer. Daar had ze nog niet over nagedacht. 'Nee', zei ze uiteindelijk, maar ze wist niet of ze dat meende. 'Of misschien ook wel. Het kan me niet eens echt schelen.'

'Zijn er weer problemen met de zaak?'

'Jan zegt dat het juist beter gaat. Hij heeft een grote order binnengehaald. En hij heeft het over meevallers.'

'Wat voor meevallers?'

'Dat weet ik ook niet. Hij vertelt er niet over.'

'Ach, misschien wil hij je niet lastigvallen met dat zakelijke gedoe.'

'Ja.' Anouk zuchtte opnieuw. 'Dat zal het zijn. Het is gewoon allemaal zo moeizaam. Ik heb het idee dat we aan een dood paard staan te trekken.'

'Je gelooft er toch nog wel in?'

Anouk gaf geen antwoord. Alles wat ze nu zou zeggen, zou hypocriet zijn.

'Als je maar geen affaire begint.'

Even was Anouk uit het veld geslagen.

'Hoezo?' vroeg ze een beetje stamelend. 'Waarom zeg je dat?'

Nu was Ella even stil. 'Anouk...' Haar stem klonk waarschuwend. 'Je bent toch geen affaire begonnen, hè?'

Anouk beet op haar lip en gaf geen antwoord. Ze wilde eigenlijk niks liever dan haar geheim met Ella delen. Natuurlijk wist ze dat het beter was dat niet te doen. Hoe minder mensen ervan wisten, hoe kleiner de kans dat het zou uitkomen, nu of in de toekomst. Maar ze kon het gewoon niet meer voor zichzelf houden. Haar hele hoofd zat er vol mee. In razend tempo bleven haar gedachten rondgaan en het lukte haar niet om ze te stoppen. Normale dagelijkse dingen werden naar de achtergrond verdreven. Het was eigenlijk een wonder dat Jan niks had gemerkt.

'Jezus.' Ella haalde diep adem. De stilte was voor haar genoeg bevestiging. 'Dit meen je niet.'

'Ik moet ermee stoppen.'

'Wie is het?'

Anouk stond op van de ligstoel en liep naar binnen. Ze wilde niet dat de buren haar zouden horen. Gelukkig was Jan met de kinderen naar Bergen gegaan om een nieuwe vlieger te kopen. Gisteren, nadat ze uit Alkmaar terug waren gekomen, was Jan met Timo op het strand gaan vliegeren. Helaas was de vlieger al na tien minuten gesneuveld en meteen had Jan beloofd dat ze vandaag een nieuwe zouden kopen.

'Hij heet Steef en hij heeft een strandtent.'

'En je bent verliefd.'

Gek genoeg moest Anouk daar even over nadenken. 'Misschien', zei ze toen. 'Maar daar gaat het niet om. Hij is vooral zo ontzettend aantrekkelijk.'

'Anouk...' De afkeuring in Ella's stem was onmiskenbaar. 'Ik begrijp best dat je met Jan in een sleur zit, maar dit is toch geen oplossing? Waarom stop je al die energie niet in je huwelijk?'

'Je begrijpt het niet', zei Anouk. Ze deed haar best om niet te laten merken dat ze geïrriteerd was. Ella had makkelijk praten: die was nog maar anderhalf jaar met haar vriend, ze woonden nog niet eens samen. Ook al deed ze haar best, Ella zou op dit moment niet snappen hoe Anouk zich echt voelde.

'Wat begrijp ik dan niet?'

Anouk had niet eens zin om het uit te leggen. 'Niks', zei ze daarom. 'Laat maar. Je hebt waarschijnlijk groot gelijk: ik ben dom bezig.'

'Maar je gaat er niet mee stoppen.' Het was een constatering, geen vraag en Anouk gaf geen antwoord. Uiteindelijk deed Ella haar mond weer open. 'Weet je, het is jouw huwelijk dus jouw zaak. Ik moet me er misschien niet mee bemoeien.'

Anouk zweeg.

'Ik heb alleen het beste met je voor.'

'Dat weet ik.' Het klonk geforceerd, dat hoorde Anouk zelf ook wel. 'Je hebt ook wel gelijk. Maar met Jan is alles...' Ze slikte. Nu ging ze zich toch verdedigen, omdat ze het gevoel had dat dat moest.

'Saai?' raadde Ella toen Anouk haar zin niet afmaakte. 'Voorspelbaar?'

'Glansloos. En moeilijk.'

'Als je maar niet denkt dat een affaire een oplossing is. In het beste geval komt Jan er niet achter, in het slechtste geval komt hij wel te weten wat je doet en heb je een enorme crisis, als het al niet op een scheiding uitdraait.'

Anouk slikte. Ella zei niks wat ze niet al zelf had bedacht en toch klonk het anders, harder, als iemand het hardop uitsprak. 'Je hebt gelijk', zei ze zacht. 'Ik moet ermee stoppen.' Maar de overtuiging waarmee ze dat zei, voelde ze nog niet.

Gelukkig liet Ella het onderwerp rusten.

'Heb je alles geregeld voor het feestje?'

'Ja. Je hebt de uitnodiging toch wel gekregen?' Vanwege de korte termijn waarop ze het feest moest organiseren had Anouk eerst een 'save the date'-mail gestuurd en pas daarna de echte uitnodiging. Ze had al veel positieve reacties gekregen, slechts een paar mensen hadden laten weten dat ze er niet bij konden zijn.

'Jazeker. Henry en ik zijn van de partij', zei Ella. 'Ik dacht trouwens dat je het in het vakantiehuis wilde houden.'

'Dat wilde ik ook, maar het bleek uiteindelijk toch veel gedoe. En nog duurder ook.'

'Is die Paal 11...' Ella zweeg even. 'Je zei dat Steef een strandtent heeft?'

Anouk slikte. Ze had wel een vermoeden wat Ella van haar keuze zou vinden. Ergens begon ze een beetje spijt te krijgen van haar eerlijkheid. 'Ja, dat klopt', zei ze toen. 'Het is zijn strandtent.'

'Oké.' Ella zei alleen dat ene woordje, maar Anouk hoorde precies haar mening die erin doorklonk. Ze besloot er maar niet op in te gaan.

'Leuk dat jullie komen', zei ze. 'Ik weet dat het een eind rijden is, maar het wordt echt leuk.'

'We willen het combineren met een weekendje weg. Henry heeft via Airbnb een goedkope overnachting in

Alkmaar geboekt en de volgende dag willen we wat leuks gaan doen. Misschien de stad in of gewoon naar het strand als het nog steeds van dat mooie weer is.'

'O, leuk. Misschien kunnen we dan met z'n allen afspreken, want de kinderen vinden het vast geweldig dat je er bent.'

Timo en Lena waren dol op Ella. Ze verwende hen altijd met cadeautjes en nam hen regelmatig mee op pad om leuke dingen te gaan doen.

Anouk wist dat haar vriendin zelf ook een grote kinderwens had en ze hoopte dat die eindelijk in vervulling zou gaan nu Ella een stabiele relatie had. Ze had er een paar maanden geleden naar gevraagd en toen had Ella ontwijkend gezegd dat het nu nog te vroeg was, waaruit Anouk had begrepen dat zij wel wilde maar Henry niet. Anouk realiseerde zich dat ze het er nu al een tijd niet over hadden gehad, ze hadden elkaar sowieso veel te weinig gesproken. Zagen ze elkaar voorheen minstens een keer per week, nu was het al veel als dat eens per drie weken was. Ze belden en appten wel, maar dat was niet hetzelfde.

'Laten wij na de vakantie ook eens samen een weekendje weggaan', stelde Anouk in een opwelling voor. 'Dan boeken we iets via Airbnb in een Nederlandse stad en gaan we lekker wijn drinken.'

'Goed idee.' Ella haalde diep adem. 'Ik heb je eigenlijk gewoon gemist, Anouk. Je was de afgelopen tijd alleen maar aan het werk.'

'Ja.' Anouk beet op haar lip. 'Maar dat is nu voorbij. Na de vakantie ga ik niet meer voor de zaak werken. Jan zegt dat hij weer een persoonlijk assistente kan aannemen, dus hoef ik dat werk niet meer te doen.'

'Dat is goed nieuws.'

'Precies, dus ga maar vast een leuke plek uitzoeken, dan gaan we als vanouds de hele nacht dansen.'

Ella grinnikte. 'God, wat mis ik die tijd af en toe. Als ik dat nu een nacht doe, ben ik twee dagen brak. We worden oud. Gelukkig zit niemand er ook nog op te wachten dat twee van die oude taarten op de bar gaan staan dansen.'

Anouk lachte ook en dacht heel even aan Steef. Misschien was dat wel de belangrijkste reden dat ze hem nog geen gedag kon zeggen. Bij hem voelde ze zich niet oud. Bij hem voelde ze zich de meest aantrekkelijke jonge vrouw van het westelijk halfrond.

Anouk nam afscheid van Ella en verbrak de verbinding. Ze keek naar het scherm van haar telefoon en zag dat ze een bericht had van Jan. Hij had een foto gestuurd van de kinderen op een terrasje, elk achter een enorme ijscoupe. 'Wij lunchen hier!' had hij erbij getypt, met een lachend gezichtje erachter.

Anouk stuurde terug dat het er heerlijk uitzag en dat ze hun veel plezier wenste. Meteen typte ze er een bericht achteraan dat ze nog een paar dingen voor morgen moest doen en dus de deur uit ging. Ze zag dat Jan online was en het bericht had ontvangen, maar hij reageerde niet.

Anouk deed haar telefoon in haar tas en schoot haar slippers aan. Daarna sloot ze het huis af en liep naar buiten. Ze had zich gisteren nog druk gemaakt over een manier om het huis uit te komen. Ze had aan Steef beloofd dat ze vandaag tijd voor hem zou hebben en hij zou het vast niet leuk vinden als ze die belofte niet nakwam.

Ze haalde diep adem terwijl ze tussen de andere strandgangers door over de boulevard laveerde. Vannacht had ze een tijdje wakker gelegen. Ze had aan Steef gedacht. Aan wat ze voor hem voelde, aan hoe ze zich over zichzelf voelde als ze bij hem was en hoezeer ze dat gevoel binnen haar eigen huwelijk miste. Maar de laatste dagen was er nog iets bij gekomen. Eerst langzaam, op de achtergrond. Ze had het nog niet kunnen en willen benoemen. Maar na gisteren was het er steeds nadrukkelijker. Ze wilde het negeren, maar het was onder haar huid gekropen en daar bleef het zitten als een vage jeuk die voortdurend zeurderig aanwezig was.

Ze was bang voor Steef. Misschien was ze dat vanaf het begin al geweest en was het onderdeel van de spanning die ze voelde. Hij was geen brave goedzak. Je hoefde geen psychologie te hebben gestudeerd om dat te zien. En juist daarom was hij interessant. Maar de angst die ze nu voelde, was anders. Steef was onvoorspelbaar. Zoals hij daar ineens voor het huis had gestaan, dat was niet normaal. Hij wilde haar zien, had hij schouderophalend gezegd toen ze er later een opmerking over had gemaakt. Maar dat was niet het enige. Het was de manier geweest waarop hij had gekeken. De stoïcijnse houding, alsof het heel normaal was dat hij daar 's avonds laat stond. Alsof het zijn goed recht was.

Het dubbele was dat het haar beangstigde en opwond tegelijk. Een combinatie die ze niet begreep van zichzelf. Waarom stopte ze er niet mee als ze bang was? Over die vraag had ze heel lang nagedacht. Uiteindelijk was ze tot de conclusie gekomen dat haar opwinding groter was dan haar angst. En als je er rationeel naar keek, waar moest ze dan precies bang voor zijn? Een week geleden kenden ze elkaar nog niet eens. Steef zou haar echt niks aandoen als ze hem uiteindelijk zou afwijzen. Het idee alleen al was absurd. Toch was hij de laatste dagen steeds dwingender geworden. Ze wist niet zo goed wat hij nou eigenlijk precies wilde, maar het was meer dan ze hem gaf. Hij bleef maar roepen dat ze bij Jan weg moest gaan, maar hij kon toch niet serieus verwachten dat ze met hem verderging? Hun levens waren totaal verschillend, om het over de afstand nog maar niet te hebben. Bovendien zou hij Timo en Lena erbij krijgen, terwijl hij toch vrij duidelijk had gemaakt dat hij niet zat te wachten op een kind in zijn leven.

Ze liep tegen de strandopgang op en bleef even staan op het hoogste punt. Het strand was een schilderij van kleurige parasols en handdoeken. Het waaide vandaag harder dan eerst en zeker tien vliegers dansten in de lucht. Ze schopte haar slippers uit en liep op haar blote voeten naar beneden, het strand op. Ze passeerde Paal 11 en keek even naar het terras aan de zijkant. Daar zou morgen het feest plaatsvinden.

Ze hoefde niks meer voor het feest te regelen. Steef had gezegd dat alles in orde kwam en daar vertrouwde Anouk op. Ze hadden alleen nog steeds geen bedrag afgesproken. Elke keer als Anouk ernaar vroeg, zei hij dat het wel goed zou komen. Anouk werd er een beetje nerveus van. Straks kreeg ze achteraf een torenhoge rekening. Of ging het juist de andere kant op: wat als Steef het feestje als een vriendendienst zag, waarvoor hij geen geld maar een andere compensatie wilde?

Anouk nam zich voor vandaag het bedrag alsnog vast te leggen. Wat Steef ook bedoelde met zijn vage opmerking, ze had nu ook gewoon een zakelijke overeenkomst met hem. Als ondernemer moest hij toch weten dat je werk en privé beter gescheiden kon houden.

Met haar slippers in haar hand liep ze verder, het strand op. Het warme zand gleed tussen haar tenen door. Ze liep een stukje door en hield stil bij het huisje met nummer drie erop. Ze had het warm en dat kwam niet alleen van de zon. Het was het soort warmte dat van binnenuit leek te komen en dat zich concentreerde in haar onderbuik. Haar gedachten verdwenen naar de achtergrond toen ze naar binnen stapte.

Er was niemand. Anouk trok haar wenkbrauwen op en keek om zich heen. Ze had Steef net een bericht gestuurd dat ze eraan kwam. Aangezien het huisje open was, was hij hier niet al te lang geleden geweest. Anouk zette haar tas neer en ging op de bank zitten. Het rook naar Steef in de ruimte. Ze likte aan haar droge lippen.

Het volgende moment stond hij ineens in de ruimte. In zijn ene hand had hij een fles wijn, in zijn andere twee glazen. Hij zette de spullen op de grond. Anouk voelde de condens van de fles op zijn hand toen hij die in haar nek legde. Hij trok haar bezitterig naar zich toe en liet zijn hand meteen naar beneden dwalen, over haar rug naar haar billen. Anouk reageerde door haar beide handen om zijn middel te leggen en zich nog dichter tegen hem aan te drukken. Ze hief haar gezicht en zocht zijn mond, en vanaf dat moment was ze zoals elke keer weer verloren. Ze zou het straks wel hebben over die berichtjes, of het geld van het feestje, of de andere dingen die nu ineens in rap tempo naar de achtergrond van haar gedachten verdwenen.

Hoofdstuk 9

'Moeten we niet gaan?' Jan keek zijn vrouw aan met een mengeling van aarzeling en nieuwsgierigheid. 'Het is al bijna vijf uur.'

Anouk trok haar wenkbrauwen op. 'Is dat zo?'

'Nou ja, ik weet het niet...'

Anouk grinnikte. 'Je kunt nog zo onschuldig kijken, maar het heeft echt geen zin om te vissen. Misschien was het wel een grapje en heb ik helemaal niks geregeld. Je zult moeten afwachten.' Ze strekte zich uit op haar handdoek. 'Voorlopig zit ik hier nog prima. En de zon is nog hartstikke warm.'

'Oké.' Jan steunde op zijn handen en leunde achterover. Met halfgesloten ogen monsterde Anouk hem. Hij was de hele dag al onrustig, had zelfs verbaasd gereageerd toen Anouk na het uitgebreide ontbijt en de cadeautjes van de kinderen had aangekondigd dat ze naar het strand konden gaan. Ze had het niet laten merken, maar zijn zenuwachtige gedrag irriteerde haar. Waarom kon hij er niet gewoon van uitgaan dat ze iets goeds had geregeld en verder een beetje relaxed doen? Hij leek er op geen enkele manier vertrouwen in te hebben dat het goed zou komen met zijn verjaardagsfeest.

Ze draaide zich op haar buik en pakte haar telefoon. Onopvallend keek ze om, maar Jan lette niet op haar. Ze had een hele rij berichtjes. Eerst scande ze de appjes, maar er zat niks van Steef tussen. Wel van haar vriendin Ella die liet weten dat zij en haar vriend in Paal 11 waren en dat ongeveer de helft van de gasten er nu was. Anouk keek naar de tijd. Het berichtje was vijf minuten geleden verstuurd. Opnieuw wierp ze een blik op Jan, maar hij had zijn aandacht op de kinderen gericht. Onopvallend typte Anouk een bericht terug, waarin ze schreef dat ze precies in het verlengde van de strandtent zaten en dat de groep wat haar betreft hun kant op kon komen. Ella stuurde een plaatje van een opgestoken duim ter bevestiging.

Een paar keer keek Anouk achterom. Gelukkig lette Jan niet op haar. Na een minuut of vijf zag ze een groep mensen de trap van Paal 11 af komen. Ze waren nog te ver weg om gezichten te kunnen onderscheiden, maar het was duidelijk dat dat haar gasten waren. Anouk keek weer voor zich uit en probeerde zo gewoon mogelijk te doen. Ze wist dat Jan haar in de gaten hield en als ze vaker dan één keer zou omkijken, zou hij hetzelfde doen. Ze wilde per se dat iedereen ineens achter hem stond en 'Happy birthday' zou zingen. Natuurlijk verwachtte hij wel iets – ze had immers zelf gezegd dat ze iets voor zijn verjaardag had geregeld – maar ze wist zeker dat het niet dit was. Zijn moeder had haar nog een dienst bewezen door Jan vanochtend op te bellen om hem te feliciteren en een fijne dag te wensen. Jan wist niet beter dan dat hij zijn ouders vandaag niet zou zien. De gedachte dat het erg makkelijk was om Jan om de tuin te leiden was nog bij Anouk opgekomen, maar die had ze snel weer weggedrukt.

'Kijk, wat een grote meeuw!' wees ze toen er een joekel van een vogel voorbijkwam. Timo en Lena richtten hun blik erop. Het beest streek neer op nog geen vijf meter van hun handdoek en Timo vloog erop af. Anouk was blij met de afleiding voor hun neus. Nu zou Jan zeker niet omkijken en bovendien letten de kinderen niet op wat er achter hen gebeurde. Anouk had hen expres niet in het complot betrokken. Timo zou het zo leuk vinden dat er allemaal mensen kwamen dat hij uit enthousiasme zijn mond voorbij zou praten. Nu moest ze alleen nog even zien te voorkomen dat ze per ongeluk achter zich keken en allerlei bekenden zagen.

'Pap, ga je mee surfen?' riep Timo. 'De golven zijn nu veel hoger dan daarstraks!'

Anouk kwam snel overeind. 'Volgens mij zie ik daar een kwal.'

'Waar?' Meteen was Timo afgeleid, voor hij zich kon omdraaien en zijn bodyboard kon pakken. Jan had nog geen antwoord gegeven, maar Timo was al gefascineerd door een kleine zandbult iets verderop en wachtte niet meer op zijn vader.

'O nee', zei Anouk, toen ze een paar stappen ernaartoe had gezet. 'Het is toch geen kwal. Jeetje, kijk, wat een grote golf.'

Het lukte haar om de kinderen nog even af te leiden. Toen keek ze onopvallend om en zag hun familie en vrienden achter Jan staan, die nog steeds niks doorhad. Net op dat moment begon haar schoonmoeder 'Happy birthday' te zingen, terwijl de rest wat lacherig inviel. Even bleef Jan voor zich uit kijken, toen realiseerde hij zich pas dat het voor hem was. Met een ruk keek hij om. Anouk kon daardoor de blik op zijn gezicht niet zien, maar zijn hele houding sprak boekdelen.

Ze liep naar hem toe, gevolgd door de kinderen. 'Mam, dat is oma!' riep Timo verbijsterd. 'En oma Sjors is er ook!'

Dat was Anouks eigen moeder. Toen haar oudste kleinkind werd geboren, had ze nog een kat gehad die Sjors heette. Op zoek naar een manier om de twee oma's uit elkaar te houden, had Anouks oudste zus ingesteld dat oma vanaf dat moment oma Sjors heette. Sjors was inmiddels al een tijdje dood, maar de bijnaam was gebleven.

'Ik zie het, schat', zei Anouk. 'Ze komen allemaal op visite, omdat papa jarig is.'

'Maar dat had je helemaal niet gezegd!'

'Nee.' Jan draaide zich om naar Anouk. 'Dat had je helemaal niet gezegd.'

'Surprise', zei Anouk.

'Jeetje...' Jan wreef over zijn achterhoofd. 'Wat een verrassing. Ik eh... Ik ben er een beetje stil van.'

'Gefeliciteerd, jongen.' Jans moeder stapte naar voren en gaf haar zoon een zoen. Alsof dat het teken was waarop ze hadden gewacht, volgde de rest haar voorbeeld. Ook Anouk werd gefeliciteerd.

'Gefeliciteerd, schat.' Ella omhelsde haar en gaf haar één zoen, zoals ze dat al jaren deden. 'Die strandtent ziet er goed uit.'

Anouk wist niet of Ella echt het restaurant bedoelde, of de eigenaar ervan. Ze keek snel om zich heen, maar Jan had niks gehoord.

Nadat Jan door iedereen was gefeliciteerd, bleef het gezelschap wat afwachtend staan. Iedereen keek naar Anouk, die zich daardoor geroepen voelde om het voortouw te nemen. 'Laten we met z'n allen naar Paal 11 lopen', zei ze. Ze keek Jan aan. 'Daar gaan we borrelen en straks een hapje eten om jouw verjaardag te vieren.'

'Heb jij dat allemaal geregeld?' vroeg Jan, die nog steeds een beetje beduusd was.

Anouk knikte. 'We kunnen je veertigste verjaardag natuurlijk niet geruisloos voorbij laten gaan, zoals je zelf had bedacht.'

'Nou, wat... Wat geweldig.' Jan stak zijn arm naar haar uit en Anouk deed een stap in zijn richting, maar nog voor ze hem had bereikt, had hij zijn arm alweer langs zijn lichaam laten vallen.

Hij bukte zich en raapte zijn shirt van de grond, een blauwe polo die hij al jaren had. 'Ik ben er alleen niet echt op gekleed. Misschien moet ik eerst even langs huis gaan.'

'Welnee', vond Jans moeder. 'Anouk had juist gevraagd of iedereen in strandkleding wilde komen. Hoe meer casual, hoe beter.'

Daar hadden de gasten zich aardig aan gehouden, zag Anouk tot haar genoegen. Alle mannen hadden een zwembroek of short aan, haar schoonvader uitgezonderd. Die droeg een kakikleurige lange broek met een vouw, waarvan de uiteinden waren omgerold. Erboven had hij een overhemd aan. Ook daarmee was hij de enige, de andere mannen droegen allemaal een T-shirt. De meeste vrouwen hadden een zomerjurkje aan, behalve Mieke. Zij had gekozen voor een witte korte broek en een paars shirt met bloemen. Anouk was niet verbaasd, ze had haar schoonzus nog nooit in een jurk of rok gezien.

'Is iedereen hier voor papa's verjaardag?' vroeg Lena.

'Ja, dat weet je toch.' Timo keek zijn zusje aan met zijn speciale blik, die hij bewaarde voor de momenten dat ze in zijn ogen een extreem domme opmerking maakte. Anouk greep dan normaal gesproken in, maar nu deed ze maar even alsof ze het niet had gemerkt.

'Papa is toch jarig', ging Timo door. 'Dus is er bezoek. Toch, mam?'

Anouk knikte. 'Maar ik had niet gezegd dat ik mensen had uitgenodigd, dus het was een verrassing voor papa.'

'O ja', knikte Timo wijs. 'Een surpriseparty heet dat.'

Anouk stond versteld dat hij dat woord kende.

'Hé, daar is Ella!' Lena had haar tussen de mensen ontdekt en spurtte op haar af. Ze rende hard en kwam zo'n beetje tegen Ella's been tot stilstand. Die tilde haar op en draaide haar rond. Anouk glimlachte. Misschien was de verrassing voor de kinderen nog wel leuker dan voor Jan.

Over haar bikini trok ze haar kleren aan. Zout en zand prikte op haar huid terwijl ze de spullen bij elkaar zocht en in de strandtas propte. De gasten liepen terug naar Paal 11, gevolgd door Jan. De kinderen renden vooruit.

Anouk sloot als laatste aan. Dit was het moment waar ze een beetje tegen op had gezien. Steef was in de strandtent, dat wist ze zeker. Aan vrije dagen deed hij niet tijdens het hoogseizoen en bovendien wilde hij het feestje graag zelf in goede banen leiden, had hij gezegd. Na wat hij eerder had gezegd, wist Anouk niet meer of ze daar nou blij mee moest zijn. Ze dacht niet dat hij echt iets geks zou doen, maar ze was wel bang dat hij en plein public hun affaire op tafel zou gooien.

Ze had geen idee hoe ze moest reageren als Steef haar geheim zou verklappen. Roepen dat ze niet wist hoe hij erbij kwam? Zo goed kon ze niet liegen. Bovendien wist ze niet of hij geen bewijsmateriaal had. Misschien had hij wel foto's gemaakt toen ze bij hem was. Ze achtte hem ertoe in staat.

Terwijl ze Paal 11 naderden, zette Anouk haar gedachten van zich af. Ergens bleef de onzekerheid knagen, maar ze had geen oplossing. Als Steef van plan was de avond een andere wending te geven, kon ze niks doen om dat te voorkomen. Ze kon eigenlijk alleen maar hopen dat hij zich zou inhouden.

Onderaan de trap naar de strandtent keek Anouk op. Steef stond boven en verwelkomde Jan met een handdruk en een joviale klap op zijn schouder.

'Gefeliciteerd, man', hoorde ze hem zeggen. Anouk hield haar pas in, omdat ze niet naast hen wilde komen te staan.

Steef ging hun voor naar het besloten gedeelte. Daar waren inmiddels de overige gasten ook aangekomen. Er stonden twee bedieningsmedewerkers klaar, elk met een dienblad vol met glazen prosecco. Iedereen nam een glas, Anouk als laatste. Ze moest een toost uitbrengen, maar eerst wilde ze dat Steef wegging.

Dat deed hij niet. In plaats daarvan kwam hij op haar af en keek haar aan. Er speelde een glimlach om zijn lippen, zijn wenkbrauwen waren lichtjes opgetrokken. Hij vond de hele situatie duidelijk vermakelijk. 'Hallo Anouk', zei hij. 'Hoe gaat het?'

Ze knikte en probeerde een antwoord uit te brengen, maar haar mond weigerde mee te werken. In plaats daarvan humde ze wat.

'Is dit hoe je het voor ogen had?' Steef maakte een armgebaar naar de ruimte achter hem. Langs de wand stonden tafels opgesteld waarop straks het buffet zou komen. In het midden en op het terras stonden statafels. De obers die klaar waren met het ronddelen van de prosecco gingen nu rond met hapjes. In een hoek van de ruimte was een kleine bar.

Anouk knikte. 'Je hebt geen woord te veel gezegd,' zei ze schor. 'Het ziet er fantastisch uit.'

'Mooi zo.' Steef knikte. Daarna kneep hij zijn ogen samen en liet zijn blik even over haar zwarte jurkje en haar blote benen gaan. 'Voor jou geldt hetzelfde.'

Hij liep weg. Anouk sloot even haar ogen en hoopte dat hij het feestje verder aan zijn medewerkers zou overlaten. De hele avond dit soort opmerkingen zou ze niet overleven.

Ze vroeg zich koortsachtig af waarom ze er in vredesnaam in had toegestemd het feestje hier te houden. Dat het ongemakkelijk zou worden, had ze natuurlijk op haar vingers kunnen natellen.

Ze merkte dat mensen naar haar keken en rechtte haar rug. Steef was gelukkig verdwenen. Ze schraapte haar keel. 'Ik wil even een paar woorden zeggen en daarna laat ik jullie met rust.'

Het werd stil. Anouk voelde zich ineens enorm bekeken, met alle ogen op zich gericht. Normaal zou ze het niet erg vinden een praatje te houden voor een groep, maar vandaag kostte het haar moeite. Ze had het gevoel dat iedereen dwars door haar heen keek. Jan maakte zich los uit de groep en kwam vooraan staan. Anouk vermeed zijn blik.

'Ik wil jullie graag bedanken dat jullie allemaal hiernaartoe zijn gekomen', begon ze. Ze hoorde dat ze formeel klonk. 'Het is een eind rijden, maar Jan wordt dan ook maar één keer veertig.' Nu moest ze het woord tot hem richten. Met moeite keek ze hem aan. 'Ik vond dat we je verjaardag niet ongemerkt voorbij konden laten gaan. We zijn eh... We hebben...' Anouk sloot even haar ogen. Er kwam niks in haar op wat ze kon zeggen. Ze voelde een blik in haar rug branden en wist precies wie er achter haar stond. 'Ik wil graag een toost uitbrengen op Jan', zei ze snel, terwijl ze haar glas hief. 'Op je verjaardag. Gefeliciteerd.'

De rest van het gezelschap volgde haar voorbeeld en hief het glas, terwijl Jan naar voren stapte en haar zoende. Anouk hield zich stijf. Gelukkig liet hij haar snel weer los. Daarna hield hij zijn glas in de lucht en zei: 'Bedankt dat jullie er allemaal zijn. De verrassing had niet groter kunnen zijn. Laten we toosten op een mooie avond.'

Opnieuw gingen de glazen de lucht in en daarna verspreidde het gezelschap zich over de statafels binnen en buiten. Jan liep naar het terras en sloeg zijn neef Chris op de schouder. Die draaide zich om en schudde Jans hand.

Anouk wendde haar blik af. Ze nam een grote slok prosecco en keek onopvallend om zich heen, maar Steef was weer verdwenen. Ze vroeg zich af of ze naar hem toe moest gaan. Ergens wilde ze hem peilen, uitvinden wat ze vandaag van hem kon verwachten. Tegelijkertijd wist ze dat ze daar toch niet achter zou komen. Ze besloot zich maar onder de gasten te mengen. Ze moest in elk geval zo normaal mogelijk proberen te doen, al wist ze eigenlijk zelf niet meer wat normaal precies inhield.

Ze zou beter geen wijn meer kunnen drinken, bedacht Anouk terwijl ze nog een slok nam. Tegelijk werkte ze een hap cheesecake naar binnen. Ze had vanavond te weinig gegeten en te veel gedronken en dat merkte ze. Haar hoofd was licht, haar passen onvast. Ze nam een tweede hap, maar het hielp niet echt.

Ze wierp een blik op haar horloge. Het was iets na half-elf. Ze liep naar buiten, waar het nu donker was. Op het terras hing een slinger gekleurde lampjes bij wijze van feestverlichting. Op de hoeken van de omheining brandden fakkels.

Timo en Lena zaten op de grond te spelen, met de twee kinderen van Anouks oudste zus. Anouks moeder had voorgesteld de kinderen allemaal in het huis in bed te stoppen en daarna te blijven om op te passen, maar daar hadden Timo en Lena niks van willen weten. Anouk liet het maar gaan. Het was vakantie, ze konden voor een keer best laat naar bed.

Er klonk muziek. Een zomers nummer dat ze herkende van de radio, maar meezingen kon ze het niet. Ze zag haar twee zussen een gek dansje doen. Even verderop stond Mieke. Een groter contrast was bijna niet mogelijk dan dat tussen haar lol makende zussen en haar stijve schoonzus. Een paar van Anouks vriendinnen deden met haar zussen mee. Ze zag zelfs een zakenrelatie dansen. Anouk glimlachte. Nu het feestje z'n einde naderde, durfde ze langzaamaan zelf wat meer te ontspannen.

De gasten hadden het erg naar hun zin gehad, had ze gemerkt. Er waren veel mensen naar haar toe gekomen om hun lof te uiten over het feestje. Anouk moest ook toegeven dat Steef zijn best had gedaan. Ze hadden heerlijk gegeten. Lekkere salades en vlees dat ter plekke op de barbecue op het terras werd bereid. Gelukkig was Steef niet zelf achter de kolen gaan staan, maar had hij dat uitbesteed aan twee van zijn medewerkers. Als nagerecht waren er allerlei verschillende taarten geweest, en ondertussen had de wijn rijkelijk gevloeid.

Anouk draaide zich om en zette haar handen op de houten reling van het terras. Ze staarde voor zich uit over het donkere strand. Het was een typische zomeravond: de warmte was lang blijven hangen en nu waaide er een zachte bries vanaf de zee, die losjes met haar haren speelde. Het ruisende geluid van de golven klonk minder hard dan anders, of misschien raakte ze eraan gewend. Ze snoof de zoute lucht op.

Er ging een rilling over haar rug toen ze plotseling een arm om haar middel voelde. Ze hoefde niet te kijken om te weten wie het was. Haar mond werd droog.

'Steef', zei ze, toen ze uiteindelijk toch omkeek. Meteen schoot haar blik langs hem heen, naar de gasten op het terras. Niemand lette op hen en gelukkig zag ze Jan nergens. Ze draaide zich weer om, haar rug naar Steef toe.

'Anouk.' Zijn greep verstrakte.

Anouk wilde hem vragen om los te laten, maar ze deed het niet. 'Geniet je een beetje van je feest?'

Anouk sloot even haar ogen. 'Ja', zei ze toen. 'Het is erg goed geregeld. Dank je wel daarvoor.'

'Mooi.' Steefs mond was nu in haar nek. Ze voelde zijn adem langs haar huid strijken. 'Ga je mee?' vroeg hij.

Anouk draaide haar nek en keek hem van opzij aan. 'Mee?' vroeg ze. 'Waarheen?'

'Mijn huis.'

Anouk slikte een paar keer. 'Dat gaat nu niet.'

Steef leek oprecht verbaasd. 'Hoezo? Het feest zit er bijna op.'

'Maar ik kan...' Anouk beet op haar lip. 'Ik kan nu niet zomaar weggaan. Dat valt op.'

Het gewicht van Steefs arm lag zwaar om haar middel. Ze durfde niet om te kijken en kon alleen maar hopen dat niemand op hen lette.

'Dat had je dan beter eerder kunnen bedenken.' Steef keek haar onbewogen aan. Alleen bij zijn oog trok een spiertje.

'Maar ik...' Anouk keek onzeker terug. 'Ik begrijp niet wat je bedoelt.'

'Je wilde toch een feestje? Dat heb ik voor je geregeld. Voor wat hoort wat, Anouk.'

'Maar ik betaal er toch gewoon voor?' Uiteindelijk had ze na lang aandringen een vast bedrag met Steef afgesproken.

Steef grinnikte even. 'Laten we dat een onkostenvergoeding noemen.'

'Maar ik heb gevraagd...' Anouk knipperde een paar keer, terwijl een onaangenaam gevoel haar bekroop. 'We hebben een afspraak.'

'Je begrijpt toch zelf ook wel dat je geen feestje kunt geven voor dat bedrag.'

Anouk slikte.

'Doe niet zo moeilijk en ga met me mee. Daar had je eerder ook geen problemen mee.'

'Morgen', zei Anouk, hoewel alles in haar zich verzette. Het was alsof het haar nu ineens duidelijk werd hoe hij echt in elkaar zat. Ze wist honderd procent zeker dat hij dit er niet bij had gezegd. Had hij dat wel gedaan, dan zou ze hebben geweigerd.

'Morgen?' Steef blies zacht in haar nek en lachte een beetje. 'Ik geloof dat je het niet helemaal begrijpt.'

'Ik begrijp het heel goed', zei Anouk zekerder dan ze zich voelde. 'Ik heb met jou een bedrag afgesproken en dat zal ik betalen. Wat wij hebben en doen, staat daar los van. Ik ga niet met je naar bed om een restaurantrekening te betalen.'

'Je had er eerst anders ook geen moeite mee', antwoordde Steef met iets van minachting in zijn stem.

'Dat staat hier los van.'

'Je wil het, dat weet ik zeker.'

Anouk haalde diep adem. Ze liet haar stem een beetje zakken. 'Natuurlijk wil ik het, maar niet nu. Niet hier. Jan, de kinderen...' Ze maakte een armgebaar. 'Dat snap je toch wel?'

'Nee.' Steef keek haar strak aan. 'Dat snap ik niet.'

'Steef...' Anouk deed een stap opzij, zodat zijn arm van haar middel gleed. Eerst vermeed ze zijn blik, toen hief ze haar gezicht en keek hem recht aan.

Ze schrok van wat ze zag. Er was iets donkers in Steefs ogen verschenen. Hij had zijn blik recht op haar gericht en kneep zijn ogen een beetje samen. Anouks hart begon te bonken, maar ze keek niet weg. Juist niet. Ze mocht nu niet zwak lijken.

'Dus je schaamt je voor mij', zei Steef. De woorden kwamen samengeperst naar buiten, omdat hij zijn kaken op elkaar geklemd hield.

Anouk haalde diep adem. 'We kunnen er beter mee stoppen.'

Steef schudde kort, bijna onmerkbaar met zijn hoofd. Toen lachte hij ineens, alsof ze een goede grap had verteld. Het geluid was kort en nep en zijn gezicht deed niet mee.

'Je begrijpt het niet', zei hij. Ineens was zijn stem zacht. Hij boog zich naar haar toe, alsof hij haar iets vertrouwelijks ging vertellen. 'We kunnen er niet mee stoppen. Dat gaat niet.'

Steef ging weer rechtop staan. Anouk bleef hem aankijken. Haar hart bonkte inmiddels zo hard dat haar ribben pijn deden, maar ze wist uiterlijk onbewogen te blijven.

'Begrijp je het dan niet?' Steef trok zijn wenkbrauwen op. 'Jij en ik... Wij blijven bij elkaar. Je wist waar je aan begon met mij, en nu kun je niet meer uitstappen.'

Anouk slikte. Haar keel was zo droog dat ze moest hoesten, maar ze wist zich in te houden. Steef zei niks meer. Uiteindelijk deed ze haar mond open. 'Maar het was...' Ze sloeg even haar blik neer, maar richtte die toen weer op. 'Het was voor even, dat wisten we allebei. Het was toch vanaf het begin duidelijk dat ik getrouwd ben.'

'Ja, dus?' Steef trok zijn wenkbrauwen op. 'Dat is jouw probleem.'

'Het is geen probleem, want ik ga verder met Jan, en jij en ik...' Ze haalde even haar schouders op. 'Het is over.'

Steef keek haar onbewogen aan. Anouk voelde haar maag samentrekken. De wijn brandde nu in haar keel. Ze slikte, maar de misselijkheid die haar ineens overviel verdween niet.

Het volgende moment was het voorbij. Steef draaide zich met een ruk om en beende weg. Zijn voetstappen bonkten tegen de houten vlonders van het terras. Anouk moest zich aan de reling vasthouden, omdat ze het gevoel had dat haar knieën het begaven. Haar vingers klemden zich zo hard om het hout dat het pijn deed. Toen ze haar ogen sloot, voelde ze zich duizelig.

Hoofdstuk 10

'Anouk!'

De stem van Ella leek van ver weg te komen. Het was alsof Anouk ineens in een soort ruis was gehuld, waarin geluiden van buitenaf nauwelijks leken door te dringen. Ze knipperde een paar keer, haalde diep adem en draaide zich om.

'Wat een leuk feestje.' Ella pakte haar arm en kneep er even in. 'Je hebt het echt goed geregeld. Jan heeft enorm genoten, volgens mij.'

'Ja.' Anouk knikte en hoopte dat ze normaal overkwam. 'Fijn dat je het leuk vond.'

Ze zag de onderzoekende blik die Ella op haar wierp, maar vermeed het om haar vriendin aan te kijken.

'Wij gaan naar huis', kondigde Ella aan. 'Althans, naar onze Airbnb. Zullen we morgen nog even koffiedrinken?'

'Gezellig', knikte Anouk. 'Komen jullie naar ons huis? Misschien is het ook leuk om met z'n allen naar het strand te gaan.'

'Ja.' Weer die onderzoekende blik. Anouk glimlachte dapper. Ella vroeg niets.

'Waar is Jan?' Dat was Henry, die zoekend om zich heen keek. 'We willen hem ook nog even gedag zeggen.'

Anouk liet haar blik over het terras gaan. Ze moest zichzelf dwingen om te focussen. 'Ik zie hem niet', zei ze. 'Misschien is hij binnen.'

'Nee, daar waren we net al', zei Ella. 'Nou ja, we vinden hem wel. Tot morgen, lieverd.' Ze blies een kus door de lucht en draaide zich daarna om. Anouk bleef staan, haar rug tegen het harde hout van de reling. Ze stond nog steeds te trillen door wat er net was gebeurd. Natuurlijk had Ella het aan haar gemerkt, maar gelukkig had haar vriendin niks gezegd. Anouk zou niet geweten hebben wat ze had moeten antwoorden. Ze wist zelf eigenlijk niet eens wat ze van de situatie vond. Het enige wat ze zeker wist was dat ze er nooit aan had moeten beginnen, maar daarvoor was het nu te laat.

Ze vroeg zich af of ze achter Steef aan moest gaan. Niet om iets recht te zetten of goed te maken, maar omdat ze wilde weten wat hij van plan was. De blik in zijn ogen voordat hij zomaar was omgedraaid en weggelopen stond nog op haar netvlies gebrand. Nu ze eraan dacht, liep er opnieuw een rilling over haar rug.

Ze zag haar ouders haar kant op komen en zette haar gedachten aan Steef even aan de kant. De gasten begonnen nu langzaamaan huiswaarts te keren en ook haar ouders hadden hun spullen gepakt. Anouk had aangeboden dat ze bij hen konden blijven slapen, maar ze vonden het niet erg om terug te rijden. In tegenstelling tot Jans ouders, die wel de nacht in de villa zouden doorbrengen.

'Wij gaan hoor, lieverd', zei haar moeder. 'Het was een prachtig feestje, we hebben enorm genoten.'

'Dat is fijn, mam.' Anouk zoende haar moeder op haar wang. 'Goede reis.'

'Jan vond het vast erg leuk', zei haar vader terwijl Anouk hem ook gedag kuste. 'Al houdt hij niet zo van verrassingen.'

'Wel van dit soort verrassingen', zei haar moeder. 'Hij was helemaal onder de indruk, volgens mij. Een waardige manier om zijn verjaardag te vieren.'

'Ach ja.' Anouk glimlachte. 'Je moet stilstaan bij de mijlpalen, nietwaar?'

'Precies.' Haar moeder legde nog even een arm om haar heen. 'We gaan Jan en de kinderen nog even gedag zeggen en dan gaan we rijden. Tot snel, lieverd. Geniet nog van de vakantie.'

'Dat doen we', beloofde Anouk.

Ze liep weg, terwijl haar ouders op zoek gingen naar Jan. Iedereen begon nu spullen te pakken en afscheid te nemen.

'Anouk.' Dat was Ella weer.

Anouk keek op. 'Hé, zijn jullie nog niet weg?'

'Nee, we kunnen Jan niet vinden. We wilden hem gedag zeggen, maar hij is er niet. Weet jij waar hij is?'

Anouk schudde haar hoofd. Ella haalde haar schouders

op. 'Nou ja, we zien hem morgen natuurlijk weer. Doe hem de groeten als je hem ziet.'

'Doe ik', beloofde Anouk. 'Tot morgen. Slaap lekker.'

Ella stak nog even haar hand op en liep daarna met Henry in haar kielzog weg. Anouk keek naar haar ouders, die ook zoekend rondliepen.

'Heb jij Jan gezien?' vroeg haar moeder.

Anouk schudde haar hoofd. 'Al een tijdje niet meer. Ella kon hem ook al niet vinden.'

'Misschien op het toilet?' Dat was Gijs, een zakenrelatie die Anouk niet zo goed kende. Hij was samen met zijn vrouw gekomen en stond nu met zijn vest in zijn hand klaar om te gaan.

Anouk knikte. 'Zou kunnen', zei ze, maar vijf minuten later was Jan nog niet terug. Een paar mensen waren al weggegaan, maar er stond nog een groepje te wachten tot ze Jan gedag konden zeggen. Haar vader was naar het toilet gelopen, maar daar was Jan niet.

'Misschien is hij al naar huis', zei haar moeder. 'Hij zei eerder wel dat hij moe was.'

Anouk keek haar bevreemd aan. Het leek haar sterk dat Jan zijn eigen feestje had verlaten zonder iets te zeggen. Dan moest hij wel erg dronken zijn geweest en zo was hij op haar niet overgekomen.

Ze haalde haar telefoon uit haar zak. Geen berichtjes, geen gemiste oproepen. Ze belde Jan, maar zijn telefoon sprong over op de voicemail. Dat verbaasde haar niet. Jan was normaal gesproken verkleefd met zijn telefoon, maar als hij 's avonds niet met werk bezig was, kon hij hem net zo goed een paar uur negeren. Waarschijnlijk had hij het geluid uit gezet. Ze checkte WhatsApp en zag dat Jan rond zeven uur die avond voor het laatst online was geweest.

Ze had hem net nog gezien. Voor dat gedoe met Steef. Dat was hooguit een halfuur geleden, waarschijnlijk nog minder. Hij had koffiegedronken en gepraat met Luuk en Jeroen, twee goede vrienden die allebei zelfs wat later op vakantie gingen om het feestje te kunnen bijwonen. Anouk zag hen buiten staan, met hun vriendinnen.

'Hebben jullie Jan gezien?' vroeg ze toen ze op hen afliep.

Luuk schudde zijn hoofd. 'We zochten hem al. Is hij binnen?'

'Nee.' Anouk fronste. 'Ik zag hem daarstraks koffiedrinken met jullie en daarna heb ik hem niet meer gezien.'

'Ik heb hem nog met zijn zus zien praten en daarna met zijn moeder', zei Jeroen.

'Wat vreemd.' Anouk keek nog maar eens om zich heen. 'Ik begrijp er niks van.'

'Nou ja, misschien had hij er genoeg van', zei Luuk monter. 'Hij was vroeger ook weleens zomaar verdwenen uit de kroeg. Al betekende dat meestal dat hij een leuk meisje was tegengekomen.' Hij grijnsde naar Anouk. Die lachte terug, al begon zich een onaangenaam gevoel te ontwikkelen in haar buik.

'Doe hem de groeten als je hem ziet', zei Luuk. Hij boog voorover en gaf Anouk drie zoenen. 'Het was een prachtig feestje.'

'Dank je.' Anouk zoende ook Luuks vriendin Elize gedag, gevolgd door Jeroen en zijn vriendin Anna. 'Bedankt dat jullie gekomen zijn', zei ze daarna. 'Ik weet zeker dat Jan het ook erg waardeert.'

'Als hij ooit weer opduikt.' Jeroen grijnsde nog even en daarna was het viertal verdwenen. Ineens was het stil op het terras. Anouk keek naar het dessertbuffet. Tussen de resten van de taarten stonden gebruikte bordjes. Het witte tafelkleed vertoonde rode vlekken van de frambozencheesecake. Er lagen kruimels en vorkjes. Het geheel bood ineens een troosteloze aanblik.

Anouk wendde haar blik af. 'Mama?' hoorde ze achter zich en ze draaide zich om. Timo stond in de deuropening. Zijn haar zat een beetje door de war en hij zag wit van vermoeidheid.

'Wat is er, schat?'

'Gaan we zo naar huis?'

Anouk keek op haar horloge. Het was al na twaalven. 'Ja, lieverd. We wachten even op papa en dan gaan we.'

'Waar is papa?'

'Die is eh...' Anouk zweeg even. 'Die komt er zo aan.' Ze liep achter Timo aan naar binnen. De strandtent liep nu langzaam leeg en de bediening was begonnen met opruimen. Anouk wilde gaan, maar dat was een beetje lastig. Haar ouders waren ook nog niet weg, zag ze, die stonden nog te praten met Jans ouders. De andere gasten hadden niet afgewacht en waren allemaal vertrokken.

'Is hij al terug?' informeerde ze, hoewel ze Jan nergens zag.

Haar moeder schudde haar hoofd. 'Papa heeft al een rondje door het restaurant gemaakt, maar daar is hij niet. De bediening heeft hem ook al een tijdje niet meer gezien.'

'Ik heb hem een halfuur geleden nog gezien. Of misschien drie kwartier, inmiddels.' Anouk trok een rimpel in haar voorhoofd. 'Ik denk toch dat hij naar huis is gegaan, een andere verklaring heb ik niet. Gaan jullie maar, dan neem ik de kinderen mee en vinden we hem daar vast wel.'

'Nee, we lopen wel even mee.' Haar moeder keek wat zorgelijk. 'Ik wil eerst zeker weten dat Jan daar is voordat we naar huis gaan.'

'Prima.' Anouk keek nerveus langs haar moeder heen. Ze moest Steef gedag zeggen, maar ze zag ertegen op om hem onder ogen te komen. Uiteindelijk vermande ze zich. 'Wil jij even op de kinderen letten? Dan ga ik zeggen dat we weggaan.'

Met ferme passen liep Anouk naar de bar. Daar was niemand en ook op het terras zag ze Steef niet. Ze schoot een serveerster aan, die haar schouders ophaalde.

'Misschien is hij al naar huis', zei het meisje. 'Hij blijft niet altijd tot sluitingstijd.'

'Sturen jullie een factuur voor het feestje?' vroeg Anouk.

'Als dat is afgesproken wel.'

'Ik heb alleen een bedrag afgesproken, geen manier van betaling', zei Anouk, terwijl Steefs woorden weer door haar hoofd gingen.

'Dan komt er gewoon een factuur.'

'Prima.' Anouk aarzelde even. 'Heb jij toevallig mijn man gezien? Ik kan hem nergens vinden.'

Het meisje keek haar aan met lichte verbazing. 'Nee', zei ze toen. 'Sorry.' Daarna keek ze langs Anouk naar een gezelschap dat haar aandacht probeerde te trekken. Anouk begreep de hint en zei gedag. Ze liet haar blik over het terras dwalen, maar Jan was echt nergens te bekennen. Daarna liep ze terug naar haar ouders en schoonouders. Haar vader had Lena opgetild, haar moeder hield Timo's hand vast. Met z'n allen liepen ze de strandtent uit.

Het huis was donker, zag Anouk al van een afstandje. Als Jan er was, had hij in elk geval niet de lichten aangedaan.

Ze stak de sleutel in het slot en de voordeur zwaaide open. Ze wist meteen dat Jan er niet was, daarvoor was het te stil in huis.

Anouk liep naar de schuifpui, die toegang bood tot het terras. De deur zat op slot, het terras was leeg. Daarna ging ze naar de slaapkamer. Het bed lag er nog precies zo bij als ze het vanochtend had achtergelaten. Op een stoel lag de korte broek die Jan gisteren had gedragen, zijn shirt er slordig overheen gedrapeerd. Jan was er niet, en Jan was hier ook niet geweest.

'Niet?' vroeg haar moeder toen Anouk weer beneden kwam.

Ze schudde haar hoofd en stak haar hand uit naar Timo. 'Kom schat, we gaan naar bed.' Ze tilde hem op en droeg hem naar zijn slaapkamer. Ondertussen legde haar vader Lena in bed, die in zijn armen in slaap was gevallen. Anouk hielp Timo uit zijn korte broek en T-shirt en liet hem alleen het shirt van zijn pyjama aantrekken. Daarna stopte ze hem in en gaf hem een kus. Hij was al vertrokken toen ze de deur dichtdeed.

In de woonkamer stonden haar ouders en schoonouders bij elkaar. Er ging iets besluiteloos uit van hun houding. Anouk voegde zich bij hen en pakte haar telefoon. 'Ik zal hem nog een keer bellen.'

Ze zocht zijn nummer op en drukte op de toets. Deze keer ging de telefoon meteen op de voicemail. Anouk schudde haar hoofd.

'Zal ik het eens proberen?' vroeg haar schoonmoeder, die haar eigen mobiel uit haar tas haalde. Anouk fronste, maar slikte een opmerking in. Alsof het aan haar lag dat Jan niet opnam.

'Nee, ik krijg ook de voicemail.' Haar schoonmoeder hield haar mobiel voor zich en keek ernaar alsof het aan het apparaat lag dat ze Jan niet kon bereiken. Daarna borg ze haar telefoon weer op en keek het gezelschap rond. 'En nu?'

'Er moet een logische verklaring zijn.' Dat was haar vader. 'Misschien is hij een stukje gaan wandelen en is zijn telefoon leeg. Een strandwandeling, dat zou kunnen. Misschien wilde hij even alleen zijn.'

'Een strandwandeling op dit tijdstip?' Jans moeder keek een beetje sceptisch. 'Waarom zou hij dat doen?' Ze richtte haar blik op Anouk. 'Heb jij een idee?'

Anouk voelde zich ineens bekeken. Ze beet op haar lip. Er moest een logische verklaring zijn, haar vader had het zelf gezegd. Een verklaring die niks met haar te maken had.

Ze schraapte haar keel en zei: 'Ik weet het niet. Ik begrijp ook niet waarom hij midden in de nacht een strandwandeling zou maken. En al helemaal niet waarom hij dan weg zou lopen op zijn eigen feestje, waar hij het volgens mij best naar zijn zin had.'

'Is er iets gebeurd?' dacht haar schoonmoeder hardop. 'Iets gezegd? Heeft hij een woordenwisseling gehad?'

Anouks moeder schudde haar hoofd. 'Ik heb daar niks van gemerkt. Dan zouden we het wel hebben gehoord, toch?'

'Misschien is hij spontaan met iemand meegegaan. Het zou kunnen dat hij iets is gaan drinken met vrienden.'

'Dat lijkt me niet', zei Anouk. 'De enigen die ik kan bedenken met wie hij dat zou doen zijn Luuk en Jeroen, en zij zochten Jan juist om hem gedag te zeggen.'

'En die andere vriend dan? Niels?' Haar schoonmoeder keek haar aan. 'Die was er toch ook?'

Anouk trok haar wenkbrauwen op. Niels was hun nogal serieuze buurman. Zeker geen type om spontaan mee te gaan stappen. Anouk vroeg zich sowieso af of Niels ooit een voet in een kroeg had gezet.

'Ik denk het niet', zei ze. 'Bovendien is Niels al om negen uur naar huis gegaan, omdat hij nog een eind terug moest rijden. Daarna heb ik Jan nog gezien.'

Haar schoonmoeder trok een eetkamerstoel achteruit en ging zitten. De rest volgde haar voorbeeld. Er viel een stilte.

Anouk steunde met haar hoofd op haar handen en staarde de donkere woonkamer in. In haar hoofd kwamen allerlei scenario's voorbij, die ze net zo snel weer afserveerde. Jan was vanavond in een opperbeste stemming geweest. Er was geen enkele reden om te denken dat hij in een sombere bui over het strand was gaan lopen. Er was geen onvertogen woord gevallen. Anouk had hem de hele avond niet zoveel gesproken, maar ze had gezien dat hij praatte en lachte met alle gasten, zowel familie en vrienden als zakenrelaties. Even kwam de optie in haar op dat een zakenrelatie het moment had aangegrepen om slecht nieuws te melden, maar ze kon zich niet voorstellen dat Jan zo ondersteboven zou raken van een financiële tegenvaller dat hij zijn eigen feestje zou verlaten en zich onvindbaar zou houden.

Ze wilde er niet aan denken, maar steeds nadrukkelijker kwam het moment met Steef in haar op. Zijn arm om haar middel. Van een afstandje had het er ook vriendschappelijk uit kunnen zien. Als Jan het had gezien, had hij toch niet meteen allerlei conclusies getrokken? Én zelfs als dat wel was gebeurd, dan zou hij toch niet zomaar weggelopen zijn? Dan zou hij haar eerder hebben geconfronteerd met wat hij had gezien. Hij zou een verklaring hebben geëist, misschien ruzie hebben gemaakt. Of hij zou Steef hebben aangesproken op zijn gedrag, of op de vermoedens die Jan daardoor zou hebben gekregen.

Terwijl haar schoonmoeder naar de keuken liep om koffie te zetten, kwam er een andere gedachte in Anouks hoofd op. Een gedachte die al had gesluimerd, maar die ze eigenlijk niet wilde toelaten. Ze had Jan niet meer gezien na haar gesprek met Steef. En Steef was boos geweest. Als ze die twee dingen aan elkaar legde kwamen er scenario's in haar op waar ze eigenlijk niet aan wilde denken.

Aan de andere kant: waarschijnlijk draafde ze nu te ver door. Als Steef boos was, was hij boos op haar. Jan wist nergens iets van af en stond erbuiten. Dat Steef niet blij was dat ze voor haar huwelijk koos, dat was Anouk inmiddels duidelijk.

Maar als die woede een uitweg zocht, dan zou hij bij haar aankloppen. Wat kon Jan eraan doen? Het idee dat Steef Jan om wat voor reden dan ook een lesje wilde leren, was gewoon niet logisch. Ze wist niet hoe rationeel Steef was, maar het was moeilijk voor te stellen dat hij zo ver zou gaan.

'Wil jij ook koffie?' Haar schoonmoeder wachtte haar antwoord niet af, maar zette een kopje voor Anouk neer. Daarna liep ze naar de keuken om de rest te pakken. Anouk schoof het kopje een stukje van zich af, omdat de geur haar misselijk maakte.

'Hè, wat een vervelend einde van zo'n leuke avond', zei haar schoonmoeder, toen ze weer ging zitten.

Anouk wilde vragen of ze niet gewoon haar mond kon houden, maar haar schoonmoeder kon niet tegen stiltes. Die moest ze gewoon opvullen. Ook nu begon ze te praten.

'Het was juist zo gezellig en dan gebeurt er dit. Kijk, er is natuurlijk een hartstikke logische verklaring voor. Straks duikt Jan ineens weer op en uiteindelijk lachen we hier met z'n allen om, maar ik moet zeggen dat ik nu wel een beetje in de rats zit.'

'Wij allemaal, Ina', zei Anouks moeder. 'Laten we nog één keer nadenken met z'n allen. Jan was rond halftwaalf nog op het feestje. Jij hebt hem nog gezien, toch Anouk?'

Ze knikte. 'Met Luuk en Jeroen. En die hadden Jan daarna nog gezien toen hij met jou en Mieke praatte.'

'Hij rookt niet, dus hij is geen sigaretten gaan kopen', zei Ina bij wijze van grapje, maar niemand lachte.

'Hij stond ook niet ergens anders in de strandtent te praten, toch?' vroeg Anouks moeder. 'Jij hebt nog een rondje gelopen?'

'Ik ben op het terras geweest en daar was hij niet.'

'Heb je gevraagd of iemand hem had gezien?'

'Ik heb het aan de serveerster gevraagd, maar die wist het niet. Het lijkt me ook sterk dat hij zich ergens in de strandtent heeft verstopt.'

Haar moeder haalde kort haar schouders op. 'Misschien stond hij met de eigenaar te praten of zoiets. Die kwam eerder op de avond langs en het leek alsof ze elkaar kenden.'

'Steef?' Anouk probeerde zo luchtig mogelijk te reageren. 'Volgens mij was hij al naar huis.'

Haar moeder zei niks meer. De stilte die viel werd zelfs door Ina niet opgevuld. Uiteindelijk was het haar vader die overeind kwam en zijn mobiel pakte. Anouk had weinig hoop, en inderdaad legde haar vader zijn telefoon vrijwel meteen weer op tafel. 'Voicemail', mompelde hij.

'Hij kan hem zijn kwijtgeraakt', zei Ina. 'Als hij inderdaad is gaan wandelen kan de telefoon in het water zijn gevallen.'

'Misschien moeten we iedereen bellen', zei Hans. Het was de eerste keer dat Jans vader zijn mond opendeed.

Anouk fronste. 'Wie bedoel je?'

'Iedereen die op het feest was. Misschien is hij inderdaad met iemand meegegaan en zit hij nu ergens in de kroeg.'

'Dat is niks voor Jan', zei Anouk. 'Hij zou nooit zomaar weggaan.'

Hans maakte een handgebaar dat iets hulpeloos uitstraalde. 'Maar hij is hier niet', zei hij.

Anouk haalde diep adem. Daarna stond ze op en liep naar de kast om haar laptop te pakken.

'Dit zijn de mensen die ik heb uitgenodigd', zei ze, toen ze de mail had gevonden die ze naar iedereen had gestuurd. Ze pakte haar telefoon en keek hoe laat het was. 'Kunnen we mensen hiervoor wakker bellen?'

Haar schoonvader aarzelde even, maar knikte toen. Anouk dacht heel even aan de gevolgen van de telefoontjes. Ze zouden iedereen bezorgd maken, en als Jan straks opdook met een logische verklaring voor zijn afwezigheid, zou hij het niet leuk vinden dat ze al hun vrienden en familie ongerust had gemaakt.

Aan de andere kant: het was natuurlijk niet normaal dat iemand midden in de nacht zomaar verdween. Als Jan inderdaad naar de kroeg was vertrokken, had hij dat op z'n minst kunnen melden. En zijn telefoon kunnen opnemen.

'Van Luuk en Jeroen weet ik dat ze zonder Jan zijn weggegaan', zei ze. 'Die hoeven we niet te bellen. Even kijken... Mieke?' Ze keek haar schoonmoeder aan.

Die pakte haar telefoon. 'Ik bel wel.'

Even later had Ina haar dochter aan de lijn. Snel legde ze uit wat er aan de hand was en vroeg of Mieke haar broer soms had gezien.

Aan haar houding was te zien wat het antwoord was. Ze beloofde het Mieke te laten weten als ze iets hoorde en hing daarna op. Ten overvloede schudde ze haar hoofd. 'Ze waren bijna thuis.'

'Hebben ze Jan gedag gezegd voor ze weggingen?' vroeg Anouk.

Ina knikte. 'Ze hebben niks vreemds aan hem gemerkt. Hij zei dat hij het erg naar zijn zin had.'

Anouk keek naar de volgende naam op de lijst. Ze twijfelde of ze Ella moest bellen. Haar vriendin had het feestje verlaten toen Jan al weg was, dus het leek haar sterk dat Ella nu ineens in Jans gezelschap verkeerde. Ze besloot het maar niet te doen. Ella lag waarschijnlijk al te slapen. In plaats daarvan belde ze een paar andere vrienden, die allemaal verbaasd reageerden. Ina en Hans belden wat neven en nichten, die ook van niks wisten. Anouk had het gevoel dat ze zichzelf heel erg belachelijk aan het maken waren. Maar een beter idee had ze ook niet.

Ze sloeg de zakenrelaties over. Ze wilde niet dat mensen met wie ze zakendeden, het gevoel kregen dat Jan niet betrouwbaar was. Bovendien leek de kans dat Jan spontaan met een van hen was vertrokken haar bijzonder klein.

Anouk schoof haar koffiekopje van zich af. Ze had geen slok genomen. Met een ruk stond ze op en liep naar de keuken. In de koelkast vond ze een fles chardonnay. Met de fles in haar ene en een paar glazen in haar andere hand liep ze terug naar de woonkamer. Zonder iets te vragen schonk ze de glazen vol.

Ina had net haar laatste telefoontje gepleegd, naar een vriend van Jan die verwonderd had geantwoord dat hij om elf uur was weggegaan en Jan toen nog gewoon gedag had gezegd. Nu waren ze door de lijst heen en wisten ze niks meer dan toen ze eraan begonnen.

'En nu?' stelde Anouk de vraag die zwaar in de lucht hing.

Niemand gaf antwoord. Uiteindelijk was het haar eigen vader die de stilte doorbrak. 'Misschien moeten we even afwachten tot morgenochtend. Je weet niet wat er vannacht nog gebeurt. Wie weet duikt hij toch nog gewoon op.'

'Als dat zo is, waar is hij nu dan?' vroeg Ina. 'Dan bedoel je dat er niks is gebeurd en dat hij gewoon ergens rondjes loopt.'

Haar vader haalde kort zijn schouders op, zag Anouk. Hij was geen type dat snel bezorgd was en ook nu ging hij niet meteen uit van een of ander erg scenario.

'Ik vind dat we de politie moeten bellen', zei Ina. 'Het is toch niet normaal dat iemand zomaar ineens verdwijnt? Er moet iets gebeurd zijn.'

'Is dat niet een beetje voorbarig?' antwoordde Anouks vader. 'Er is vast een logische verklaring.'

'En wat is die verklaring dan?' vroeg Ina bits.

'Dat weet ik ook niet, maar ik vraag me af of de politie überhaupt iets gaat doen. Volgens mij komen ze niet zo snel in actie.'

'Laten we wachten tot de ochtend', stelde Hans voor. 'Als hij dan niet terug is, bellen we de politie.'

Anouk stond op en liep zonder iets te zeggen naar de keuken. Ze voelde de blikken van de anderen in haar rug. Er schoof een stoel naar achter. Anouk voelde de hand van haar moeder op haar arm toen ze voor het raam stond. Met nietsziende ogen staarde ze naar buiten, het donker in.

'Het komt wel goed', zei haar moeder zacht. Anouk knikte, maar haar gevoel zei iets heel anders.

Hoofdstuk 11

Ze waren met z'n tweeën. Via het keukenraam keek Anouk naar de agenten die uit de auto stapten. Ze keken links en rechts de boulevard af en liepen daarna richting de voordeur. Anouk maakte geen aanstalten de deur open te doen.

In de gang hoorde ze Ina. De nervositeit klonk door in haar stem toen ze de twee agenten gedag zei.

De keuken leek ineens veel kleiner. De twee mannen in hun zwarte uniformen met gele strepen slokten de ruimte op. Anouk schudde handen, stelde zich voor, hoorde namen die ze meteen weer vergat. Ze probeerde zich te concentreren, maar er leken watten in haar hoofd te zitten.

'Koffie?' Dat was haar moeder. De twee agenten schudden hun hoofd. Anouk ging ze voor naar de eetkamer. Stoelen schoven piepend over het hout. Ze gingen naast elkaar zitten, Anouk en haar moeder tegenover hen, Ina naast hen en Hans aan het hoofd van de tafel. In de tuin hoorde ze nog de stemmen van de kinderen. Het was pas kwart over zeven, maar de kinderen waren al meer dan een uur wakker. Werktuiglijk had Anouk ontbijt voor ze gemaakt en daarna waren ze met opa in de tuin gaan spelen. Timo had gevraagd waar papa was, Anouk had geantwoord dat ze dat niet wist, maar dat hij vast snel weer terugkwam. Ze had gezien dat haar zoontje dat vreemd vond, maar hij had geen vragen gesteld.

Nu klonk het geluid van de poort die dichtviel en daarna waren ze verdwenen. Anouks vader had voorgesteld hen mee te nemen. Eerst gingen ze naar de bakker, daarna, als het nodig was, even naar het strand. Misschien was het helemaal niet goed de kinderen er niet bij te betrekken, maar Anouk kon hun vragen er nu even niet bij hebben. Ze wist zelf al niet eens hoe ze met de hele situatie moest omgaan.

'Oké.' De oudste van de twee agenten had een opschrijfboekje uit zijn zak gehaald, dat nu opengeslagen voor hem op tafel lag. Hij pakte een pen en klikte die aan. Daarna keek hij naar Anouk. 'We hebben begrepen dat u gisteren een feestje had en daarna heeft u uw man niet meer gezien.'

Anouk knikte. Dat had ze verteld tegen de man in de meldkamer. Ze had niet eens geweten of ze hiervoor 112 wel kon bellen, maar omdat ze niet wist wat ze anders moest doen, had ze het uiteindelijk gedaan. De man aan de telefoon had gelukkig meteen gezegd dat er agenten haar kant op zouden komen.

'Ja', zei ze met droge mond. 'Het was zijn verjaardagsfeest. Hij werd gisteren veertig en ik had een surpriseparty voor hem georganiseerd.'

'Is hij wel op het feestje geweest?'

Anouk knikte. 'We waren de hele dag op het strand en aan het einde van de middag stonden de gasten ineens voor zijn neus. Toen zijn we naar een strandtent gegaan en daar hebben we gegeten.'

'Hoe heet de strandtent?'

'Paal 11.'

De man maakte wat aantekeningen. Hij hield zijn pen raar vast, met twee vingers bovenop en eentje aan de onderkant. Anouk keek naar zijn kriebelige handschrift.

'Hoe laat heeft u hem voor het laatst gezien?'

Anouk keek even naar haar moeder. 'Rond halfelf', antwoordde ze wat onzeker.

Rond tien uur was het dessertbuffet neergezet. Jan had het eerste stuk taart gepakt. Daarna had Anouk hem nog gezien, dat wist ze zeker. Rond kwart over tien was ze naar het toilet gegaan en toen ze terugkwam, had ze Jan met Mieke zien praten. Ergens had ze zich verplicht gevoeld erbij te gaan staan omdat ze Mieke de hele avond nog niet had gesproken, maar ze had het niet gedaan. Vooral omdat Geert net was opgedoken toen Anouk in hun richting was gelopen en ze even geen zin had in een moeizaam gesprek over vissen. Daarna had ze een stuk taart gepakt en was naar buiten gegaan. De zeebries had haar verhitte wangen een beetje gekoeld en de gedachte aan Steef wat naar de achtergrond geduwd.

Ze realiseerde zich dat de agenten wachtten.

'Ja,' knikte ze, 'het moet rond halfelf zijn geweest.'

Haar moeder knikte. 'Dat denk ik ook. Er zijn meer gasten die hem toen nog hebben gezien. Rond kwart voor elf wilden er mensen weggaan, maar die konden Jan niet vinden. Ik heb hem nog gebeld, maar hij nam niet op. En even later ging de telefoon meteen op de voicemail, zonder over te gaan.'

'Dus ergens tussen halfelf en kwart voor elf is hij verdwenen?'

Anouk knikte en keek weer naar het gekriebel in het opschrijfboekje.

'In wat voor staat was hij?' vroeg de andere agent, de jongere.

Anouk keek niet-begrijpend.

'Bedoelt u: dronken?'

'Ook. En wat voor humeur? Was hij vrolijk, boos, verdrietig?'

'Hij was vrolijk', zei Anouk. Ze zag haar schoonmoeder knikken. 'De hele avond al. Hij vond het leuk dat er een feestje was. Hij had niet verwacht onze vrienden en familie die dag te zien, omdat hij had besloten zijn verjaardag niet te vieren.'

'Waarom?'

'Waarom hij het niet wilde vieren?'

Anouk begreep niet waarom dat relevant was, maar ze zei: 'Omdat vrijwel iedereen die hij zou willen uitnodigen op twee uur rijden vanaf hier woont. We komen uit Nijmegen, we zijn hier alleen maar op vakantie.'

'Waren er alleen familie en vrienden?'

'En een paar zakenrelaties. Maar wel zulke goede relaties dat het bijna vrienden zijn.'

De agent keek even naar zijn oudere collega, die op zijn beurt naar Anouk keek. 'Was er iets vreemds aan hem te merken gisteravond? Iets wat hij zei, of wat hij deed? Het kan ook iets heel kleins zijn.'

Anouk dacht diep na, al hoefde ze dat eigenlijk niet te doen, want deze vraag was de hele nacht al door haar hoofd gegaan.

Ze schudde haar hoofd. 'Nee, niks. Hij was juist opvallend vrolijk.'

De agent kneep zijn ogen samen. 'Vrolijker dan normaal, bedoelt u?'

Anouk slikte. 'Hij genoot erg van het feestje, zoals ik al zei. Er was niks opvallends.'

'Had hij gedronken?'

'Ja, maar hij was niet dronken.'

De agent blikte even opzij naar Anouks schoonouders. Daarna keek hij Anouk weer aan. 'Is er vaker zoiets gebeurd?'

'Dat Jan zomaar is verdwenen? Nee, natuurlijk niet.' De vraag irriteerde haar. 'Het is niks voor hem.'

De agent knikte onbewogen. 'En u heeft de laatste tijd ook niks vreemds aan hem gemerkt? Was hij somber? Gespannen?'

Anouk deed haar mond open om nee te zeggen, maar aarzelde heel even. Lang genoeg voor de agenten om het op te merken, zag ze aan hun gezichten.

'Nee', zei ze toen, maar de overtuiging ontbrak in haar stem.

De oudste van het tweetal hield zijn hoofd een beetje schuin. Hij zei niks terwijl hij haar aankeek.

'Het was druk op zijn werk', zei Anouk bij wijze van verklaring. 'Hij had veel aan zijn hoofd. Maar hij was niet...' Ze beet op haar lip. 'Hij was niet depressief, als u dat soms bedoelt.'

'We bedoelen niks', zei de oudste agent. 'We willen op dit moment het beeld zo compleet mogelijk maken. Als iemand zomaar verdwijnt, is het belangrijk om in eerste instantie zo breed mogelijk te denken.'

'Het is gewoon niks voor hem om zomaar weg te gaan', zei Anouk nog maar eens. Ze frummelde aan een tissue. 'En die werkstress...' Ze haalde kort haar schouders op. 'Ik denk niet dat dat er iets mee te maken heeft. Hij genoot juist van de vakantie na die zware periode.'

'Wat doet hij voor werk?'

'Hij is eigenaar van vier meubelwinkels.' Anouk keek even snel naar haar schoonouders. 'Een paar jaar geleden heeft hij het bedrijf van zijn ouders overgenomen.'

De agenten blikten naar Ina en Hans, maar richtten daarna hun aandacht weer op Anouk. 'Wat denkt u zelf?'

Anouk knipperde. 'Hoe bedoelt u?'

'Als u een verklaring zou moeten geven.'

Die vraag had ze niet verwacht, hoewel hij niet onlogisch was. Ze deed haar mond open, maar sloot die toen weer. Met haar vingers trok ze een reepje papier van de tissue.

'Ik weet het gewoon niet', zei ze, toen ze uiteindelijk begon te praten. 'Ik geloof gewoon echt niet dat hij zomaar weg zou gaan.'

'Natuurlijk zou hij dat niet doen.' Ina klonk bits en ongeduldig. 'Er moet iets gebeurd zijn. U moet hem echt gaan zoeken, want hoe langer dit duurt...' Ze maakte haar zin niet af. Anouk wilde ook niet nadenken over het einde ervan.

'Goed.' De oudste agent sloeg zijn boekje dicht. 'Voor dit moment weten we even genoeg. Heeft u een recente foto van hem waar hij duidelijk op staat?'

Anouk knikte en pakte haar mobiel. 'Kan ik die mailen?'

De agent knikte en schoof zijn kaartje over de tafel naar haar toe. Hoofdagent Van IJzendoorn, las Anouk. Er stond een mailadres onder.

'Dus u gaat hem zoeken?' vroeg Ina voor de zekerheid.

De man knikte half. 'We zullen zijn foto verspreiden onder de collega's, zodat iedereen op straat naar hem uit zal kijken. In dit soort gevallen hebben we het beleid dat we na vierentwintig uur pas een onderzoek opstarten.'

Ina trok haar wenkbrauwen op. 'Maar dat is vanavond pas.'

De man knikte. 'Ervaring leert dat mensen met regelmaat binnen een etmaal vanzelf weer opduiken.'

'Dat gaat niet gebeuren', zei Ina. 'U heeft toch gehoord wat mijn schoondochter zei? Dit is niks voor Jan.'

De agent knikte kalm en professioneel. 'Ik begrijp uw zorgen, mevrouw, maar dit is ons beleid. We houden de vinger aan de pols en als we reden zien om eerder een onderzoek te beginnen, dan doen we dat natuurlijk.'

'Maar als hij in de problemen is gekomen, moeten jullie hem toch helpen? Dat kan niet tot vanavond wachten.'

'Nogmaals: ik snap dat u bezorgd bent. En neemt u van mij aan dat we het goed in de gaten houden.' De agent knikte in de richting van het visitekaartje op tafel. 'Mijn rechtstreekse telefoonnummer staat op mijn kaartje. Belt u mij als u nieuwe informatie krijgt, of als u nog iets te binnen schiet wat van belang kan zijn.'

De twee mannen wensten hun sterkte vandaag en beloofden dat er, als er niks zou veranderen, vanavond opnieuw twee collega's langs zouden komen. Daarna liepen ze de kamer uit. Anouks moeder ging uit beleefdheid achter hen aan, hoewel ze zelf de weg naar de voordeur wel konden vinden. In de gang hoorde Anouk haar zacht praten, daarna viel de voordeur dicht.

Anouk ging weer aan tafel zitten en liet haar hoofd in haar handen rusten. Natuurlijk had ze vannacht geen oog dichtgedaan. Ze had de halve nacht in de kamer gezeten, samen met haar ouders en schoonouders. De vermoeidheid begon langzaam bezit van haar te nemen, al bonkte haar hart en voelde ze zich rusteloos.

Opgefokt beende Ina door de kamer. 'Niet te geloven dat ze ons gewoon laten wachten. Hoezo beleid? Het is toch duidelijk dat er iets is gebeurd.' Ze schudde haar hoofd. 'Wat moet je dan doen om ervoor te zorgen dat de politie voor je in actie komt? Als je te hard rijdt, staan ze meteen met drie man voor je neus, maar nu...'

'Hou je mond.' Voor zijn doen keek Hans zijn vrouw ongewoon bits aan. 'Hier schieten we niks mee op.'

Anouk keek naar haar schoonvader, maar hij had zijn blik op zijn vrouw gericht. Er lag een trek op zijn gezicht die ze niet kende. Ina hield meteen haar mond en daar was Anouk haar schoonvader dankbaar voor. Zonder dat praatgrage gedoe voelde ze zich al opgefokt genoeg.

Ze pakte haar telefoon en opende de foto's. Twee dagen geleden had ze op het strand een foto gemaakt van Jan en de kinderen. Als ze inzoomde vielen Timo en Lena van het beeld. Ze maakte een screenshot van alleen Jan, die recht in de camera keek en ontspannen lachte. Anouk staarde naar de foto. Ze probeerde haar eigen gedachten te blokkeren, maar dat ging niet. Steeds nadrukkelijker kwam de waarheid in haar op. Natuurlijk was Jan niet zomaar verdwenen, natuurlijk was hij niet weggelopen. Er was iets gebeurd. En ze wist heel goed dat ze de politie niet alles had verteld. Hoe langer het duurde, hoe meer ze zich realiseerde dat ze de waarheid niet langer onder de tafel kon houden. Maar de gevolgen van haar mond opendoen kon ze ook niet overzien.

Ze typte het mailadres van de agent in, schreef snel een bericht en verstuurde de foto. Daarna staarde ze naar het telefoonnummer op het visitekaartje, tot de cijfers voor haar ogen begonnen te dansen.

Deze keer kwamen er een man en een vrouw. Hij stelde zich voor als Harkema, zij als De Jager. Alleen achternamen. Ze stelden de vragen die vanochtend al waren besproken en Anouk wilde vragen of ze soms geen contact met hun collega's hadden gehad, maar ze deed het niet en gaf gewoon antwoord. Nee, er was niks gebeurd. Nee, Jan had geen vreemd gedrag vertoond. Nee, er waren geen problemen. Ja, hij had hard gewerkt maar ze zag niet in wat dat hiermee te maken had.

Ze keek op de klok. De vierentwintig uur waren er twintig geworden. Een halfuur geleden was ze gebeld door een van de twee agenten die nu tegenover haar zaten. De mannelijke, Harkema. Hij had gezegd dat ze het onderzoek gingen opschalen, zoals dat in politietermen heette, omdat de kans dat Jan uit zichzelf zou terugkeren nu wel steeds kleiner werd. Ina had iets cynisch gezegd toen Anouk die boodschap had meegedeeld.

Ze keek naar het tweetal en wachtte op een goed moment, hoewel ze wist dat dat niet zou komen. Met haar ouders en haar schoonouders om zich heen, en haar kinderen in dezelfde kamer voor de televisie, kon ze met geen mogelijkheid meedelen dat ze een affaire met de strandtenthouder was begonnen. Timo en Lena hadden hun ogen op het scherm gericht, maar Anouk zag aan alles dat ze geen aandacht voor de tv hadden. Timo keek elke keer opzij. Op zijn gezicht zag ze een mengeling van angst en nieuwsgierigheid. Echte politiemensen, zomaar in de woonkamer.

Natuurlijk had ze vandaag niet voor hen kunnen verbergen dat er iets aan de hand was. Ze wilde niet liegen over Jans afwezigheid. Ze had hun op de mouw kunnen spelden dat papa voor zijn werk weg was, maar uiteindelijk zouden ze natuurlijk uitvinden dat dat niet waar was. De waarheid was echter ook niet makkelijk te verteren voor de kinderen. Timo had wel twintig keer gevraagd hoe papa dan gewoon weg kon zijn, Lena had voortdurend willen weten of hij wel weer terugkwam, en op beide vragen had Anouk geen antwoord gehad.

'Mevrouw Van der Loo?'

Ze realiseerde zich dat de agent De Jager een vraag had gesteld. Anouk knipperde een paar keer. 'Sorry, ik was even afgeleid.'

'Zijn er spullen uit het huis verdwenen?'

Anouk schudde haar hoofd. Ze had vanochtend de slaapkamer al minutieus gecheckt, maar Jan had niks meegenomen. Het was ook helemaal niet logisch dat hij zonder haar en de kinderen naar huis was gegaan. Bovendien was het feestje nog niet eens afgelopen.

'Nee, niks', zei ze. 'En alle spullen die we gisteren mee hadden naar het strand zaten ook nog in de tas.'

'En uw auto is ook niet weg, neem ik aan?'

'Nee.' Anouk maakte een handgebaar. 'Die staat naast het huis. Het enige wat Jan bij zich heeft, zijn zijn portemonnee en zijn telefoon.'

'Kunt u nagaan of hij zijn pinpas nog heeft gebruikt?'

Anouk knikte. 'Ik heb gekeken op onze rekening, maar de laatste transactie is van gistermiddag. Toen heeft Jan lunch gehaald bij een broodjestent op de boulevard.'

Harkema nam het woord. 'Het is van belang dat u een verklaring aflegt, mevrouw Van der Loo.'

Anouk knikte. 'Natuurlijk.'

'Dat moet wel op het bureau gebeuren, zodat de verklaring meteen in de computer kan worden ingevoerd. Het hoeft niet per se vanavond, het mag ook morgenochtend.'

Anouk slikte. 'Ik doe het vanavond wel. Zullen we nu meteen gaan?'

Ze zag dat de agent haar een beetje onderzoekend aankeek. Daarna stond hij op. 'Prima', zei hij. 'Laten we gaan.'

Hij wisselde een blik met zijn collega, die ook overeind kwam.

'Ik ga mee', zei Ina.

'Dat hoeft niet.' Anouk pakte haar handtas en stopte haar telefoon erin. 'Ik red me wel.'

'Maar...' Haar schoonmoeder keek vertwijfeld. 'Heeft u ons dan niet nodig?'

'Op dit moment hoeft alleen mevrouw Van der Loo een verklaring af te leggen op het bureau. Maar natuurlijk willen we alles weten wat van belang kan zijn. Er zijn collega's van de recherche onderweg om nader onderzoek te doen en zij willen ook met u praten.' Alsof het zo was afgesproken stopte er op dat moment een auto voor het huis. Deze keer ging het niet om een politieauto, maar om een onopvallende donkerblauwe Volvo. Agent De Jager liep naar de voordeur om open te doen.

Anouk bleef staan met haar tas in haar hand. Haar moeder pakte haar arm. 'Als er iets is, moet je me bellen', zei ze zacht.

Anouk knikte. Er kwamen twee mannen de kamer binnen, beiden gekleed in een spijkerbroek en overhemd. De een stelde zich voor als rechercheur De Graaf, de ander als Berendsen. Ze waren allebei al wat ouder, Anouk schatte ze achter in de vijftig.

'Gaat u mee?' Harkema keek haar afwachtend aan.

Anouk knikte. 'Kan ik met mijn eigen auto?'

'Natuurlijk. We kunnen u ook meenemen en achteraf weer terugbrengen, als u dat prettiger vindt.'

'Ik rijd liever zelf.' Het idee om achter in een politieauto naar Bergen te worden gebracht stond haar ineens ontzettend tegen. Ze wilde juist even alleen zijn in de auto. Ze begon de grip op haar gedachten te verliezen en wilde ze ordenen voordat ze haar verklaring moest afleggen.

Harkema haalde een visitekaartje uit zijn zak. 'Dit is het adres van het bureau. Als u er eerder bent dan wij, wacht dan even op de parkeerplaats.'

Anouk pakte het kaartje aan en knikte. 'Tot zo.'

Via de tuin liep ze naar de auto, die aan de achterkant van het huis geparkeerd stond. Er waaide een zachte bries. Pas nu de wind erlangs streek, merkte ze dat haar wangen verhit waren.

Anouk stapte in. Even bekroop haar een vreemd gevoel. Een van Jans zonnebrillen lag op het dashboard. Vaag hing de geur van zijn eau de toilette nog in de auto, hoewel dat misschien alleen haar verbeelding was. Misschien kwam het daardoor dat het besef langzaamaan begon binnen te komen. Het afgelopen etmaal had ze in een soort verdoving doorgebracht. De dag was in een mist aan haar voorbijgetrokken. Werktuiglijk had ze gesprekken gevoerd met haar ouders, haar schoonouders. Met Ella, die ze had gebeld om te zeggen dat ze vandaag niet naar het strand zouden gaan. Haar vriendin had gezegd dat ze meteen naar Anouk toe zou komen, maar dat had Anouk afgewimpeld. Ze had gezegd dat het wel ging, dat ze zich redde. Maar eigenlijk was alles wat uit haar mond was gekomen automatisch gegaan. Het was alsof de waarheid nog niet echt was geland.

Pas nu ze hier in haar eentje zat, leek het alsof haar ogen opengingen. Alsof de mist optrok en ze ontwaakte uit haar verdoofde toestand. Alsof het feit dat Jan was verdwenen, nu pas in z'n volle omvang tot haar doordrong. Haar maag werd samengeknepen en ze moest hard slikken om de opkomende misselijkheid tegen te gaan. De situatie was zo groot, zo ernstig, dat het haar bijna niet lukte die in haar gedachten te vatten. Het enige wat steeds nadrukkelijker door haar hoofd zoemde, was dat ze nu eerlijk moest zijn. Ze kon haar mond niet langer houden. Niet tegen de politie. Dat was ze Jan verschuldigd.

Ze stak de sleutel in het contact. Het geluid kwam harder binnen dan anders. Het geluid van de motor deed haar een beetje ineenkrimpen. Het duurde even voordat ze erin slaagde het adres in te voeren in het navigatiesysteem. Haar vingers trilden en het kostte haar moeite zich op het schermpje te focussen, maar uiteindelijk lukte het. Het apparaat berekende de route, de mechanische mannenstem begon haar uit te leggen hoe ze moest rijden. Ze reed weg en draaide de boulevard op. Toen ze langs de strandopgang bij Paal 11 kwam, keek ze recht voor zich uit.

Steef had de hele dag niks van zich laten horen. Anouk had ook geen contact gezocht. Juist niet. Ze wilde nu niks met hem te maken hebben. Ze wilde niet eens weten dat hij bestond, al was het daarvoor veel te laat. Het was gewoon veel te toevallig, dat realiseerde ze zich heel goed. De politie zou dat vast ook vinden.

Ze vroeg zich af wat er zou gebeuren als ze de waarheid zou vertellen. Zou Steef worden opgepakt? Zou de politie alleen met hem gaan praten? In elk geval zou hij niet blij zijn, maar dat kon Anouk niet schelen. Niet echt, althans.

Zelf was ze klaar met Steef, het enige waar ze bang voor was, was dat hij zou doorslaan. Voor zover dat nog niet was gebeurd.

Ze probeerde haar gedachten tot stilstand te brengen. Natuurlijk ontvouwden zich allerlei scenario's in haar hoofd, maar ze moest niet op de zaken vooruitlopen. Misschien was Steef gisteravond wel met iemand mee naar huis gegaan. Een vrouw. Of had hij tot diep in de nacht met een vriend in de kroeg gezeten. Haar grootste hoop was dat hij een alibi had.

Ongemerkt was ze Bergen binnengereden. Het navigatiesysteem sommeerde haar om links af te slaan. Ze reed door het centrum, waar de terrassen vol zaten. Zelfs met de ramen dicht hoorde ze het vrolijke geroezemoes dat hoorde bij een zomeravond. Ze wierp een blik op de mensen die de tafeltjes bevolkten. Opgewekte gezichten, volle glazen. Anouk slikte. Tot voor kort had ze net zo goed een van hen kunnen zijn. Zorgeloos drinkend, kletsend, lachend. Het had misschien niet zo gevoeld door de stress van de afgelopen tijd. Het harde werken, Jan die haar afsnauwde, het gevoel dat ze er alleen voor stond – dat alles had gemaakt dat ze het soms even niet meer zo leuk had gevonden. Maar toen het beter ging met de zaak en Jan vrolijker was, had het leven haar eigenlijk weer toegelachen. Tot ze zelf besloot er een potje van te maken. Ze had zich ingelaten met iemand van wie ze vanaf het begin had geweten dat hij niet goed voor haar was. Voor haar hele gezin. Nu kon ze zichzelf wel voor haar kop slaan dat ze zo roekeloos was geweest.

Ze moest wachten op een groepje dat overstak en liet haar blik over de volle terrassen gaan. De cafébezoekers leken afkomstig uit een ander universum.

Ze trok weer op en even later parkeerde ze de auto voor het politiebureau. De twee agenten die ze net had gesproken, waren al gearriveerd en stonden op haar te wachten. Ze knikte hun toe en volgde hen naar binnen. Ze liepen door verlaten gangen naar een kleine spreekkamer. Harkema draaide de deur van het slot en liet Anouk voorgaan.

Het was warm in de kamer. De lucht was zwaar en bedompt. Harkema verontschuldigde zich voor het ontbreken van airconditioning. Terwijl zijn collega wegliep om water te halen, startte de agent zijn computer op. Zoemend kwam het ding tot leven. Harkema mompelde wat in zichzelf terwijl hij een paar dingen invoerde. Hij typte met twee vingers, alsof hij pas recent was begonnen een computer te gebruiken. Voortdurend keek hij heen en weer tussen het toetsenbord en zijn scherm.

'Aha', zei hij uiteindelijk, terwijl hij een paar keer op de entertoets drukte. 'Kijk aan. Nu doet hij het.' Hij keek Anouk aan en glimlachte verontschuldigend. 'Altijd een gedoe, computers.'

Anouk knikte half. Ze likte aan haar droge lippen en keek rond in de kleine kamer. De muren waren wit gestuukt en konden hier en daar wel een likje verf gebruiken. Voor het raam hingen lamellen, die gesloten waren. Achter Harkema stond een archiefkast. De schuifdeur stond op een kiertje en Anouk zag slordige stapels papier en een paar zwarte ordners. Op het bureau lagen meer papieren.

Twee gebruikte koffiebekers verrieden dat Harkema niet zo'n opruimer was.

Ze verplaatste haar blik naar de agent. Hij was ouder dan zij, ze schatte hem tegen de vijftig. Hij had brede schouders, waar het shirt van zijn uniform omheen spande. Met zijn ene hand bediende hij de muis van de computer, met de andere plukte hij aan zijn onderlip. Hij kneep zijn ogen samen terwijl hij naar het scherm staarde, alsof hij eigenlijk een bril nodig had maar te ijdel was om dat toe te geven. Zijn borstelige wenkbrauwen vormden slordige boogjes en gaven zijn gezicht iets bozigs.

'Goed.' Harkema keek haar aan. Het bozige verdween, in plaats daarvan kwam er iets vertrouwelijks in zijn blik te liggen. 'De verklaring die u nu gaat afleggen is vertrouwelijk. Dat betekent dat degenen die bij het onderzoek betrokken zijn er inzage in hebben, maar dat hij niet wordt gedeeld met derden. Zoals uw familie, bijvoorbeeld.'

Anouk zoog haar lippen naar binnen terwijl ze knikte. Ze had moeite zichzelf een houding te geven. Dankbaar keek ze op toen de andere agent een bekertje water voor haar neerzette. Daarna ging De Jager naast haar collega zitten, waardoor de ruimte ineens heel erg gevuld leek.

'Ik moet dingen vragen die waarschijnlijk al besproken zijn', ging Harkema verder. 'Hopelijk heeft u daar begrip voor.'

Opnieuw knikte ze. Ze merkte pas dat haar hand trilde toen ze haar bekertje bijna omverstootte. Snel keek ze naar de agenten, maar geen van beiden had het gezien.

Ze kon nog terug. Ze kon blijven bij haar eerdere verhaal dat Jan nooit zomaar zou verdwijnen en dat ze er werkelijk niks van begreep. Het zou niet uitkomen. Steef zou het niet vertellen, daarvan was ze overtuigd. Hij had al geen hoge pet op van de politie en bovendien zou hij zichzelf daarmee verdacht maken.

Het was ineens een aantrekkelijk idee. Als ze haar mond hield, zouden ze Steef met rust laten. Dan hoefde ze er niet over in te zitten dat hij woedend zou zijn als hij met de politie te maken kreeg. Dat hij het haar kwalijk zou nemen. Zelfs als hij niks met Jans verdwijning te maken had, zelfs als de politie alleen maar even met hem wilde praten, zou hij kwaad worden, dat wist Anouk zeker. En het was niet moeilijk te raden op wie die woede zich zou richten.

Ze keek naar de twee agenten. Zouden ze weten dat ze iets verborg? Was dat de reden dat Harkema zo benadrukte dat de verklaring vertrouwelijk was? Of was dat iets wat hij standaard moest meedelen?

Het kon niet, dat wist ze zelf ook wel. Ze wilde dat Jan werd gevonden. Natuurlijk wilde ze dat. Ze was met hem getrouwd, dat moest reden genoeg zijn. Misschien was het nog niet te laat.

Harkema stelde vragen. Voor de zoveelste keer vertelde ze hoe de avond was verlopen. Het begon bijna een automatisme te worden. Harkema typte de antwoorden in op de computer, met de onhandigheid van iemand die pas later met een toetsenbord had leren werken. Agent De Jager hield haar mond. Anouk voelde zich bekeken en frummelde aan haar bekertje.

'En u heeft geen enkel idee van wat er gebeurd kan zijn?' vroeg Harkema. Hij keek haar indringend aan, alsof hij wist dat ze iets achterhield. Anouk slikte. De bedompte kamer leek nog benauwder te worden. Ze staarde naar de rand van de tafel toen ze uiteindelijk haar mond opendeed.

'Ik had een affaire', zei ze toen. De woorden kwamen niet goed haar mond uit. Ze bleven steken, alsof ze ze bijna weer wilde inslikken.

Harkema's vingers bleven boven het toetsenbord zweven. Anouk vermeed zijn blik. Ze zoog lucht naar binnen en hield haar adem vast.

'Een affaire', herhaalde de agent. Hij legde zijn handen op het bureau. Anouk voelde de veroordeling in de ruimte hangen, maar misschien was dat verbeelding. Langzaam liet ze de lucht ontsnappen.

'Vertel', zei Harkema.

Anouk hief haar gezicht. Hij keek niet anders dan net. Vriendelijk, zijn wenkbrauwen licht opgetrokken. 'Het gaat om Steef', zei ze schor, terwijl ze zich nu pas realiseerde dat ze zijn achternaam niet eens kende. 'De eigenaar van Paal 11.'

'Steef van Wieren', knikte Harkema. Anouk speurde zijn gezicht af, maar vond geen enkele aanwijzing van zijn gedachten.

Ze haalde diep adem. Nu ze het hoge woord eruit had gegooid, moest ze ook verdergaan. Ze deed haar mond open en nu leken de woorden er als vanzelf uit te rollen. 'Ik praat het niet goed, maar Jan en ik hadden problemen', begon ze. 'De laatste tijd was het moeilijk tussen ons, veel onbegrip, veel ruzie. Laat ik zeggen dat we elkaar kwijt waren geraakt en het lukte niet om elkaar terug te vinden. Misschien hebben we er allebei te weinig moeite voor gedaan, ik weet het niet.' Ze likte even aan haar lippen. 'In elk geval gebeurde er iets tussen mij en Steef en...' Ze haalde kort haar schouders op.

'Kende u hem al voor de vakantie?'

Anouk schudde haar hoofd. 'Ik leerde hem pas na een paar dagen kennen. In zijn strandtent. Jan en ik gingen er wat drinken om een zakelijk succes te vieren.'

'En van het een kwam het ander', zei Harkema.

Anouk knikte terughoudend. Het leek wel een fout verhaal in een tijdschrift. Zo eentje waarvan ze altijd dacht dat die gewoon verzonnen waren.

Harkema typte een paar dingen in. Daarna vouwde hij zijn handen als een dakje onder zijn kin en steunde er met zijn hoofd op. 'Wat bedoelt u precies met affaire? U ging met hem om? Was er sprake van seks?'

Anouk verstijfde even bij zijn directe vraag. Daarna knikte ze zonder hem aan te kijken.

'U hield het feestje bij de strandtent van meneer Van Wieren', zei Harkema.

Het was geen vraag. Anouk knikte half, maar wist niks te zeggen. Harkema liet de stilte voortduren, net zo lang tot Anouk zich geroepen voelde uiteindelijk toch haar mond open te doen.

'Dat loste mijn probleem op', zei ze bij wijze van verklaring. 'Ik kon geen goede cateraar vinden en Steef stelde dit voor. Het leek me een goede oplossing.' Ze slikte. 'Achteraf gezien was het natuurlijk heel stom.'

'Waarom?'

'Omdat...' Ze zocht naar de juiste manier om het uit te leggen. 'Omdat er van alles door elkaar ging lopen.'

Harkema vroeg niet verder. Hij begon weer te typen.

'U zei dat u een affaire had? Verleden tijd?'

Anouk knikte.

'Wanneer eindigde het?'

Het leek een makkelijke vraag, maar dat was het niet. Anouk dacht even na. Daarna koos ze haar woorden zorgvuldig. 'Wat me aantrok in Steef was dat hij zo anders is dan Jan. Hij heeft me verteld over zijn criminele verleden. Ik veroordeel wat hij heeft gedaan, maar ik stopte er niet mee. Het was zo... anders. Fout. Misschien was dat net waar ik behoefte aan had.' Ze zweeg een tijdje. Buiten klonk het geluid van een brommer die knetterend optrok. 'Net voor het feestje begon ik in te zien dat fout ook daadwerkelijk fout betekent. Steef wilde meer, ik niet. Hij appte me twintig, dertig keer per dag. Ik wilde dat niet en maakte hem duidelijk dat ik voor mijn huwelijk koos. Toen ging hij moeilijk doen over de prijs van het feestje. Ik dacht dat we een bedrag hadden afgesproken, hij vond dat dat slechts een deel van de betaling was.' Ze blikte even naar de vrouwelijke agent, die al die tijd niks had gezegd. Daarna richtte ze haar ogen weer op haar handen in haar schoot. 'Gisteravond was hij boos op me. Ik was er klaar mee en vroeg hem me met rust te laten. Ik zei dat ik met Jan verderging. Steef ging weg. Toen ik hem later zocht, was hij al naar huis.'

'En rond die tijd verdween Jan ook.'

Anouk wachtte even en haalde toen kort haar schouders op. Ze hief haar gezicht weer op. Het was nog steeds moeilijk te zeggen wat Harkema's gedachten waren. Ze waardeerde zijn neutraliteit. Hij kon haar makkelijk veroordelen. Dat zou ze in zijn geval allang hebben gedaan.

'Ja', knikte ze toen, om er meteen aan toe te voegen: 'Maar Jan wist nergens iets van. Als Steef boos was, zou hij zijn woede op mij hebben gericht. Wat kon Jan eraan doen? Ik vind het echt moeilijk voor te stellen dat Steef hier iets mee te maken zou hebben.'

Voor het eerst liet Harkema iets zien van wat hij dacht. 'Dingen zijn niet altijd logisch', zei hij. 'We moeten nu alle opties openhouden en u zult begrijpen dat we dit natuurlijk nader gaan onderzoeken.'

'Natuurlijk, maar...' Anouk pakte haar bekertje en nam een slok, om tot de ontdekking te komen dat het water op was. Ze draaide het plastic rond in haar handen. 'Steef zal niet blij zijn dat ik dit heb verteld.'

Harkema zei niks. Zijn collega ging verzitten. Anouk wist eigenlijk niet goed hoe ze haar eigen opmerking bedoelde.

'Het is goed dat u ons dit heeft verteld', zei Harkema uiteindelijk. 'Elke richting waarin we kunnen zoeken kan ons verder helpen. Misschien is dit een groot of klein puzzelstukje in het geheel, misschien staat het er los van, maar we moeten het hoe dan ook gaan uitzoeken.'

Anouk knikte, al klonken de woorden haar loos in de oren. Ineens voelde ze zich leeg. Harkema stelde nog meer vragen. Ze gaf antwoord, bijna op de automatische piloot.

Achter haar ogen begon zich een kloppende hoofdpijn te ontwikkelen. Tegelijkertijd kwam er een gevoel op dat haar hoe langer hoe meer beklemde, maar ze kon het juiste woord ervoor niet vinden.

Hoofdstuk 12

'En nu?' Ella nam een slok van haar cappuccino en keek Anouk aan. Op haar bovenlip bleef een vlokje melkschuim hangen.

'De politie is nu bezig met het onderzoek.' Anouk haalde kort haar schouders op. 'Wat dat ook moge betekenen.'

'Heb je er geen vertrouwen in?'

'Jawel, maar ik weet niet zo goed wat ik ervan moet denken. Elke keer als ik vraag of ze al iets weten, zeggen ze dat ze "ermee bezig" zijn.' Ze tekende denkbeeldige aanhalingstekens in de lucht. 'Ik weet alleen niet waarmee.'

Ella ging verzitten en richtte haar blik op de zee. Anouk keek in dezelfde richting. Het was elf uur 's ochtends en het strand was alweer aardig volgelopen. Het bleef maar mooi weer, ook nu brandde de zon weer op haar blote benen.

Het was fijn om er heel even uit te zijn. Toen Ella vanochtend had gebeld dat ze wilde langskomen, had Anouk voorgesteld samen koffie te drinken bij een strandtent. Thuis had ze het gevoel dat ze tegen de muren op vloog. Ze zat op de lip van haar ouders en schoonouders. Ze konden niks anders doen dan wachten, urenlang alleen maar wachten. Tussendoor deden ze boodschappen of speelden ze met de kinderen, maar elke keer als de telefoon ging of er een auto voor de deur stopte, schoot iedereen overeind. Vannacht had ze geprobeerd wat te slapen. Ze wist niet precies hoelang. Ze had het twee uur zien worden op de digitale wekker en nog voor halfvijf was ze weer wakker geworden. Ze was ontwaakt uit een droom die ze zich niet kon herinneren, maar haar hart had gebonkt en haar kussen was nat geweest van het zweet. Ze was uit bed gegaan en had een tijdje in de woonkamer gezeten. Het was fijn om even alleen te zijn. Ze had geprobeerd haar gedachten te ordenen, maar dat was moeilijk. Elke keer kwamen er beelden naar boven. Beelden die ze niet wilde zien. Jan, ergens op het strand, onder het bloed, doodstil. Of Jan in de donkere zee, vechtend tegen het water. Beelden die ze probeerde uit te bannen en waarvan ze tegelijkertijd wist dat dat niet kon. Ook al wist ze niet wat er was gebeurd, ze realiseerde zich heel goed dat wat ze voor zich zag, de harde waarheid kon zijn. Als ze daaraan dacht balde zich een gevoel samen in haar maag waar ze maar moeilijk uiting aan kon geven. Door de gedachte alleen moest ze bijna overgeven. Ze wilde gillen en schreeuwen, bonken tegen de muur, en tegelijkertijd heel hard wegrennen. Ontsnappen aan de beelden, en aan de waarheid.

Onderwijl was er het voortdurende besef dat zij schuldig was. Als ze zich niet had ingelaten met Steef, was dit misschien wel niet gebeurd. Ze had tientallen scenario's bedacht, maar allemaal waren ze onwaarschijnlijker dan dat ene, dat zich voortdurend aan haar opdrong. Steef had geen geweten zoals anderen. De manier waarop hij over zijn misdaden had verteld, zei genoeg. Hij had zich vermaakt terwijl hij aan het stelen was, hij vond het terecht dat hij iemand zowat invalide had geslagen omdat diegene aan zijn bezittingen kwam. Natuurlijk was een vrouw iets anders dan een kluis, al had Anouk inmiddels het idee dat Steef weinig onderscheid maakte. Als hij vond dat iets – of iemand – van hem was, deed hij geen concessies.

Hoe langer ze erover nadacht, hoe meer ze tot de conclusie moest komen dat logica aan Steef niet was besteed. In eerste instantie was ze ervan uitgegaan dat hij Jan niks aangedaan zou hebben. Dat was immers niet logisch, omdat Jan van niks wist. Maar langzaamaan was ze gaan beseffen dat dat voor Steef niks uitmaakte. Jan was een bedreiging en Steef hield niet van bedreigingen.

Of maakte ze zichzelf nu belangrijker voor Steef dan ze was? Ook die vraag was door haar hoofd gegaan. Ze kende hem nog maar net. Waarom zou hij zo ver gaan? Omdat hij haar voor zichzelf wilde? Anouk werd heen en weer geslingerd tussen het besef dat dat best eens waar zou kunnen zijn en de gedachte dat het een volkomen absurd idee was. Ze wist niet welke van de twee ze moest geloven.

De politie zou in elk geval bij Steef aankloppen. Harkema had gisteravond duidelijk gemaakt dat ze het onderzoek breed hielden en dat ze alle mogelijke aanwijzingen nauwkeurig zouden nagaan. Anouk wist dat ze er goed aan had gedaan om Steef te noemen en tegelijkertijd vreesde ze het moment dat de politie bij hem zou aankloppen.

'Heb je het aan de politie verteld?' verbrak Ella de stilte tussen hen.

Anouk hoefde niet te vragen waar ze het over had. Ze knikte.

'Wat zeiden ze?'

'Niet veel. De agent, die Harkema, schreef het op in de verklaring en ik neem aan dat ze zich bij Steef zullen melden.'

'Denk je...' Ella maakte haar zin niet af. In plaats daarvan keek ze weer even naar de zee en daarna naar Anouk.

'Ik weet het niet', zei die naar waarheid. 'Ik weet het gewoon echt niet.' Ze dacht even na. 'Ik heb ook andere dingen verteld. Dat het een tijdlang niet goed ging met het bedrijf, maar dat Jan nu net de weg omhoog had gevonden. Dat de zaak ontzettend belangrijk voor hem is en dat het leven hem weer toelachte nu hij een paar financiële meevallers had gehad.'

'Wat voor meevallers?'

'Dat weet ik niet precies. Ik denk goede orders.'

'Denk je dat hij...' Ella beet even op haar lip en kneep haar ogen samen. 'Dat het misschien minder goed ging met het bedrijf dan hij het deed voorkomen?'

'Hoe bedoel je?'

'Je zei het zelf: de zaak is ontzettend belangrijk voor Jan. Toen het zo slecht ging, leed hij daaronder. Wat als het toch niet zoveel beter ging dan hij het deed voorkomen?'

'Waarom zou hij daarover liegen tegen mij?'

'Dat weet ik niet. Ik bedenk ook alleen maar iets.'

'Bedoel je dat er mensen achter hem aan zitten?'

'Ja.' Ella was even stil en zei toen zachtjes: 'Of dat hij misschien het gezichtsverlies van een faillissement niet aan zou kunnen.'

Anouk schudde ferm haar hoofd. Dat wilde ze gewoon niet geloven. De gedachte was in het begin zelfs helemaal niet in haar opgekomen. Niet tijdens dat eerste etmaal, waarin ze alleen maar hadden zitten wachten tot Jan terugkwam. Toen dat niet gebeurde en de politie eindelijk aan de slag ging, was het wel door haar hoofd geschoten. Maar ze kon er gewoonweg niet bij dat Jan zelfmoord zou plegen.

Ook haar ouders en schoonouders waren blijkbaar van mening dat Jan zoiets niet zou doen. Niemand had zelfs maar een opmerking in die richting gemaakt. 's Avonds had de politie gevraagd of Jan depressief was, of terneergeslagen. Anouk had geantwoord dat dat niet aan de orde was en dat meende ze. Het verschil tussen drukbezet, of ronduit overwerkt, en depressief, dat kon ze echt wel zien. Dus toen de politie gisteravond opnieuw vragen in die richting had gesteld, had ze weer geantwoord dat hij het type niet was om zelfmoord te plegen, en dat de omstandigheden daar bovendien niet naar waren.

Harkema had duidelijk gemaakt dat er zoveel mensen niet 'het type' waren om zelfmoord te plegen. Die twee woorden had hij met veel nadruk uitgesproken, waardoor Anouk zich nogal dom had gevoeld. Daarna had de agent het gehad over een groot aantal mensen per jaar aan wie de omgeving nooit iets had gemerkt, maar die toch ineens in het trapgat hingen of van een brug waren gesprongen. Soms helemaal zonder reden, soms werd er achteraf een verklaring gevonden. Zo was er laatst nog een man geweest die voor de intercity van Alkmaar naar Castricum was gesprongen. Een jonge vent, had Harkema gezegd, leuke vrouw, kleine kinderen, ogenschijnlijk succesvolle onderneming. De familie had er niks van begrepen, totdat ze de administratie hadden bekeken en de onderneming al tijden grote verliezen bleek te maken. Uit angst voor gezichtsverlies als de zaak failliet ging had de man maar besloten helemaal uit het leven te stappen.

Anouk had gezegd dat ze het een triest verhaal vond, maar dat ze Jan er niet in herkende. Bovendien had hij geen eenmanszaak, maar waren er meerdere mensen die inzage hadden in de boeken. Zo'n verrassing achteraf was bij Jan dus onmogelijk. En bovendien, zo slecht ging het niet. De resultaten waren niet denderend geweest, maar ook weer niet zo dramatisch dat de zaak op het punt stond over de kop te gaan.

En zelfs als dat het geval was, had Anouk bepleit, zou Jan er niet zomaar tussenuit knijpen. De politie mocht dan voorbeelden te over hebben van mensen van wie de omgeving zoiets ook totaal niet verwachtte en die het toch deden, dat gold niet voor haar man. Van die rotsvaste overtuiging was ze niet af te brengen. Al ging de zaak failliet, dan had hij nog genoeg om voor te leven. Zelfs als hij zijn huwelijk niet de moeite waard vond, dan nog zou hij nooit zijn kinderen in de steek laten.

'De politie vroeg daar ook naar', verbrak Anouk uiteindelijk de stilte die er tussen haar en Ella was gevallen. 'Ze zeiden dat ook mensen van wie je het echt niet verwacht dit kunnen doen.'

'Je hoort weleens verhalen.'

'Jan niet.' Anouk nam een slok van haar koffie en zette het kopje harder neer dan nodig was.

Ella hield haar hoofd schuin. 'Nee', zei ze uiteindelijk. 'Het is ook een vreemd idee. Ik had het niet moeten zeggen.'

De serveerster kwam langs om te vragen of ze nog iets wilden drinken. Allebei bestelden ze nog een cappuccino, al was de koffie niet eens echt lekker.

'En Steef?' vroeg Ella uiteindelijk, nadat het even stil was geweest tussen hen. Het klonk nonchalant, bijna achteloos, maar Anouk hoorde een trilling in de stem van haar vriendin. 'Denk je dat Steef er iets mee te maken heeft?'

Anouk wist niet wat ze moest antwoorden. Gelukkig verscheen op dat moment de serveerster aan hun tafeltje. Ze zette de koffie neer en babbelde wat over het mooie weer. Anouk knikte zonder echt te luisteren.

'Nou?' vroeg Ella toen het meisje was verdwenen. Ze herhaalde haar vraag niet en dat was ook niet nodig.

'Ik weet het niet.' Anouk roerde in de koffie. 'Ik weet het gewoon echt niet.'

Ella deed er het zwijgen toe. Ook Anouk zei niks meer. Uiteindelijk haalde ze diep adem. 'Ik had er natuurlijk nooit aan moeten beginnen, maar ik weet gewoon niet of dit met Jan te maken heeft.'

'Er is nog altijd de mogelijkheid dat hij zelf weg is gegaan. Geen zelfmoord, maar gewoon vertrokken.'

Anouk voelde zich ineens moe. Alle mogelijke scenario's waren al tig keer in haar hoofd voorbijgekomen. Allemaal konden ze in theorie waar zijn. Ze was doodmoe van het speculeren en tegelijkertijd bleef ze het maar doen. Net als haar familie, net als Ella.

Ooit had ze in een tijdschrift een interview gelezen met een moeder van wie haar negentienjarige zoon al vier jaar vermist was. De jongen was op een dag naar school vertrokken en nooit meer teruggekomen. Maandenlang had de politie onderzoek gedaan. Alle mogelijke scenario's waren de revue gepasseerd: zelfmoord, ontvoering, moord, een nieuw leven willen beginnen, ontsnappen aan schulden. Alle sporen waren doodgelopen en uiteindelijk was de zaak een cold case geworden. In het interview had de moeder gezegd dat ze nog liever wilde dat haar zoon dood was dan vermist. Dan had ze een lichaam, een graf, een plek en een reden om te rouwen. Nu had ze niks, behalve de slopende onzekerheid die haar elke dag vanbinnen uitholde, zoals zij het had omschreven. Afsluiten kon niet, doorgaan ook niet.

Vier jaar was natuurlijk niet hetzelfde als twee dagen en toch begon Anouk de vrouw nu al te begrijpen. Die onzekerheid was slopend. Van alle mogelijkheden die de hele dag, en de hele nacht, door haar hoofd gingen, werd ze stapelgek. Haar hoofdpijn verdween niet, zelfs niet met veel paracetamol. Ze hunkerde naar meer informatie, een volgende stap, iets van een richting.

Tegelijkertijd besefte ze hoe egoïstisch die gedachte was. Het ging nu niet om haar. Als ze dacht aan Jan en wat hem overkomen kon zijn, trok haar maag samen. Er moest hem iets verschrikkelijks overkomen zijn en of hij nu nog leefde of niet, dat deed niks af aan het feit dat hij geleden moest hebben.

Het geluid van haar telefoon haalde haar uit haar gedachten. Snel greep ze het toestel dat voor haar op tafel lag. De politie belde anoniem, wist ze inmiddels. Ze keek naar de beller op het schermpje. Meteen schoot haar hartslag omhoog. Haar mond werd droog en even wist ze niet wat ze moest doen. Toen vermande ze zich en nam op.

'Steef', zei ze neutraal.

'Wat is dit godverdomme?' Hij was razend. 'Waarom heb ik nu ineens de politie op mijn dak, Anouk?'

Hij verwachtte geen antwoord en Anouk zei niks.

'Wat je ook voor verhaal hebt opgehangen, je had mij erbuiten moeten laten. Je had je bek moeten houden.'

'Ik heb...' Anouk schraapte haar keel. 'Ik moest zoveel mogelijk informatie geven over de afgelopen dagen.'

'En dus dacht je: kom, ik babbel even gezellig over Steef. Want daar gaan ze vast niks mee doen.' De woede trilde door de telefoon heen. 'Kom op, zeg. Je weet donders goed dat dit een regelrechte verdachtmaking aan mijn adres is.'

'Dat is niet waar', protesteerde Anouk, al hoorde ze zelf dat het zwak klonk. 'Iedereen wordt door de politie bekeken, Steef. Ik ook.'

Ze vermeed Ella's blik en keek naar een groepje passerende strandgangers.

'Rot toch op.' De woorden kwamen bijna sissend uit zijn mond. 'Jij hebt een of ander verhaal tegen de politie opgehangen om mij verdacht te maken.'

'Ik heb alleen gezegd dat wij...'

'Je hebt me genaaid, Anouk. Was dat vanaf het begin je plan? Ik zal die Steef er eens lekker bij lappen?'

'Dat slaat nergens op.' Anouk sloot even haar ogen. 'Waarom zou ik dat doen? En ik wist toch niet dat Jan zou verdwijnen?'

'Nee? Wie zegt dat je het niet zelf hebt gedaan? Zo leuk vond je hem niet.' Hij maakte een geluid dat nog het meest op een grom leek. 'En je kon mij lekker makkelijk de schuld in de schoenen schuiven.'

Anouk zoog lucht naar binnen. 'Dat is onzin, Steef. Ik heb helemaal niet tegen de politie gezegd dat jij er iets mee te maken hebt. Ze kijken naar iedereen met wie Jan de laatste dagen iets te maken heeft gehad.'

'Ik heb niks met hem te maken gehad.'

Anouk negeerde zijn opmerking. 'Ze kijken ook naar mij, Steef. Naar iedereen.'

Dat was niet gelogen. De politieagenten hadden gevraagd waar zij de hele avond was geweest en wie dat kon bevestigen. Anouk had het idee dat ze in haar affaire ook een aanleiding zagen om haar extra te onderzoeken. Agent Harkema had allerlei vragen gesteld over haar huwelijk en hoe ze naar Jan keek. Daarna had hij bijna terloops opgemerkt dat het niet zelden gebeurde dat de dader iemand was die heel dicht bij het slachtoffer stond, vaak in de relationele sfeer.

Anouk wist dat de politie contact had gehad met bijna iedereen die op het feestje was geweest en dat ze ook naar haar hadden geïnformeerd. Was ze er de hele avond geweest? Of had ze het feest misschien een tijdje verlaten? Anouk begreep de vragen wel, maar ergens werd ze er ook onzeker van. Natuurlijk zou ze Jan nooit iets aandoen, maar wist de politie dat ook?

'Ik wil niks meer van de politie horen, Anouk', ging Steef verder. Hij schreeuwde niet meer, maar zijn stem klonk niet minder dreigend. 'Als dat wel gebeurt, hou ik jou verantwoordelijk.'

Na die woorden verbrak hij de verbinding. Anouk keek even naar het schermpje en legde daarna haar telefoon op tafel. Ella keek haar aan, maar zei niks. Anouk wendde haar blik af. Ze had geen woorden nodig om te weten wat haar vriendin dacht.

Natuurlijk was ze stom geweest. Dat was geen inzicht achteraf, dat had ze zelfs geweten toen ze zich met Steef inliet. Maar aan dat soort gedachten had ze nu niks meer.

'Was hij boos?'

Anouk knikte. 'De politie heeft contact met hem opgenomen. Dat vond hij niet zo leuk.'

Ella hield haar hoofd schuin. 'Kijk je wel een beetje uit voor hem? Ik bedoel...' Ze maakte haar zin niet af. Anouk knikte, maar zei niks. Het was niet moeilijk te raden wat Ella bedoelde.

Haar telefoon ging opnieuw. Haar schoonmoeder. Anouk nam op.

'Kom snel hierheen.' Ina klonk gejaagd. 'De politie is er.'

Anouks hart sloeg over. 'Waarom?'

'Ze willen jou ook spreken.'

'Ik kom eraan.' Anouk hing op. Ze keek Ella aan. 'Ik moet naar huis. De politie is er.' Haar mond was droog en haar hart bonkte. Snel legde ze wat geld op tafel en zonder de rekening te vragen liep ze het terras af. Ella volgde haar.

De politieauto stond voor de deur geparkeerd. Een paar mensen bleven staan om te kijken, maar liepen weer door toen ze zagen dat de auto onbemand was. De voordeur vloog open toen Anouk het tuinpad op liep. Haar moeder zag er nerveus uit. Zelf voelde Anouk zich niet veel anders.

'Hebben ze iets gezegd?' vroeg ze. Haar moeder schudde haar hoofd. 'Alleen dat ze per se jou wilden spreken.'

Het waren weer andere politieagenten. Twee vrouwen, niet in uniform. De ene was blond en gezet, de ander donkerharig en zo lang dat Anouk naar haar moest opkijken. Familierechercheurs, begreep Anouk toen ze zich voorstelden. Haar hart bonkte nu zo hard dat het geluid weerklonk in haar oren. Ze kende de term. Eigenlijk wist ze al genoeg.

'Waar zijn de kinderen?' vroeg een van de agenten.

'Op het terras. Met de iPad.' Anouk keek door het raam. 'Ze moeten erbij zijn.'

Niemand zei iets. Zelf kwam ze ook niet in beweging om Timo en Lena te halen. Uiteindelijk verbrak een van de twee rechercheurs de stilte, de blonde. 'Misschien is het goed om eerst even te praten', zei ze met een zachte stem. 'En daarna de kinderen erbij te halen.'

'Ik blijf wel even bij ze', zei Ella. Anouk knikte zonder haar blik van het tweetal los te maken. Haar leven, hun leven, ze wist dat het op het punt stond om voor altijd te veranderen. Er kwam een enorme paniek in haar op. Paniek die maakte dat ze zich wilde omdraaien en wegrennen. Heel lang, heel ver. Of dat ze als een klein kind haar vingers in haar oren wilde stoppen en heel hard zingen om het maar niet te hoeven horen.

Ze deed het niet. In plaats daarvan ging ze aan de eettafel zitten, gevolgd door de rest. De rechercheurs namen naast elkaar plaats, recht tegenover Anouk. Even staarde ze naar het tafelblad, daarna haalde ze diep adem en richtte haar blik op hen. Ze gooide de woorden eruit. 'Jullie hebben hem gevonden, hè?'

De donkerharige vrouw nam het woord. Anouk schatte haar een paar jaar jonger dan haarzelf. Ze knikte zacht, bijna onmerkbaar voordat ze begon te praten. 'Er is vanochtend net buiten Bergen aan Zee een man aangespoeld op het strand. We denken dat het uw man is.'

De woorden vielen neer als kanonskogels. Elk woord dreunde na in Anouks hoofd, zo hard dat haar oren er pijn van deden. Ze wilde haar handen ervoor slaan, maar ze deed het niet. In plaats daarvan zat ze onbewogen, terwijl angst, paniek en verdriet zich in haar buik samenbalden tot ze zo misselijk was dat ze moest slikken om niet over te geven.

'Is het zeker?' vroeg ze met een trillende stem. 'Weten jullie het echt zeker?'

De vrouw maakte een hoofdbeweging. 'We moeten het nog met zekerheid vaststellen, maar we zouden hier niet zijn als we er nog aan twijfelden. Uw man...' Ze knipperde even. 'We hebben zijn foto's gezien en we gaan ervan uit dat hij het is.'

Anouk sloeg haar hand voor haar mond. Naast haar begon Ina te snikken. Hans stond met een ruk op. Zijn stoel kletterde tegen de parketvloer. Haar eigen ouders zaten onbewogen.

Anouk liet haar hoofd in haar handen vallen. Ze beet zo hard op haar lip dat ze bloed proefde. Ongecontroleerd begon ze te huilen. Het geluid leek niet van haarzelf te komen. Ze voelde handen op haar schouders. Haar moeder. Anouk keek op naar de bewegende lippen van de rechercheur, maar de woorden bereikten haar niet.

Hij was dood. Natuurlijk was hij dood. Ze had het al die tijd geweten, maar nu het echt zo was, kwam het toch aan als een messteek recht door haar hart. De kinderen hadden geen vader meer. Zij was weduwe. Dat besef stond zo ver van haar af dat het haar gewoon niet lukte het op zichzelf te betrekken.

'Ach, meisje toch...' Haar moeder bleef het maar zeggen. 'Ach, meisje toch...'

Anouk keek opzij en maakte zich los van de hand van haar moeder, die maar over haar arm bleef strelen. Ze haalde diep adem. Ferm veegde ze haar tranen weg. Daarna keek ze de rechercheurs weer aan en deed haar mond open. Er gingen allemaal vragen door haar hoofd. Ze wilde iets zeggen, maar haar tong leek tegen haar gehemelte geplakt te zitten. Het lukte haar niet om woorden te vormen. Uiteindelijk deed ze haar mond weer dicht en bleef hoofdschuddend zitten, terwijl er opnieuw tranen over haar wangen drupten.

De donkerharige rechercheur was opgestaan en ontfermde zich over Ina, die luid snikkend op de bank was neergezegen. Hans stond ernaast. Met zijn hand streek hij onophoudelijk over zijn wangen, alsof hij wilde vaststellen of hij zich wel goed had geschoren. Zijn wenkbrauwen had hij opgetrokken, als een dakje boven zijn ogen. Hij staarde naar buiten en keek alsof hij een moeilijk vraagstuk probeerde op te lossen.

Anouk richtte haar blik op haar eigen vader. Hij zat bewegingloos aan het hoofd van de tafel en had zijn blik op de twee grote kandelaars in het midden ervan gevestigd. Zijn bril stond een beetje scheef.

De blonde rechercheur zat nog tegenover haar aan tafel. Ze richtte zich tot Anouk. 'Ik wilde dat ik ander nieuws kon brengen', zei ze zacht.

Anouk knikte een beetje. Ze deed opnieuw haar mond open. 'Ik weet niet... Ik...' Ze wist niet meer hoe ze haar zin moest afmaken en wreef over haar ogen. 'Hebben jullie al iets?' vroeg ze uiteindelijk.

De vrouw richtte haar blik op Anouk en knikte langzaam. 'Er is iets wat u moet weten.'

Hoofdstuk 13

'Jezus...' Mieke sloeg haar hand voor haar mond en keek Anouk geschokt aan. 'Zijn schedel ingeslagen?'

'Ze moeten het nog verder onderzoeken', antwoordde Anouk, die verbaasd was dat Ina deze informatie nog niet met haar dochter had gedeeld. 'Maar ze denken het wel.'

'Natuurlijk is hij vermoord', kwam Ina erdoorheen. Haar ogen waren gezwollen en ze depte ze onophoudelijk met een zakdoekje. Ook bij Mieke liepen de tranen over de wangen.

'Aan het eind van de middag weten ze meer', zei Anouk. 'Ze moeten eerst nog wat onderzoek doen.'

Ze wist zelf ook niet hoe ze dit zo droog kon vertellen. Het was alsof ze in een waas leefde. Ze wist wat de politie had verteld en ze wist ook dat het betrekking had op Jan, maar de volle omvang leek niet tot haar door te dringen.

Wat natuurlijk niet betekende dat ze het niet verschrikkelijk vond. Ze voelde het overal, in haar hele lijf. Het was zwaar, letterlijk. Ze had verdriet, maar ze huilde niet, omdat tranen gewoonweg niet toereikend leken te zijn. En tegelijkertijd was er dat andere gevoel, dat zich maar niet liet uitschakelen. Was dit haar schuld? Misschien was de onzekerheid daarover nog wel erger dan het niet-weten.

Anouk had als verdoofd gezeten toen de rechercheurs hadden verteld dat Jan hoogstwaarschijnlijk was vermoord. Er moest nog autopsie op het lichaam worden gedaan, maar de politie had al wel vastgesteld dat er een grote wond op zijn achterhoofd zat. Een wond die mogelijk met een hard voorwerp was toegebracht. Anouk had willen vragen hoe ze dat wisten, maar ze had het niet gedaan. Ze was bang voor het antwoord. Het beeld dat op haar netvlies was ontstaan, was zo al gruwelijk genoeg.

Haar reactie had in schril contrast gestaan met die van Ina. Die was meteen gaan bellen. Haar broer en zus, haar dochter, vriendinnen – binnen een uur had iedereen het nieuws gehoord. Mieke was gelijk in de auto gestapt. Anouk had alleen haar zussen gebeld, en natuurlijk had ze het aan Ella verteld. Het zwaarste moment was geweest toen ze tegen de kinderen moest zeggen dat hun vader was overleden. Dat hij was vermoord had ze niet verteld. Ze wist dat ze dat een keer zou moeten doen, maar niet nu. Daarmee zou ze hen bang maken en dat wilde ze niet. De mededeling dat Jan dood was, was voor nu wel even genoeg. Ze had ervan gemaakt dat hij een ongeluk had gehad en dat hij daardoor was verdronken.

Timo had meteen allemaal vragen op haar afgevuurd. Wat voor ongeluk? En waar was papa nu dan? En hoe moesten ze straks naar huis, want papa reed toch altijd?

Lena had niks gezegd. Ze had haar moeder aangestaard met grote ogen en aan haar blik had Anouk kunnen aflezen wat er allemaal omging in het hoofdje van haar dochter. Haar hart brak voor haar kinderen en tegelijkertijd was de pijn zo groot, dat ze die uit zelfbescherming niet kon toelaten. Nog niet. Eerst moest er nog zoveel gebeuren, zoveel worden geregeld.

Ze moest hem identificeren, hadden de rechercheurs gezegd. Bij dat idee was Anouk in paniek geraakt. Het lichaam had meer dan een etmaal in het water gelegen en bovendien was het achterhoofd verminkt. Ze wilde het niet zien. De gruwelijke aanblik ervan zou ze nooit meer kwijtraken.

Gelukkig had Jans vader gezegd dat hij het wel zou doen. Hij was nu met de twee familierechercheurs mee naar het mortuarium. Zojuist waren er weer andere rechercheurs gekomen. Ze hadden rondgekeken in het huis en tussen Jans spullen, en hadden zijn laptop meegenomen. Anouk had hun de wachtwoorden gegeven die ze nodig hadden voor zijn mail en de bankrekeningen. Ze had de twee mannen naar Steef willen vragen. Door het nieuws dat ze had gekregen was zijn telefoontje naar de achtergrond van haar gedachten verdwenen, maar het liet haar niet helemaal los. Ze wilde weten of de politie hem als verdachte zag. Of was hij na het gesprek alweer van hun radar verdwenen? Ze hadden hem immers weer laten gaan.

Ze realiseerde zich dat Ina en Mieke haar aankeken. Een beetje vragend keek ze terug. Ze had hun gesprek niet gevolgd. 'Wat is er?' vroeg ze.

'We weten niet eens of Jan begraven of gecremeerd wil worden', zei Ina met een dikke stem.

Anouk slikte. Die vraag was nog niet eens in haar opgekomen. 'Begraven', zei ze zekerder dan ze zich voelde. Het was geen onderwerp geweest dat vaak ter sprake was gekomen, maar ze herinnerde zich een gesprek dat Jan en zij ongeveer een jaar geleden hadden gevoerd. Toen was er een schoolvriend van Jan overleden aan kanker. Ze hadden het erover gehad of ze begraven of gecremeerd wilden worden en Jan had gezegd dat, mocht hij overlijden voordat de kinderen volwassen waren, hij hun een plek gunde om naartoe te gaan. Anouk had geantwoord dat ze dat een mooi idee vond en hem vervolgens lacherig geadviseerd vooral niet dood te gaan, omdat dat toch wel erg ongezellig was. Jan had het beloofd, al had hij grappend toegevoegd dat hij dood meer waard was dan levend.

Ze keek toe hoe Ina zich snikkend op de bank liet zakken. Mieke ging naast haar zitten en sloeg een arm om haar heen.

Het vrolijke muziekje van haar telefoon detoneerde in de hele setting. Snel greep ze het toestel en nam op.

'Met Van Buren', klonk een mannenstem aan de andere kant van de lijn. Anouk moest even zoeken in haar gedachten. Ze kende de naam, maar kon die niet meteen plaatsen.

'Ik ben de accountant', hielp de man haar. 'Ik heb het gehoord van Jan en ik wil zeggen dat ik het verschrikkelijk vind.'

'Dank u wel.' Anouk beet op haar lip. 'Ik eh...' Ze wist dat ze nu moest zeggen dat Jan dood was, maar op een of andere manier kreeg ze het haar mond niet uit.

'Is er al nieuws?' vroeg de accountant.

'Ja, hij...' Anouk beet even op haar lip. 'Hij is overleden.'

'Jeetje...' De man zweeg even. Zijn ademhaling klonk zwaar aan de andere kant van de lijn. 'Wat verschrikkelijk. Gecondoleerd.'

Anouk knikte half. 'Ja.'

Het kostte de man duidelijk moeite toen hij weer begon te praten. 'Dit is waarschijnlijk helemaal niet het goede moment om hierover te beginnen, maar ik moet iets bespreken.'

'Wat dan?'

'Liever niet over de telefoon.'

Anouk keek naar Ina en Mieke op de bank. Ze letten niet op haar, maar toch draaide ze zich af. 'Wat is er aan de hand?'

'Kan ik langskomen?' De accountant slikte hoorbaar. 'Nogmaals, ik begrijp dat dit helemaal geen handig moment is, maar er is iets waarvan ik in elk geval wil dat u het weet. En dat bespreek ik echt liever met u persoonlijk. Ik zou vandaag nog langs kunnen komen.'

Anouk keek opnieuw naar het tweetal op de bank. 'Liever morgen', zei ze toen. 'En we zijn momenteel nog in Bergen aan Zee.'

'Dan kom ik daarnaartoe.'

Ze spraken af dat de accountant er rond de middag zou zijn en Anouk gaf het adres. Daarna hing ze op. Het telefoontje had haar een uiterst vreemd gevoel bezorgd. Van

Buren was de accountant van de zaak. Als er iets niet in de haak was, kon hij toch beter Hans of Mieke bellen? Maar het moest wel met de winkels te maken hebben, want de privéfinanciën en de belastingaangifte deed Jan altijd zelf.

Anouk dacht aan de wachtwoorden die ze aan de politie had gegeven. De recherche zou natuurlijk inloggen op hun bankrekening, zowel privé als zakelijk. Als ze eerlijk was, moest Anouk toegeven dat ze niet echt wist wat ze daar zouden aantreffen. Ze wist hoeveel geld er op de privérekening stond, ze wist wat hun spaarsaldo was, maar verder? Jan had zich altijd met het financiële gedeelte van de zaak beziggehouden.

Zijn opmerking over meevallers kwam weer in haar op. Wat had hij daarmee bedoeld? Niet de order voor de restaurants, want die was pas later gekomen. Waren er andere meevallers en hoe kwamen ze daar dan aan? Had dat iets te maken met het telefoontje van de accountant?

De vraag stapelde zich op alle andere vragen die toch al door haar hoofd gingen. Ze staarde naar buiten. Haar moeder had tekenpapier en kleurtjes gepakt en zat met de kinderen aan de tuintafel. Timo en Lena waren rustig. Het drong waarschijnlijk nog niet tot hen door. Het drong niet eens echt tot haar door. Haar hoofd stroomde vol met zakelijke gedachten aan wat er geregeld moest worden. Ze moest gaan bellen. Vrienden, familie, zakenrelaties, instanties. Er kwamen zoveel namen in haar op, dat ze automatisch haar hoofd schudde. Misschien moest Hans de zakenrelaties maar bellen. Ze wist niet eens wat ze precies moest zeggen. Dat Jan was vermoord? De tientallen vragen die ze dan zou krijgen, kon ze niet beantwoorden.

Aan de uitvaart wilde ze nog niet denken. Het voelde als een golf die op haar afkwam en die haar dreigde te verstikken. Ze wilde wegrennen, ontsnappen. Een uitvaartondernemer, een kist, kaarten – het was te veel. Waren ze verzekerd? Ze wist het niet eens. Waarschijnlijk wel, Jan had nogal veel verzekeringen. Ze moest thuis in de papieren gaan duiken, maar ze wist niet eens wanneer ze naar huis kon gaan. Het liefst wilde ze zo snel mogelijk weg, terwijl ze er tegelijkertijd tegen opzag. In hun eigen huis zou het besef misschien pas echt doordringen.

Haar telefoon ging opnieuw. Na het telefoontje van de accountant had ze het geluid uitgezet en nu trilde het toestel kort en ritmisch tegen de tafel. Ze keek op het schermpje. Het was Steef. Haar maag kneep samen. Even aarzelde ze, toen drukte ze de oproep weg. Zijn naam bleef in het schermpje staan, met het icoontje van een telefoon erbij. Ze staarde ernaar. Het gesprek van die ochtend kwam terug in haar hoofd. Het leek eeuwen geleden. Hij was boos geweest. Waarschijnlijk was hij dat nog steeds. Ze twijfelde er allang niet meer aan dat Steef kon omslaan als hij niet tevreden was. Als ze het niet met eigen ogen had gezien, had ze het wel gehoord aan de telefoon. Onbewust kwamen er beelden in haar hoofd op van Jan, bloedend, een grote wond aan de achterkant van zijn hoofd. Het was niet de vraag of Steef ertoe in staat was.

Het raam stond open. Anouk wist niet meer of ze dat zelf had gedaan. Waarschijnlijk wel, maar ze kon het zich niet herinneren. Ze kon zich sowieso niet herinneren hoe ze in bed terecht was gekomen, of hoe de avond was verlopen.

Het enige wat ze wist was dat het ondanks het open raam veel te warm was in de kamer. Haar shirt had ze al uitgetrokken. Het dunne laken was klam van het zweet en plakte aan haar verhitte lichaam. Ze keek op de wekkerradio. 3.54 uur. Ze had nog geen minuut geslapen en wist eigenlijk niet waarom ze naar bed was gegaan.

Ze kwam overeind en bleef naar de wekker staren tot het rode licht van de cijfers vervormde tot wazige vlekken voor haar ogen. Een lichte bries deed de gordijnen bewegen en voerde het geluid van de golven mee naar binnen. Aan het begin van de vakantie had ze het geruis ontspannend gevonden. Geruststellend, zelfs. Nu zat er iets dreigends in dat onder haar huid ging zitten.

Met een ruk stond ze op en deed het raam dicht. Ze draaide zich om en leunde met haar rug tegen de vensterbank. De cijfers leken nog feller op te lichten. Ze sloot haar ogen.

Haar gedachten sprongen heen en weer. Er zat geen logica in. Pingpongballen in haar hoofd, die tegen elkaar botsten en dan weer een andere kant uit vlogen. Ze hielden haar uit haar slaap, ze beletten haar om helder te denken. Het schoot niets op met het onderzoek, of de politie wilde haar niets vertellen. Elke keer datzelfde antwoord: we zijn ermee bezig, we bekijken alle opties. Maar intussen had Anouk geen idee of de politie al iets meer wist.

Het niet-weten maakte haar gek. Er bleven maar scenario's in haar hoofd opkomen. En het telefoontje van de accountant bleef ook rondzingen. Ze wilde haar zinnen verzetten, haar gedachten stopzetten, maar dat lukte niet. Afwachten, niets kunnen doen, het was zo frustrerend.

Ze zette zich af tegen de vensterbank en begon door de kamer te lopen. Het laminaat voelde koud aan onder haar voeten, terwijl de rest van haar lichaam koortsig warm bleef. De slaapkamer was benauwder en leek hoe langer hoe minder zuurstof te omvatten. Het was alsof de muren naar binnen kwamen en haar omsloten, alsof ze haar longen niet meer kon uitvouwen en stikte.

Ze schoot een broek en een shirt aan en liep de gang op. Daar was het niet veel beter. De warmte van de dag hing zwaar in het huis. Ze liep de trap af. In de woonkamer stonden de wijnglazen nog op tafel. Anouk herinnerde zich weer dat Ina een fles had opengemaakt. Zelf had ze een half glas gedronken, maar de wijn was zuur en had in haar keel gebrand.

Op tafel lag haar laptop. Anouk zette hem aan en liep naar de keuken om een glas water te pakken. Toen ze terugkwam was haar computer opgestart. Ze voelde een steek in haar maag toen Jan haar vanaf de bureaubladachtergrond toelachte. De foto was tijdens de vorige vakantie gemaakt. Timo hing om zijn nek, Jan had zijn arm om Lena heen geslagen. Snel opende Anouk de internetbrowser en Jans foto verdween achter het scherm dat oppopte. Ergens in de doorwaakte uren die achter haar lagen had ze bedacht dat ze zelf eigenlijk niet goed wist wat de politie zou aantreffen in Jans mail. Ze keek nooit naar zijn berichten en andersom deed hij dat niet bij haar. Maar nu de politie wel alles zou lezen, wilde ze niet met verrassingen worden geconfronteerd.

Ze surfte naar de webmail en meldde zich aan met Jans gegevens. Het programma registreerde wanneer er voor het laatst iemand had ingelogd en dat zou de politie ook zien. Maar zo vreemd was het toch niet dat ze graag Jans berichten wilde lezen? Bovendien kon zij misschien wel beter dan de politie inschatten of er opvallende mails tussen zaten.

Jan had op zijn verjaardag voor het laatst mail gelezen, de rest van de berichten was ongeopend gebleven. Tweeënvijftig ongelezen mails. Anouk scande de berichten. De nieuwsbrieven en automatische meldingen van het ordersysteem liet ze links liggen. Er was een bericht van de ICT-man met als onderwerp 'nieuwe webshop'. Anouk fronste. Ze wist niet dat Jan daarmee bezig was geweest, maar het was nu niet belangrijk. Een paar mails opende ze. Er zat een klacht tussen van een trouwe klant die een kast met een buts had gekregen en de accountant mailde dat hij een boekhoudkwestie met Jan wilde bespreken. Bij die mail gingen haar alarmbellen af. Ze las hem drie keer, maar er stond alleen maar dat ene woord: boekhoudkwestie.

Ze schoof haar computer van zich af en slaakte een zucht. Hier schoot ze niks mee op. Ze wist niet wat ze zocht en misschien was er ook wel niks te vinden. Maar ergens had ze het gevoel dat ze moest blijven kijken. Na een tijdje trok ze de laptop weer naar zich toe en scrolde omlaag, naar de oudere berichten. Om het overzichtelijker te maken, rangschikte ze de lijst met mails op afzender. Er waren wat klachten bij die Jan moest afhandelen en een mail van een geïrriteerde leverancier die vond dat Jan er veel te lang over deed om zijn factuur te betalen. Het bericht was van vorige week en Jan had er nog niet op geantwoord.

Anouk opende een tweede tabblad en logde in op het netwerk van de zaak, waar ze niet alleen de banktransacties, maar ook de andere boekhouddocumenten kon inzien. Als ze eerlijk was, moest ze bekennen dat ze niet echt wist hoe Van der Loo Woninginrichting ervoor stond. Haar enige informatie kwam van wat Jan haar had verteld. Ze wierp een blik op een bankrekening, maar dat zei haar niet zoveel omdat de zaak meerdere rekeningen had en ze niet eens precies wist welke waarvoor werd gebruikt. Blijkbaar werden van deze rekening de salarissen betaald, want ze zag de afgeboekte bedragen voorbijkomen, met daarbij de achternamen van de werknemers.

Ze klikte terug naar Jans mail en staarde met nietsziende ogen naar het scherm. Hier schoot ze niks mee op. Ze kon moeilijk elk bericht van de afgelopen weken, of maanden, openen om te zien of ze iets opvallends tegenkwam. Bovendien wist ze niet eens waar ze naar zou moeten zoeken.

Anouk opende een derde tabblad. Ze surfte naar de site van hun bank en logde in. Er stond bijna twaalfhonderd euro op de lopende rekening. Anouk scrolde door de af- en bijschrijvingen en zag dat het salaris dat Jan zichzelf betaalde twee weken geleden was overgemaakt. Ze deed een zoekopdracht op het rekeningnummer van de zaak. Er kwam een hele rij overboekingen tevoorschijn. Anouk liep ze nauwgezet langs. Het afgelopen jaar was elke maand keurig op tijd salaris overgemaakt, al was het bedrag wel lager geworden. Het scheelde bijna duizend euro met een jaar geleden en dat was ook precies de reden dat de dure vakantie er niet in zat. Dat was vervelend, maar geen nieuws.

Ze dacht weer aan de woorden van de accountant. Hij had echt niks losgelaten, nog niet het kleinste aanknopingspunt. Ergens had ze het gevoel dat wat de boekhouder haar wilde vertellen, verband hield met de meevallers waar Jan het over had gehad. Ze realiseerde zich dat het haar eigenlijk al die tijd al niet lekker had gezeten. Een meevaller was als je belastingaanslag minder hoog uitviel, of je een erfenis kreeg van een tante van wie je het bestaan amper kende. Maar dat was niet aan de orde.

Ze probeerde zich te herinneren wanneer Jan het er precies over had gehad. Was het drie weken geleden? Vier? In elk geval niet lang voor hun vakantie. Het was nog even door Anouks hoofd geschoten dat als ze een meevaller hadden gehad, ze misschien toch nog naar Spanje konden. Meteen had ze die gedachte afgedaan als onzinnig, zo kort voor de vakantie. Bovendien had hij een zakelijke meevaller bedoeld. Goed voor het bedrijf, maar niet direct voor henzelf.

Automatisch klikte ze door naar de spaarrekening, maar het internet haperde. Ongeduldig wachtte ze tot de site opende. Ze hadden ongeveer twintigduizend euro staan, wist ze. Er was een tijd dat het saldo een stuk hoger was geweest, maar de afgelopen tijd hadden ze het lagere salaris moeten aanvullen met spaargeld. Daar baalde Anouk van, want ze wilde een stevige buffer hebben voor als de zaak toch failliet zou gaan, maar het was even niet anders. Over een tijdje konden ze wel weer gaan sparen, had ze steeds gedacht.

Ze kreeg een koud gevoel in haar maag bij het idee dat dat niet meer aan de orde was. Ze wist niet eens of de zaak Jans salaris nog wel zou betalen. En hoe zat het met de hypotheek? Die kon ze van alleen haar eigen loon niet opbrengen.

Haar gedachten gingen weer met haar op de loop. Wie zou erover beslissen? Ze had geen idee of Jan een opvolger had aangewezen voor het geval hem iets zou overkomen. Mieke? Dat zou Hans vast niet zien zitten. Hij had altijd tegen Jan gezegd dat Mieke geen manager was. Zou Hans zelf weer aan het roer gaan staan?

Ze schudde haar hoofd voordat haar gedachten weer op hol zouden slaan. Ongeduldig wachtte ze tot de pagina was geladen. Ze rilde even, al was de warmte van de dag in de kamer blijven hangen. Desondanks waren haar voeten koud. Misschien moest ze zo maar terug naar bed gaan. Elke minuut slaap die ze kon krijgen was meegenomen. Morgen zou de politie vast weer op de stoep staan. Er moesten gesprekken worden gevoerd, beslissingen genomen. Het was nog niet bekend wanneer Jans lichaam vrijgegeven zou worden, maar een van de familierechercheurs had gezegd dat het waarschijnlijk een kwestie van dagen zou zijn. Anouk had gevraagd of ze naar huis mochten. Binnenkort, had de vrouw geantwoord. Waarschijnlijk overmorgen. Ze konden immers moeilijk van haar verlangen dat ze in de buurt zou blijven tot het onderzoek was afgerond. Dat kon weken, misschien wel maanden duren.

Eindelijk verschenen de rekeninggegevens op haar scherm. Ze slikte even. Het saldo bedroeg de helft van wat ze had verwacht. Ergens realiseerde ze zich dat het al een tijd geleden was dat ze voor het laatst op hun rekening had gekeken. Misschien had ze het niet willen weten. Ze keek naar de transacties. Allemaal afschrijvingen. Telkens met een paar honderd euro tegelijk, soms duizend of meer. Tot er nog maar iets meer dan tienduizend euro over was.

Zonder Jans salaris zou ze het daarmee niet eens zo lang kunnen uitzingen.

Terwijl het leek alsof er een klem om haar maag lag, klikte Anouk de site weg. Het systeem van de zaak verscheen weer op haar scherm. Een tijdje staarde ze ernaar, zonder dat ze echt iets zag. Ze zou misschien zelf meer uren moeten gaan werken. In haar eigen functie kon dat niet, maar ze kon vast wel in de zaak aan de slag. Haar schoonfamilie zou haar niet in de steek laten. Heel even kwam de gedachte aan Steef in haar hoofd op. Als Hans en Ina zouden weten...

Krachtig schudde ze haar hoofd. Niet aan denken nu. Er was nog niks zeker.

Ergens in haar wakkerde een onrustige angst. Ze dwong zichzelf om zakelijk na te denken, om het gevoel niet de overhand te laten nemen. Zaken op een rijtje zetten. Rationeel blijven. Ze zou vast nog wel even Jans salaris ontvangen. Daarnaast was er haar eigen loon, het spaargeld en een overlijdensrisicoverzekering die binnen een paar weken zou uitkeren. Het was wrang, maar ergens moest ze blij zijn dat het zo duidelijk was dat Jan was vermoord. De verzekering keerde immers niet uit bij vermissing, en ook niet bij zelfmoord. Het verzekeringskantoor waarvoor ze werkte was een keer in een rechtszaak verwikkeld geraakt met de weduwe van een man die voor bijna een miljoen was verzekerd en op het dieptepunt van zijn depressie voor de trein was gesprongen. Ondanks de afscheidsbrief die in zijn auto was gevonden, geloofde zijn vrouw niet dat haar man zelfmoord had gepleegd. Ze beweerde bij hoog en bij laag dat hij was geduwd en vond dat de verzekering moest uitkeren. De rechter vond van niet en de verzekering hoefde dan ook niets te betalen, maar Anouk herinnerde zich vooral het enorm trieste gevoel dat ze aan de hele zaak had overgehouden. De vrouw was niet alleen haar man kwijt, maar ook haar huis, want dat kon ze in haar eentje niet betalen. De erfenis stelde ook niet veel voor. Dat hij op de rand van een faillissement balanceerde was precies de reden geweest dat de man zelfmoord had gepleegd.

Haar gedachten bleven hangen bij het woord erfenis. Als zijn echtgenote erfde ze alles wat Jan op het moment van zijn overlijden in zijn bezit had gehad. Daaronder vielen in principe ook de aandelen die Jan had, al had ze het vermoeden dat die via een uitsluitingsclausule terug naar Hans en Ina zouden gaan. Ze herinnerde zich dat haar schoonouders zoiets hadden gezegd toen ze de aandelen uitgaven. De aandelen waren onderdeel van de holding die boven de zaak hing. Hans had op advies van een aantal financieel deskundigen een paar jaar geleden de holding Van der Loo BV opgericht, waarin niet alleen de winkels maar ook het grootste deel van het vermogen van Hans en Ina was ondergebracht. Het voordeel was dat dat een hoop gedoe en vooral erfbelasting scheelde als Hans en Ina zouden overlijden. Jan en Mieke waren immers aandeelhouders van de holding en zo zou het vermogen automatisch hun ten deel vallen.

Anouk beet op haar lip. Nu gold dat alleen nog voor Mieke. Ze wist niet precies om hoeveel geld het ging, maar met het afbetaalde huis van Hans en Ina erbij moest de holding een goed gevulde spaarpot zijn. Ze herinnerde zich een gesprek dat ze met Jan had gevoerd in de tijd dat de crisis z'n hoogtepunt had bereikt. Hij had zich zorgen gemaakt dat als Van der Loo Woninginrichting failliet zou gaan, de schuldeisers hun gelden uit de holding zouden kunnen opeisen. Anouk was er toen nog in gedoken en had vastgesteld dat dat niet mogelijk was. De winkels vormden een eigen bv die weliswaar in de holding was ondergebracht, maar die zelfstandig functioneerde en ook op zichzelf failliet kon gaan. Ze wist niet meer waarom Jan dat toen ineens belangrijk had gevonden, maar hij was in elk geval gerustgesteld geweest. Het zou natuurlijk ook ontzettend wrang zijn als hun persoonlijke erfenis in rook zou opgaan op het moment dat het met de meubelwinkels slecht ging. Een faillissement van de winkels was het ergste wat Jan zich kon voorstellen, maar als het gebeurde, dan moest het niet zo zijn dat de hele familie in de val werd meegetrokken.

Terwijl ze met nietsziende ogen naar het scherm staarde, dacht ze aan hoe zuur het was dat de zaak net de weg omhoog weer had gevonden. Jan had zelf gezegd dat de financiën er goed uitzagen en dat een faillissement was afgewend, en nu kreeg hij niet de kans om te genieten van het feit dat het weer beter ging. Zijn blijdschap over de meevallers was van korte duur geweest.

Het woord bleef weer in haar hoofd hangen. Jan was heel blij geweest met de order van Bernd Schippers. De zaak had zulke orders nodig. Niet eentje, maar meer. Maar blijkbaar was zo'n grote order eerder uitzondering dan regel, anders hadden ze het niet gevierd met dure champagne. De meevallers waar hij het over had, waren dus geen grote orders. En het moest haast wel te maken hebben met het bezorgde telefoontje van de accountant.

Waarom had hij zijn boodschap niet telefonisch kunnen brengen? Waarom maakte hij een rit van meer dan twee uur om haar iets te kunnen vertellen? Was het zo geheim, en was hij dan ook nog eens bang dat hij, of zij, werd afgeluisterd? Dat kon Anouk zich niet voorstellen. Hoewel ze het zich ook nooit had kunnen voorstellen dat Jan zou worden vermoord.

Had Jan zich ingelaten met zaken die het daglicht niet konden verdragen en wist de accountant daarvan? Die vraag bleef in haar hoofd rondzoemen. Als het zo was, dan was Jan er in elk geval niet rijk van geworden, dacht ze een beetje cynisch. Hoewel, als hij op een of andere manier geld had vergaard dat niet volgens de officiële kanalen zijn kant op was gekomen, dan zou hij dat natuurlijk niet doodleuk op hun privérekening storten. En bovendien had hij gezegd dat de zaak meevallers had gehad, niet hij persoonlijk.

Ze richtte haar aandacht weer op het scherm. Het was een *long shot*, maar als ze de rekeningen van de onderneming afging, zou ze misschien iets tegenkomen. En het was beter dan weer naar bed gaan en toch niet kunnen slapen, met gedachten die haar langzaam maar zeker gek maakten.

Ze klikte een paar dingen aan. In het systeem was een aparte boekhouding-sectie. Daar stonden de jaarrekeningen en jaaroverzichten, en de balans. Anouk liet die documenten links liggen, maar concentreerde zich op de bankrekeningen. Het netwerk was gekoppeld aan de bank. Ze moest apart inloggen en kwam terecht op een overzicht van alle bankrekeningen van het bedrijf. Een voor een klikte ze ze aan. Op het eerste gezicht zag ze weinig bijzonders. De salarissen waren betaald, dat wist ze al, net als rekeningen van leveranciers. Er was geld binnengekomen van transacties in de winkel en van betaling van facturen. Anouk scande ze. Soms ging het om een paar duizend euro, soms om tientjes. Alle winkel-betalingen waren duidelijk te herkennen en ook de facturen die door klanten waren betaald bevatten weinig verrassingen. Alleen vaste klanten mochten op rekening kopen, dus zoveel waren het er ook niet. De bedragen waren niet van dien aard dat je van meevallers kon spreken.

Zoals wel meer bedrijven had ook Van der Loo Woninginrichting rekeningen bij verschillende banken. De noodzaak daarvan ontging Anouk een beetje, aangezien de tweede en derde rekening van de zaak amper werden gebruikt. Het leek haar logischer ze op te heffen, omdat ze met het overgaan op IBAN-nummers – toen er nieuw briefpapier moest worden gedrukt – ook van de facturen waren verdwenen. Ze kon zich niet voorstellen dat er nog veel gebeurde op die rekeningen en nu kostte het alleen maar tijd, want de accountant moest ze natuurlijk wel bijhouden.

Ze opende een van de rekeningen en zag dat die inderdaad al een tijdje nauwelijks was gebruikt. Daarna opende ze de andere. Waar ze hetzelfde beeld had verwacht, fronste ze nu.

Er stond bijna zestigduizend euro op de rekening. Verwonderd klikte ze het transactieoverzicht aan. Afgelopen week was er vijftigduizend euro overgemaakt. Er stond een beschrijving waar Anouk niks mee kon, maar de tenaamstelling van het rekeningnummer zei haar des te meer. Ze staarde er een ogenblik naar, terwijl ze wat ze zag probeerde te plaatsen. Het geld was afkomstig vanuit de Van der Loo-holding. Dat was vreemd, want voor zover Anouk wist was er geen enkele betalingsverplichting. Alleen als er voor de holding meubels gekocht zouden worden, zou er een betaling kunnen plaatsvinden. Maar dat was niet waarschijnlijk, omdat de holding geen gebouw of werknemers had.

Ze scrolde omlaag en zag nog meer betalingen. Geen kleine bedragen. Soms tien- of twintigduizend euro, maar ook vijftigduizend of zelfs meer. Haar ogen werden groot toen ze de hele lijst afging. Ze kon de transacties tot een jaar terug bekijken en als ze vlug alles optelde kwam ze al op een enorm bedrag. Het geld was net zo snel weer weggeboekt naar verschillende rekeningen, die allemaal op naam van Van der Loo Woninginrichting stonden.

Anouk leunde achterover en probeerde haar gedachten te ordenen. Als er al geld over en weer ging, was het logischer dat er vanuit de zaak geld naar de holding werd overgemaakt. Ze schudde haar hoofd. Dat kon ook niet, aangezien de winst van de zaak in de onderneming werd geïnvesteerd. Bovendien was er de laatste jaren niet zoveel winst gemaakt.

Die laatste gedachte bleef in haar hoofd hangen. Zou het geld vanuit de holding bedoeld zijn om Van der Loo Woninginrichting overeind te houden? Ging het zo slecht met de zaak dat die feitelijk failliet was en alleen nog kon bestaan door dit soort grote betalingen? Ze probeerde het geld te traceren door de andere rekeningoverzichten te openen. Daar zag ze inderdaad de binnengekomen bedragen, die al snel waren verdampt in de reguliere afschrijvingen.

Anouk fronste opnieuw. Er was nog een groot bedrag binnengekomen, viel haar nu op. De bank had geld overgemaakt, bijna veertigduizend euro. Misschien een verkeerde betaling die was teruggestort, bedacht ze, al leek het bedrag haar daarvoor te hoog. Ze scrolde verder en keek met stijgende verbazing naar de transacties. Het was niet de enige betaling die de bank aan Van der Loo Woninginrichting had gedaan. Ze deed een zoekopdracht en zag dat er in het afgelopen halfjaar ongeveer honderdtachtigduizend euro vanuit de bank was overgemaakt. Een lening, dat kon niet anders.

Ze probeerde voor zichzelf te bepalen of het vreemd was dat Jan daarover niks had gezegd. Misschien niet. Waarom zou hij die financiële zaken met haar moeten bespreken? Misschien hoorde een lening bij de normale financiële beslommeringen van een onderneming. Daar kon ze nog wel in komen. Maar dat gold niet voor de bedragen die vanuit de holding waren gekomen en zo te zien waren opgenomen in de reguliere geldstromen van de zaak. Dat geld ging Anouk ook aan, en de rest van de familie.

De bedragen duizelden haar een beetje. Het ging niet om een paar honderd of duizend euro, het ging om zoveel geld dat ze bijna niet durfde te denken aan wat er nog over was. Of niet over was.

Ze klikte weer op de rekening van de zaak en begon te tellen. Met alle bedragen bij elkaar kwam ze uit op meer dan drie ton. Ze controleerde de andere bankrekeningen en zag dat ook daar zo nu en dan geld werd bijgeschreven. In totaal ging het om bijna vijf ton. Anouk wist niet precies hoe de holding ervoor stond, maar als ze zich niet vergiste was dat zo'n beetje het hele saldo.

Anouk tikte tegen haar laptop terwijl ze nadacht. Dit wilde nog niet zeggen dat de holding failliet was. De panden van de zaak waren, net als het huis waarin Hans en Ina woonden, onderdeel van het vermogen binnen de holding. Dat betekende dat, ondanks het gebrek aan liquide middelen in de holding, er nog het nodige aan onroerend goed was. Als dat te gelde werd gemaakt, zou er alsnog een aardig bedrag vrijkomen. Tenzij...

Anouk voelde haar mond droog worden. Ze sloot even haar ogen. Ze wilde het eigenlijk niet denken, maar ze kon haar eigen gedachten niet stoppen. Natuurlijk maakte een bank niet zomaar geld over. En een lening van die omvang sloot je niet af zonder onderpand. Hun eigen spaargeld of huis zou Jan niet hebben gebruikt. Zoveel geld hadden ze niet en op hun huis rustte een hypotheek. Dat gold niet voor het huis van Hans en Ina en ook niet voor de winkelpanden die in de holding waren ondergebracht. Eigenlijk was er maar één logische conclusie. Anouk voelde een rilling over haar rug lopen. Als dit waar was, waren de problemen nog veel groter dan ze tot nu toe had voorzien. Dan bungelde de holding op de rand van een faillissement. Niet alleen zou dat de winkels de kop kosten, aangezien die blijkbaar niet zonder financiële steun vanuit de holding konden bestaan, het betekende ook dat de hele erfenis voor Jan en Mieke was verdampt.

Anouk sloot even haar ogen en wreef over haar voorhoofd. Haar mond was droog en haar maag kneep zo hard samen dat het pijn deed. Ze moest met haar praten. Morgen. Het zou geen leuk gesprek worden.

HOOFDSTUK 14

Het weer was omgeslagen. Anouk keek toe hoe de wind zand over de boulevard joeg. Koud was het niet, maar met een dreigende regenbui in de lucht waagde bijna niemand zich op het strand.

Anouk vouwde haar handen om haar koffiebeker en keek naar buiten. Er waaide een stuk van een kartonnen doos voorbij.

'Slecht weer ineens.'

Anouk verstijfde toen ze een stem achter zich hoorde. Ze slikte. 'Ja.'

'Volgens het weerbericht duurt het twee dagen en dan wordt het weer mooi.'

Anouk sloot even haar ogen. Ze dwong zichzelf om te kalmeren, al bonkte haar hart plotseling tegen haar ribbenkast. Uiteindelijk draaide ze zich om. 'Het is niet koud buiten. Ik denk dat ik zo meteen een stuk over het strand ga lopen.'

Mieke knikte half, maar reageerde niet echt. Ze wendde haar blik af toen Anouk haar recht aankeek en concentreerde zich op het koffiezetapparaat. Even hing de stilte zwaar tussen hen in, toen vulde het knarsende geluid van de bonenmaler de keuken.

'Heb je zin om mee te gaan?' Anouk probeerde haar stem nonchalant te laten klinken. 'Even eruit.'

Ze meende Miekes rug te zien verstrakken, maar misschien was het verbeelding. Haar schoonzus draaide zich om. 'Ik wilde eigenlijk...'

'Ach kom, even uitwaaien.' Anouk keek Mieke recht aan. 'Het zal je goeddoen. Van binnen zitten krijg ik altijd zo'n duf hoofd, jij niet?'

'Oké', zei Mieke nog steeds wat aarzelend. 'Je hebt gelijk.'

'Even mijn schoenen aantrekken.' Anouk liep langs haar schoonzus de keuken uit. In de slaapkamer liet ze zich op de rand van het bed zakken. Haar hart bonkte nog steeds. Nadat ze vannacht tot de conclusie was gekomen dat Mieke het grootste slachtoffer was van wat Jan met het geld had gedaan, had ze besloten dat ze met haar schoonzus moest praten. Ze moest peilen wat Mieke wist. Tijdens de vakantie had ze werkzaamheden van Jan overgenomen. Had ze toegang gehad tot een netwerk waar ze normaal gesproken niet op kwam? Er was voor haar geen reden geweest om in de financiën te neuzen, maar Anouk kende haar schoonzus langer dan vandaag. Te zeggen dat ze nieuwsgierig was, was de positieve uitleg. Anouk omschreef het eerder als achterdochtig. Als Mieke had gezien dat er amper wat over was, zou ze op z'n zachtst gezegd not amused zijn.

Anouk stond op. Ze schoot in haar slippers, trok snel een vestje aan en liep terug naar de keuken. Mieke stond op precies dezelfde plek als net, haar halflege koffiebeker in haar hand. In de woonkamer hoorde Anouk haar moeder tegen de kinderen praten. Ze wierp een blik naar binnen. Timo en Lena kibbelden om de iPad, haar moeder probeerde hen tot bedaren te brengen en haar vader keek naar teletekst. Anouk vermoedde dat hij de enige Nederlander was die teletekst nog gebruikte om de headlines van het nieuws te bekijken. Door het raam zag ze Hans en Ina op het terras staan, allebei met een sigaret in hun hand. Ina was jaren geleden gestopt, maar de afgelopen dagen was ze weer gaan roken.

'Even tegen Geert zeggen dat ik wegga', zei Mieke, waarna ze richting de trap liep. Anouk keek op haar horloge. Iets na halftien. Geert kwam niet voor elf uur uit bed, had ze al gemerkt.

Even later verscheen Mieke weer. Ze had een afritsbroek en gympen aangetrokken en een trui losjes over haar schouders geslagen, waardoor ze eruitzag alsof ze de vierdaagse ging lopen. Anouk stopte haar telefoon in de achterzak van haar spijkerbroek. 'Zullen we?'

Ze riep naar haar ouders dat ze wegging en liep daarna samen met Mieke de boulevard op. Ze namen de strandopgang en liepen naar de waterlijn. Zonder overleg sloeg Anouk daarna rechtsaf, weg van de strandtenten. Nat zand kroop tussen haar tenen. Ze zette de pas erin,

Mieke volgde. Al snel hoorde ze haar schoonzus een beetje hijgen.

Het was stil op het strand. De strandgangers lieten het massaal afweten nu de zon zich niet liet zien en de temperatuur was gedaald. De wind waaide langs haar oren, wat prettig was. Anouk voelde zand langs haar gezicht gaan. De golven waren hoger dan eerst, woest vlogen schuimkoppen in het rond. In de lucht dreigde nog steeds de regenbui die niet wilde doorzetten.

'Het is nog steeds niet te bevatten, hè?' Anouk keek Mieke niet aan terwijl ze praatte. Haar schoonzus schudde haar hoofd. Een paar minuten stapten ze zwijgend voort.

'Weet je waar ik maar aan blijf denken?' Anouk keek naar haar schoonzus. Mieke had haar hoofd gebogen. 'Ik blijf maar denken aan wat de politie zei. Dat het bij moordenaars vaak om bekenden gaat. Mensen die verrassend dicht bij het slachtoffer stonden. Mensen van wie je het nooit zou hebben verwacht.'

'O ja?' Mieke blikte vluchtig opzij. 'Dat hoor je wel vaker, toch?'

'Ja, maar als het dan gebeurt...' Anouk kneep haar ogen samen. 'In spannende films blijkt dan altijd dat het slachtoffer een dubbelleven had of zoiets.'

'Denk je dat Jan dat had?'

'Nee. Maar ik weet natuurlijk ook niet alles wat hij de laatste tijd heeft gedaan. Misschien had hij wel enorme problemen met de zaak.' Ze keek naar Mieke, die haar blik stoïcijns voor zich uit gericht hield. 'Jij weet dat waarschijnlijk beter dan ik.'

'Ik weet niks.'

'Nee?' Anouk hield haar hoofd schuin en probeerde oprecht verrast te kijken. 'Maar je hebt de boel tijdens de vakantie toch draaiende gehouden? Als er iets speelt, iets groots, zou je dat toch hebben gemerkt?'

'Waarschijnlijk wel. Maar ik heb niks gemerkt. Alles loopt zoals het moet lopen.'

'Werkelijk?' Anouk beet op haar lip en dacht even na. 'Dat is opvallend, want ik vond een mail in Jans postbus die anders doet vermoeden.'

Nu keek Mieke haar wel aan. 'Wat voor mail?'

'Iets met een leverancier die te lang op zijn betaling moest wachten. Niks voor Jan om iemand zo te behandelen, vond ik.'

'Misschien was hij het vergeten. Hij was erg druk voordat hij op vakantie ging.'

'Denk je?' Anouk probeerde zo oprecht mogelijk over te komen, al had ze het idee dat Mieke dwars door haar heen keek. 'Ach ja, waarschijnlijk heb je gelijk. Ik haal me dan meteen van alles in mijn hoofd.'

Weer viel er een stilte tussen hen. Anouk had het idee dat het Mieke moeite kostte toen ze uiteindelijk vroeg: 'Wat dan?'

'Niks, joh. Ik sla natuurlijk door. Misschien gebeurt dat als je man wordt vermoord.' Ze lachte wrang. 'Dan ga je allerlei scenario's zien die niet bestaan.'

Mieke vroeg niet verder. Anouks rechteroog traande door de wind en het zout. Ze veegde over haar wang.

'Weet je wat ik zo raar vind?' vroeg ze uiteindelijk. 'Jan zei de hele tijd dat het zo goed ging met de zaak. Hij had het over meevallers. Geld dat zijn kant op was gekomen. Maar tegelijkertijd zei hij ook dat het zo slecht ging dat hij zichzelf minder salaris betaalde en we niet naar Spanje op vakantie konden.' Ze boog zich een beetje naar Mieke toe en probeerde haar stem vertrouwelijk te laten klinken. 'Het was natuurlijk geen vrijwillige keus om in Nederland te blijven.'

Mieke knikte even. 'Ik dacht al zoiets.'

'Jan zou niet zomaar zijn dure vakantie opgeven. Hij zou nog liever de belasting oplichten.' Anouk lachte zonder vreugde. 'Ik mag alleen hopen dat hij dat niet heeft gedaan.'

Miekes stem klonk onwillig. 'Vast niet.'

'Nou ja, bij wijze van spreken dan. Of iets anders doms op financieel gebied. Dat is echt het laatste wat we nu kunnen gebruiken.' Ze keek haar schoonzus aan, maar die wendde haar blik af. Anouk legde haar hand op Miekes arm en bleef staan. Opnieuw legde ze vertrouwelijkheid in haar stem. 'Als jij iets weet, dan zou je het wel zeggen, toch? Ik heb geen zin in verrassingen nu... Nou ja, je weet wel...'

'Nu wat?'

'Nu de politie Jans computer heeft meegenomen. Zij gaan natuurlijk alles uitpluizen.' Anouk deed alsof haar ineens iets te binnen schoot. 'En dan kreeg ik ook nog zo'n vreemd telefoontje van de accountant.'

Ze zag iets flikkeren in Miekes blik. Heel kort, maar onmiskenbaar. 'Wat was er dan?'

'Dat weet ik niet. Hij deed heel geheimzinnig. Het kon niet via de telefoon, hij wilde er speciaal voor langskomen.'

Anouk maakte een handgebaar. 'Ach, je weet hoe die accountants zijn. Eén ontbrekend tankbonnetje en ze doen meteen alsof je de fiscus voor drie miljoen hebt getild.' Ze lachte zonder vreugde. 'Dat, of hij gaat me vertellen dat we hartstikke failliet zijn.'

Mieke gaf geen antwoord. Ze trok haar arm onder Anouks hand weg en liep verder. Haar haar waaide alle kanten op. Anouk ging achter haar aan.

'Het zit me toch niet lekker.' Ze staarde naar de zee, waar de meeuwen krijsend boven de rollende golven vlogen. Een klein reepje zonlicht brak door, maar werd meteen door de wolken opgeslokt. 'Ik heb...' Ze haalde diep adem. 'Waarschijnlijk slaat het nergens op, maar ik heb zo'n raar gevoel.'

Mieke gaf geen antwoord. Anouk wist dat ze haar had gehoord, maar ze gaf geen krimp.

'Tegen jou kan ik het wel zeggen', vervolgde ze met iets samenzweerderigs in haar stem. 'Waarschijnlijk begin ik spoken te zien, maar ik heb het idee dat Jan geld uit de holding heeft onttrokken.'

Ze kneep haar ogen samen en monsterde haar schoonzus scherp. Het moment duurde nog geen seconde, maar het was er. De verstijving, de blik, de verbazing die Mieke er met moeite uit perste.

'O, echt?' zei haar schoonzus, maar Anouk had haar conclusies al getrokken.

'Ja.'

Mieke staarde haar aan. Het viel Anouk nu pas op hoe bleekblauw haar ogen waren. Verlopen. Aan de rechterkant hing het ooglid lager dan links, wat haar eruit deed zien alsof ze door een kind was getekend. 'Dat lijkt me onzin. Waarom zou hij dat doen?'

'Mieke...' Anouk stond tot het uiterste gespannen. 'Ik wil niet vervelend doen, maar ik heb het idee dat jij dit ook weet. Je hebt tijdens de vakantie toch de zaak geleid.'

'Wat?' Miekes verbazing was zo gespeeld dat het bijna lachwekkend was. 'Welnee. Ik heb alleen de dagelijkse leiding op me genomen. Van financiën weet ik niks.'

'Nee? Dat is dan vreemd.' Anouks verbazing was al net zo'n toneelstuk, maar ze had het idee dat zij het beter speelde. 'Ik heb namelijk gisteravond op het netwerk ingelogd en toen kon ik zo zien dat er veel geld vanuit de holding naar de zaak is overgemaakt. De politie heeft er nog niets over gezegd, maar dat gaat natuurlijk wel gebeuren.'

Ze liet even een stilte vallen en waagde het er toen op. 'Wist je trouwens dat je precies kunt zien wie er wanneer heeft ingelogd?'

Pure bluf natuurlijk. Anouk monsterde Miekes gezicht. Daar was het weer. Die split second. Die blik.

'Mieke.' Ze probeerde haar stem opnieuw iets vertrouwelijks te geven. 'Laten we er niet omheen draaien. We weten allebei dat jij het ook hebt gezien.'

'Ik weet niet...'

'Het is natuurlijk ook logisch dat je bent gaan kijken', praatte Anouk gewoon door. 'Het gaat jou net zo goed aan. Het gaat om geld dat uiteindelijk ook jou toekomt.' Ze zweeg. Mieke zei ook niks. Haar schoonzus had haar blik op de horizon gericht. Het blauw van haar ogen leek nog bleker.

'Je zult wel geschrokken zijn', ging Anouk door. 'Ik in elk geval wel. Al het geld uit de holding weg. En dan die leningen, waarvoor de panden als onderpand zijn ingezet.' Ze blies haar adem uit. 'Hans zal zich kapotschrikken. Hij zal wel woest zijn, al is het vast moeilijk om boos te worden op iemand die er niet meer is.'

Ze liepen verder. De wind rukte aan Anouks vest, Miekes sjaaltje wapperde alle kanten op. Anouk kneep haar ogen samen om het zand te weren.

'Ik kan me voorstellen dat je ontploft bent toen je erachter kwam', verbrak ze uiteindelijk het zware zwijgen dat tussen hen in hing. 'Ik bedoel: je bent natuurlijk al gepasseerd bij de overname van de zaak, en nu dit weer. Vannacht, toen ik niet kon slapen, heb ik nagedacht. Het moet voor jou eigenlijk nooit makkelijk zijn geweest.'

'Hou toch je bek.' Het kwam eruit als een grom. Mieke staarde voor zich uit. Van opzij zag Anouk de hardheid in haar ogen. 'Wat weet jij daar nou van? Alsof je je ooit in mij hebt verdiept.'

'Nee, dat heb ik niet. Misschien had ik dat moeten doen, want je zult het wel zwaar hebben gehad. Al die jaren dat Jan de baas was en jij moest toezien hoe hij de zaak naar de ondergang hielp. Want laten we eerlijk zijn: zo goed ging het niet. En dan kom je er ook nog achter dat het geld waar jij recht op hebt, door zijn toedoen verdwenen is. Je erfenis, zo, poef, weg.' Ze maakte een handgebaar. 'De tonnen die een zekerheid in je leven vormden. De afbetaling van je huis, je pensioen. Geerts pensioen ook, want van wat hij bij zijn werkgever opbouwt moeten jullie het later ook niet hebben, hè.' Anouk duwde door, bewust. Ze zag een spier trillen bij Miekes oog. 'Bij mij zou er kortsluiting ontstaan als me dat zou overkomen, hoor. Ik zou in staat zijn om iemand te vermoorden. O...' Anouk sloeg een hand voor haar mond alsof die woorden haar per ongeluk waren ontschoten. 'Ik bedoel natuurlijk...'

'Wat bedoel je?' Mieke keek haar woest aan. Ze bleef staan en plantte haar voeten in het zand. 'Wat bedoel je nou eigenlijk, Anouk? Dat ik mijn eigen broer om zeep heb geholpen?'

Even stond Anouk in dubio. Dit was het moment. Het kostte haar een paar seconden, toen maakte een zekere roekeloosheid zich van haar meester. 'Ja, eigenlijk wel', zei ze. Haar gespeelde vertrouwelijkheid was verdwenen. Ze kneep haar ogen samen en keek Mieke aan met een giftigheid die in rap tempo door haar hele lijf trok. Wat had ze een hekel aan deze vrouw. Met haar zogenaamde vriendelijkheid, waar altijd iets hards in doorklonk. Met haar ogen waarmee ze probeerde oprecht te kijken, maar waar iets achter schuilging. Anouk keek haar recht aan. Ze zag het in Miekes ogen, ze proefde het uit haar houding. Hard klemde ze haar kiezen op elkaar.

'Jij was het', zei ze half grommend. 'Jij hebt Jan vermoord.'

Heel even dacht ze dat Mieke het zou ontkennen. Maar toen veranderde haar gezicht. Ze verstrakte. Toen ze begon te praten, spuugde ze de woorden haast in Anouks gezicht.

'Die klootzak heeft alles opgemaakt. Vier ton, zomaar verdwenen. Hij heeft leningen afgesloten die nooit terugbetaald kunnen worden. De bank zal het huis opeisen, de panden, alles waarvoor mijn ouders zo hard hebben gewerkt. En waarom? Omdat hij te dom was om de zaak te leiden. Een mislukkeling.'

'Dus vermoordde je hem? Vanwege het geld?' Anouk voelde zoveel afkeer van haar schoonzus dat ze er letterlijk een vieze smaak van in haar mond kreeg. 'Je bent knettergek. En ziekelijk jaloers. Je hebt het nooit kunnen verkroppen dat Jan de zaak kreeg en jij niet. Terwijl jij degene bent die te dom is om de baas te kunnen zijn. Of wilde je samen met Geert de leiding hebben? Nou, dat zou een succes zijn geworden.' Ze voelde de minachting tot in haar botten. 'Met jou aan het roer zou de zaak allang failliet zijn geweest. Jan heeft tenminste nog het hoofd boven water kunnen houden.'

'Iedereen had het hoofd boven water kunnen houden met vier ton en een heleboel leningen! Daar is niks knaps aan.' Mieke schudde woest met haar hoofd. 'Natuurlijk was het niet de bedoeling om hem te vermoorden. Maar hij vloog mij aan. Wat moest ik? Het was zelfverdediging.'

'Zelfverdediging?' Anouk hapte naar lucht. 'Jans schedel is ingeslagen en jij hebt geen schrammetje. Laat me niet lachen met je zelfverdediging.'

'Hij ging me te lijf.' Miekes ogen schoten vuur. 'Hij wilde me wurgen. Geert kon me net op tijd redden.'

'Geert?' hijgde Anouk. 'Heeft Geert hem vermoord?'

'Hij gaf hem die klap, omdat ik al bijna bewusteloos was. Het was hij of ik.' Mieke grijnsde boosaardig. 'Hij mag dan altijd hebben gewonnen, deze keer was ik het.'

Anouk schudde ongelovig haar hoofd. 'Je hebt er niet eens spijt van.'

'Hij had het verdiend. Altijd de arrogante lul, altijd op ons neerkijken. Toen ik zag dat al het geld weg was, wist ik dat hij ervoor zou gaan boeten. Ik had ook meteen naar pa kunnen gaan. Die zou hem uit de holding hebben gezet. Maar ik wilde het eerst met Jan bespreken. Zonder iemand erbij. Daarom nam ik hem mee naar het strand. Het had allemaal heel anders kunnen lopen. Hij had zijn fout kunnen inzien en zelf kunnen opstappen, maar in plaats daarvan koos hij meteen de aanval. Letterlijk.' Mieke haalde haar schouders op, bijna achteloos. 'Tja, en toen was dit de consequentie. Heb ik er spijt van? Nee. Anders zou ik degene zijn die nu in een mortuarium lag.' Ze grinnikte een beetje. 'Nu ben ik degene die zijn plek gaat innemen.'

Anouks ogen werden groot. Mieke was nog dommer dan ze al had gedacht. 'Wat dacht je van: jij bent degene die de bak in draait? Net als Geert.'

'Waarom?' Mieke keek oprecht verbaasd. 'De politie heeft geen idee. En ze gaan er nooit achter komen. Op het strand zijn geen sporen gevonden. Natuurlijk niet. Zand erover, letterlijk. We hebben hem de zee in gesleept, diep genoeg om ervoor te zorgen dat hij door de stroming werd opgepikt. Dat is het voordeel aan een man die van vissen houdt, die kent de stroming.' Ze vertelde het alsof ze Anouk een leuk weetje aan de hand deed. 'Natuurlijk hebben we onze kleren weggegooid en daarna zijn we in de auto gestapt. Het is maar goed dat we die avond geen verkeerscontrole kregen.'

'Je komt hier niet mee weg', siste Anouk. 'Als ik alles aan de politie vertel gaan ze graven en...'

Mieke begon te lachen. 'Maar dat doe jij niet.'

'Natuurlijk wel. Ik zag ervoor zorgen...'

'Nee hoor, Anouk.' Mieke was nu doodkalm. 'Jij vertelt helemaal niks aan de politie. Je denkt toch niet dat ik je nu gewoon laat gaan? Ik had je hier heel graag buiten willen laten, maar je moest je er zo nodig mee bemoeien. Dat is jouw keuze en die heeft consequenties.' Mieke kreeg het voor elkaar er spijtig bij te kijken. 'Ik vind het wel sneu voor de kinderen.'

In minder dan een seconde gingen er tientallen gedachtes door Anouks hoofd. Ze blikte vliegensvlug om zich heen. Ze hadden een eind gelopen, weg van de bewoonde wereld. Het strand was hier verlaten, maar als ze rende, kon ze binnen tien minuten terug zijn in Bergen aan Zee. Ze was sneller dan Mieke, veel sneller. Maar haar schoonzus was zelfs te dom om dat in te zien.

Zonder nog een seconde te aarzelen, draaide Anouk zich om. Ze begon te rennen. Onderweg verloor ze haar slippers, maar het maakte niet uit. Ze was toch sneller op blote voeten.

Haar doffe voetstappen weerklonken in haar oren. Haar hartslag ging omhoog, ze hijgde licht, maar moe was ze niet. Met elke stap leek haar energie toe te nemen. Ze stond zichzelf toe om achterom te kijken. Mieke was blijven staan. Een steeds kleiner wordende zielige figuur op een verlaten strand. In Anouks hoofd weerklonken Miekes woorden. Ze zou alles tegen de politie zeggen. Dat moest genoeg zijn om Mieke te arresteren. De politie moest het nog bewijzen, maar dat zou lukken. Dat moest lukken.

Ze keek voor zich. De aanstaande regenbui hing als een mist over het strand en beperkte haar zicht. Het dorp leek ver weg. Even voelde ze paniek. Wat als ze het niet zou redden? Weer keek ze om. Mieke was verdwenen. Anouk voelde opluchting. Ze zou haar nooit inhalen.

Verderop werd een figuur zichtbaar. Opnieuw een scheut opluchting die door haar heen trok. Nu was ze veilig. Ze rende door, harder, steeds harder, tot ze bijna over het zand zweefde. De figuur stond stil. Ze naderde snel.

Ze zag het te laat. Nog voor het tot haar doordrong, waren haar voeten al gestopt. Bijna viel ze voorover, net op tijd hervond ze haar evenwicht. Haar eerste reflex was wegrennen. Terug naar waar ze vandaan kwam, of naar de duinen. Maar ze reageerde niet snel genoeg. Hij begon te sprinten, haalde haar in, werkte haar tegen de grond.

'Wat dacht je, trut?' Zijn stem, woedend sissend bij haar oor. 'Dat je zo makkelijk zou wegkomen?'

Ze hapte zand en begon te hoesten. Ze had het gevoel dat ze stikte. Met haar armen probeerde ze haar hoofd te beschermen, maar dat lukte niet. Zijn vuisten kwamen aan als stenen tegen haar hoofd. Het duizelde haar. Sterretjes voor haar ogen. Ze protesteerde, eerst hard, toen steeds zwakker. 'Geert...'

'Ik sla je dood.'

'Nee!' Anouk probeerde te schreeuwen, maar haar woorden verdwenen in de wind. Heel even keek ze opzij. Ze verbeeldde zich dat ze iemand zag, in de verte. Twee mensen. Toen ze weer keek, waren ze weg. Het lukte haar niet meer om scherp te stellen. Haar verzet werd minder. De pijn belette haar om zich te verdedigen. Willoos incasseerde ze de slagen, tot het zwart werd voor haar ogen. Het laatste wat ze merkte, was dat het begon te regenen.

Hoofdstuk 15

Ze werd wakker met het gevoel dat haar hoofd elk moment uit elkaar kon barsten. Anouk probeerde haar ogen open te doen, maar kreunde zacht en liet de poging voor wat die was. Ze had dorst, heel erge dorst.

Er drong een geur haar neus binnen die ze niet kon thuisbrengen. Een sterk schoonmaakmiddel. Ze deed een tweede poging om haar ogen te openen. Deze keer lukte het wel. Ze zag een systeemplafond en tl-buizen die niet brandden. Ze liet haar blik door de kamer dwalen. Witte muren, grijs linoleum. Steriel gestuukte muren en apparaten met schermen en slangen. Onmiskenbaar een ziekenhuiskamer.

Er zat iemand naast haar bed. Het kostte Anouk moeite om te focussen. Toen het uiteindelijk lukte schrok ze even.

'Steef.' Haar stem klonk schor.

Hij leunde achterover, zijn armen over elkaar. 'Hai.'

Anouk probeerde zijn aanwezigheid te plaatsen. Ze kneep haar ogen samen.

Blijkbaar zag Steef haar verwondering. 'Ik was in de buurt', zei hij bij wijze van verklaring. 'Op het strand, bedoel ik.'

Anouk deed haar ogen dicht en dacht diep na. Heel langzaam kwamen er flarden terug. Mieke, rennende voetstappen, een figuur in de verte, opluchting en toen opeens de angst. Geert. Klappen. Pijn. Het donkere zwart dat zich van haar meester had gemaakt.

'Het was Mieke.'

Steef trok zijn wenkbrauwen op. 'Wat was Mieke?'

'Zijn zus. Jan is vermoord door zijn zus. Of eigenlijk door haar man.'

Steef tuitte zijn lippen, maar gaf geen antwoord. Anouk sloot even haar ogen. 'Zijn ze opgepakt?'

Steef knikte half. 'Die figuur die jou in de tang had ligt hier beneden op de eerste hulp. Mijn schuld.' Hij trok met zijn mond en leek geen spijt te hebben. 'Er staat politie omheen, dus die zullen hem straks wel meenemen.' Steef zweeg even. 'Op het strand heeft de politie een vrouw meegenomen. Dat zal Mieke dan wel zijn.'

Anouk knikte even, maar kreunde toen een nieuwe pijnscheut door haar hoofd flitste.

'Wat deed jij daar?'

'Op het strand, bedoel je?' Steef grinnikte even. 'Ik leef daar, Anouk.'

Ze kneep haar ogen samen. Steef wendde zijn blik af. 'Ik was in de duinen. Het was een mooie dag voor een stevige wandeling.'

Anouk keek hem schuin aan. Vaag herinnerde ze zich dat ze nog iemand had gezien. 'In je eentje, zeker?'

Steef grijnsde. 'Je kent me, Anouk.'

Ze liet het erbij zitten. Wat Steef in de duinen uitspookte en met wie, was haar zaak niet.

'Ik ben blij dat je er was. Anders had ik het niet overleefd.'

'Hij heeft je flink te grazen genomen. Wat een gek.'

Anouk deed haar ogen weer dicht. Ze probeerde de herinneringen te stoppen, maar ze bleven komen. Geerts gezicht, vertrokken van woede. Vuistslagen over haar hele lichaam, bloed in haar mond, een allesverslindende pijn. Gesiste woorden. Ik sla je dood. Geen loos dreigement, dat had ze meteen geweten.

'Water?'

Steef hield een glas voor haar mond. Er zat een felroze rietje in, dat verschrikkelijk detoneerde in de steriele ziekenhuiskamer. Anouk deed haar lippen van elkaar en dronk gulzig. Daarna liet ze zich met moeite terugzakken in de kussens.

'Sorry', zei ze.

Steef trok zijn wenkbrauwen op. 'Waarvoor?'

'Dat ik je hierin heb meegetrokken. Je had er niks mee te maken.'

'Het is gebeurd.'

Ze probeerde te glimlachen. 'Je was anders niet blij toen je me belde.'

'Ik was boos.' Hij haalde kort zijn schouders op. 'Ik ben niet aardig als ik boos ben.'

'Dat heb ik gemerkt.'

Steef trok een grimas die het midden hield tussen een lach en een spijtig gezicht. Hij ging niet in op wat ze zei. Langzaam kwam hij overeind. 'Het was leuk met je.' Hij boog voorover en drukte een kus op haar voorhoofd. Zacht, veel zachter dan ze van hem gewend was. 'Dag Anouk.'

Hij liep weg. Bij de deur hield hij even in, maar hij draaide zich niet om. Hij liep de gang op en verdween uit het zicht.

'Dag Steef', zei Anouk zacht, bijna onhoorbaar.

Het volgende moment klonken er rennende voetstappen op de gang. Twee kindergezichten verschenen om de hoek van de deur.

'Mama!' Dat was Timo, die inhield toen hij de kamer binnenkwam. Met ontzag keek hij naar de apparatuur rond het bed, waarvan het meeste was uitgeschakeld. 'Wow.'

'Mam.' Lena kwam wel dichterbij. Anouk stak haar hand uit, die haar dochter meteen greep.

Het volgende moment kwam haar moeder de kamer binnen. 'O lieverd, gelukkig, je bent wakker. Jongens, rustig.' Dat laatste was voor de kinderen bedoeld, die enthousiast alle apparaten begonnen te bekijken.

'Mag ik bij jou?' vroeg Timo verlangend. Zijn zusje knikte. 'Ja, en ik ook?'

'Tuurlijk.' Elke spier in haar lijf deed pijn toen Anouk ging verzitten, maar ze zette haar kiezen stevig op elkaar en glimlachte dapper. Haar moeder tilde de kinderen op het bed. Timo raakte heel voorzichtig het verband rond Anouks hoofd aan. 'Doet dit pijn, mam?'

'Nee hoor, schat', loog Anouk. 'Het valt heel erg mee.'
'Gelukkig.' Hij nestelde zich tegen haar aan. Lena volgde zijn voorbeeld. Anouk begroef haar neus in hun haar en snoof de vertrouwde geur van haar kinderen op.

Tijdens de gezinsvakantie op een Spaanse camping hoopt Irene weer dichter tot haar man te komen. Maar dan zet een onverwachte ontmoeting alles in een ander daglicht.

Als Irene van Hout erachter komt dat haar man haar heeft bedrogen met een ander, breekt een moeilijke tijd aan. Irene wil nadenken, maar de zomervakantie staat voor de deur en hun kinderen Nikki en Stef verheugen zich op de jaarlijkse campingvakantie aan de Costa Brava.

Eenmaal in Spanje wordt de sfeer gelukkig wat meer ontspannen. De kinderen genieten volop en onder de Spaanse zon heeft Irene eindelijk de tijd om na te denken. Maar dan ontmoet ze Bob...

Costa Brava
ISBN 978 94 6068 416 6
€ 15,-

Saar en haar vriend Niek hebben een grote teleurstelling te verwerken gekregen: hun vurige kinderwens zal onvervuld blijven. In een opwelling boeken ze een vakantie naar Bonaire.

Ze willen even eruit, weg van het Nederlandse winterweer, bijkomen en elkaar weer vinden. Het Caribische eiland met zijn prachtige stranden en altijd schijnende zon lijkt daarvoor de perfecte plek. Als ze ook nog een Nederlands stel ontmoeten met wie het meteen klikt, hebben ze een topvakantie.

Terwijl Saar en Niek genieten van de zon, is op Bonaire de Nederlander Patrick Koelstra vermist geraakt. De politie staat voor een raadsel: Patrick is na een strandfeest zomaar van de aardbodem verdwenen. Door een ongelukkig toeval kruist de zaak van de vermissing de vakantie van Saar en Niek, die daarna een stuk minder onbezorgd is. Saar krijgt de schrik van haar leven te verwerken en langzaamaan ontvouwt zich een nachtmerrie waarin ze alle grip lijkt kwijt te raken.

Bestemming Bonaire
Paperback, 224 pagina's
ISBN 978 94 6068 411 1
€ 15,-

In het familiehuis op Ibiza vindt Anna een onbekende ketting. Is dit het spoor naar de nooit opgeloste dood van haar zusje...

Casa Ibiza
Paperback, 256 pagina's
ISBN 978 94 6068 422 7
€ 10,-

Het geslaagde zomerkamp in Egmond aan Zee verandert in een nachtmerrie als een van de kinderen spoorloos verdwijnt...

Zomernacht
Paperback, 224 pagina's
ISBN 978 94 6068 427 2
€ 10,-

Tijdens het jaarlijkse vriendenweekend doet Lara een vreselijke ontdekking. Boos en verdrietig verdwijnt ze in de ijskoude nacht. Als Lara uren later nog niet terug is, wordt voor het ergste gevreesd.

Lara van Dam verheugt zich op een knus winterweekendje met haar vriendengroep. Ze hebben een huisje gehuurd in de Brabantse bossen en er zijn geen andere plannen dan eten, drinken en bijkletsen bij de open haard. Maar het weekend loopt totaal anders als Lara er op de eerste avond achter komt dat haar vriend Yves is vreemdgegaan. Lara is woedend en wil naar huis, maar zonder rijbewijs en openbaar vervoer komt ze niet ver. Boos en verdrietig loopt ze weg, het donkere en ijskoude bos in. Het maakt haar niet uit, als ze maar niet terug hoeft naar het huisje. Wanneer vervolgens ieder spoor van Lara ontbreekt, worden de vrienden ongerust en gaan haar zoeken. Maar dat loopt uit op een nachtmerrie...

Winterwereld
Paperback, 224 pagina's
ISBN 978 94 6068 409 8
€ 10,-

Eva en Leon genieten van een relaxte vakantie in een Drents vakantiehuisje. Maar dan verdwijnt de kleine Max...

Eva kijkt uit naar de eerste gezinsvakantie met haar vriend Leon en hun zes maanden oude baby Max.

Hoewel ze dol is op Max vindt ze haar leven sinds zijn komst wel erg druk geworden en daardoor heeft ze het gevoel dat zij en Leon een beetje langs elkaar heen leven. Ze hoopt op vakantie weer tot elkaar te komen en eindelijk eens echt alle tijd voor Max te hebben. Dat is iets wat ze, voor haar gevoel, in het dagelijks leven met werk en verplichtingen soms te weinig heeft.

Omdat Eva en Leon het niet zien zitten om heel lang te reizen met de baby, kiezen ze voor een bestemming dichter bij huis. Eva's ouders hebben een zomerhuisje in de Drentse bossen dat ze drie weken mogen gebruiken.

De eerste week is het een onbezorgde en zonovergoten vakantie. Tot Eva op een nacht wakker wordt van een vreemd geluid in de tuin. Als ze daarna even bij Max gaat kijken, ziet ze een leeg bedje...

Zomerhuis
Paperback, 288 pagina's
ISBN 978 94 6068 423 4
€ 6,-

Na een cocktailparty op het strand verandert de relaxte vakantie van Amber in een regelrechte nachtmerrie...

Vanwege hun 40-jarig huwelijksfeest nemen Herman en Ineke van Heesch hun kinderen en kleinkinderen mee op een winterzonvakantie naar Curaçao.

Op een avond besluiten de schoonzusjes Amber en Sophie te gaan stappen en ze gaan naar een cocktailparty op het strand. De vrijgevochten Amber voert de keurige huismoeder Sophie de ene cocktail na de andere. Sophie raakt zowaar los en is de hit van de avond op de dansvloer. Ze gaat zelfs in op de avances van een knappe en charmante Antilliaan. Amber vindt het reuzegrappig om deze kant van de brave Sophie te zien en vermaakt zich kostelijk.

Als de party ten einde loopt en Amber naar huis wil, kan ze Sophie nergens vinden. Amber moet eigenlijk wel grinniken om de situatie: de brave Sophie, die waarschijnlijk ergens ligt te rollebollen met een knappe Antilliaan. Maar als Sophie ook de volgende dag niet naar huis terug keert, blijkt er niet veel meer te lachen.

Winterzon
Paperback, 288 pagina's
ISBN 978 94 6068 408 1
€ 6,-

Op een reünie in winters Wenen halen de vriendinnen herinneringen op. Als het gaat over het overlijden van jaarclubgenote Daniëlle, heeft dat fatale gevolgen...

De Jaarclub
Paperback, 240 pagina's
ISBN 978 94 6068 383 1
€ 6,-

De kampeervakantie van Esther en Rob wordt overschaduwd door Robs gedrag. Als Esther met haar dochter terugkomt van een dagje Parijs, is alles anders...

Vive la France
Paperback, 256 pagina's
ISBN 978 94 6068 362 6
€ 6,-

Voor Heleen en Carlo gaat een langgekoesterde wens in vervulling met hun Italiaanse agriturismo. Dan zet een verschrikkelijke gebeurtenis alles op zijn kop...

Villa Toscane
Paperback, 224 pagina's
ISBN 978 94 6068 332 9
€ 6,-

Anne geniet volop van haar relaxte leven als makelaar aan de Spaanse Costa. Een gruwelijke vondst in een van de villa's zet alles op zijn kop...

Viva España
Paperback, 256 pagina's
ISBN 978 94 6068 239 1
€ 6,-

Als haar kersverse echtgenoot tijdens de huwelijksreis verdwijnt, staat Hannah voor een raadsel. Hoe goed kent ze de mensen die ze altijd vertrouwde...

Blue Curaçao
Paperback, 288 pagina's
ISBN 978 94 6068 199 8
€ 6,-

Op vakantie in Hurghada loopt Suzanne haar ex-vriend tegen het lijf en de zorgeloze strandvakantie die ze voor ogen had, verandert in een nachtmerrie.

Last Minute
Paperback, 256 pagina's
ISBN 978 94 6068 075 5
€ 6,-

Voetbalvrouw Michelle gaat mee op trainingskamp naar Gran Canaria. Maar wat een gezellige week belooft te worden, eindigt in een nachtmerrie.

Voetbalvrouwen

Paperback, 160 pagina's
ISBN 978 94 6068 153 0
€ 6,-

Op kampeervakantie met haar gezin in Frankrijk raakt Mieke in de ban van de mysterieuze Ewoud. Al snel loopt de spanning op...

Vakantievrienden

Paperback, 108 pagina's
ISBN 978 94 6068 104 2
€ 6,-

Tijdens de skivakantie in Kirchberg verdwijnt de kleine Marius. Een grote zoekactie levert niets op en de politie staat voor een raadsel...

Piste Alarm

Paperback, 240 pagina's
ISBN 978 94 6068 159 2
€ 6,-

De wintersportreis van Nienke heeft alles weg van een droom, zeker als twee reisgenoten avances maken. Maar de meeste dromen zijn bedrog...

Ski Resort
Paperback, 224 pagina's
ISBN 978 94 6068 277 3
€ 6,-

Vier stellen gaan op skivakantie naar Saalbach Hinterglemm. Als een van hen verongelukt bij het offpisteskiën begint een duistere reis door het verleden...

Off Piste
Paperback, 256 pagina's
ISBN 978 94 6068 274 2
€ 6,-

Vier vriendinnen genieten van een skivakantie in Kirchberg. De moord op een van hen stelt de politie voor een raadsel.

Winter Chalet
Paperback, 256 pagina's
ISBN 978 94 6068 157 8
€ 6,-

Colofon

Redactie: Karin Dienaar
Omslagillustratie: Shutterstock
Omslagontwerp: Riesenkind
Zetwerk: V3-Services v.o.f.
Druk: Wilco

Eerste druk april 2016
Veertiende druk maart 2019

ISBN 978 94 6068 395 4
E-ISBN 978 94 6068 812 6
NUR 305

Uitgeverij Marmer BV
De Botter 1
3742 GA BAARN
T: +31 649881429
I: www.uitgeverijmarmer.nl
E: info@uitgeverijmarmer.nl

www.lindavanrijn.nl
facebook: @lindavanrijnthrillers